**MAIS ESTRANHO
QUE A FICÇÃO**

Chuck Palahniuk

MAIS ESTRANHO QUE A FICÇÃO
{histórias verdadeiras}

Tradução
Alyda Sauer

Título original
STRANGER THAN FICTION

Copyright © 2004 *by* Chuck Palahniuk

Algumas histórias neste livro aparecem de forma ligeiramente diferente nas seguintes publicações: "Escort", em *Bikini Review*; "My Life as a Dog", "Frontiers", "In Her Own Words" e "The Lip Enhancer", em *Black Book*; "Why Isn´t He Budging?" em *Boswell*; "Testy Festy", "Where Meat Comes From", "Monkey Think, Monkey Do", e "Reading Yourself", em *Gear*; "The Lady", em *The Independent*; "Not Chasing Amy", em *L. A. Weekly*; "Consolation Prizes", em *The Los Angeles Times*; "The People Can", em *NEST*; "Demolition", em *Playboys*; "Brinksmanship", em *Speakeasy*; e "Almost California", em *The Stranger*.

Direitos para a língua portuguesa reservados
com exclusividade para o Brasil à
EDITORA ROCCO LTDA.
Av. Presidente Wilson, 231 – 8º andar
20030-021 – Rio de Janeiro, RJ
Tel.: (21) 3525-2000 – Fax: (21) 3525-2001
rocco@rocco.com.br
www.rocco.com.br

Printed in Brazil/Impresso no Brasil

preparação de originais
VILMA HOMERO

CIP-Brasil. Catalogação na fonte.
Sindicato Nacional dos Editores de Livros, RJ.

P178m   Palahniuk, Chuck
       Mais estranho que a ficção / Chuck Palahniuk; tradução
de Alyda Sauer. – Rio de Janeiro: Rocco, 2011.

       Tradução de: Stranger than fiction
       ISBN 978-85-325-2638-0

       1. Crônica americana. I. Sauer, Alyda Christina. II. Título.

11-0673   CDD-818
                               CDU-821.111(73)-8

Sumário

Realidade e ficção: uma introdução / 9

PESSOAS JUNTAS
Rabugice festeira / 19
De onde vem a carne / 24
Você está aqui / 45
Demolição / 58
Minha vida de cão / 77
Confissões em pedra / 84
Fronteiras / 119
O povo pode / 127
A dama / 138

RETRATOS
Nas palavras dela / 149
Por que ele não arreda pé? / 165
Não estou perseguindo Amy / 174
Ler para você mesmo / 180
Bodhisattvas / 194
Falha humana / 206
Caro Sr. Levin, / 222

PESSOAL
Acompanhante / 233
Quase Califórnia / 238
O Ampliador de Lábios / 244
Macaco pensa, macaco faz / 250
Forçação de barra / 254
Agora eu lembrei... / 259
Prêmios de consolação / 265

PARA MICK E CHICK
E CHIMP

{Realidade e ficção: uma introdução}

Se você ainda não notou, todos os meus livros tratam de pessoas solitárias que buscam alguma forma de se conectar aos demais.

De certo modo, é o oposto do Sonho Americano, ficar tão rico que se possa pairar acima da ralé, de todas aquelas pessoas na autoestrada, ou, pior, no ônibus. Não, o sonho é uma casa grande, isolada em algum lugar distante. Uma cobertura, como a de Howard Hughes. Ou um castelo numa montanha, como o de William Randolph Hearst. Algum ninho isolado e adorável para onde você possa convidar apenas a ralé que lhe agrada. Um ambiente que você possa controlar, livre de conflitos e de sofrimento. Um lugar que você governa.

Seja um rancho em Montana ou um apartamento num porão com dez mil DVDs e acesso de alta velocidade à Internet, nunca falha. Chegamos lá e ficamos sozinhos. E solitários.

Depois de sofrer bastante, como o narrador em seu condomínio no *Clube da luta*, ou a narradora isolada pelo próprio rosto bonito em *Monstros invisíveis*, destruímos nosso adorável ninho e nos obrigamos a voltar para o mundo maior. De toda forma, é assim também que se escreve um livro. Você planeja e pesquisa. Passa um tempo sozinho, construindo um mundo lindo em que você controla, controla, controla tudo. Você deixa o telefone tocar. Os e-mails se acumulam. Você habita o mundo de sua história até destruí-lo. E então volta a conviver com as outras pessoas.

Se o mundo da sua história vende bem, você parte para uma excursão do livro. Dá entrevistas. Convive realmente com gente. Um monte de gente. Gente, até você ficar enjoado de gente. Até morrer de vontade de escapar daquilo, de ir embora para um... Para outro adorável mundo de história.

E assim vai. Sozinho. Junto. Sozinho. Junto. É bem possível que, se você está lendo isso, já conheça esse ciclo. Ler um livro não é atividade de grupo. Não é como ir ao cinema ou a um concerto. Esse é o fim solitário do espectro.

Cada história neste livro é sobre estar com outras pessoas. Eu com outras pessoas. Ou sobre pessoas juntas.

Para os que constroem castelos, é sobre levantar uma bandeira tão grandiosa que atrai aqueles que têm o mesmo sonho.

Para o pessoal das corridas de demolição de veículos, é sobre descobrir um modo de se reunir, uma estrutura social com regras, objetivos e papéis a desempenhar enquanto reconstroem sua comunidade, destruindo veículos de fazenda.

Para Marilyn Manson, é sobre um garoto do Meio-Oeste que não sabe nadar e que de repente se muda para a Flórida, onde a vida social é vivida no mar. Aqui esse garoto ainda está tentando se conectar às pessoas.

São todas histórias verdadeiras e ensaios que escrevi entre os romances. Meu ciclo pessoal é assim. Fato. Ficção. Fato. Ficção.

A única desvantagem de escrever é ficar sozinho. A parte de escrever mesmo. A parte do sótão solitário. Na imaginação das pessoas, essa é a diferença entre um escritor e um jornalista. O jornalista, o repórter de jornal, está sempre correndo, caçando, encontrando gente, cavando fatos. Preparando uma reportagem. O jornalista escreve cercado de gente e sempre no último minuto do prazo. Cheio de gente em volta e sempre apressado. Excitante e divertido.

O jornalista escreve para ligar você ao mundo maior. É como um condutor elétrico.

Mas um escritor *escritor* é diferente. Qualquer um que escreve ficção – imaginam as pessoas – é solitário. Talvez porque a ficção parece conectá-lo à voz de apenas uma outra pessoa. Talvez porque ler seja algo que fazemos *sozinhos*. É um passatempo que nos separa dos demais.

O jornalista pesquisa uma história. O novelista imagina. O engraçado é que você ficaria espantado com a quantidade de tempo que um escritor de ficção precisa passar com as pessoas para poder criar essa voz única e solitária. Esse mundo aparentemente isolado.

É difícil chamar qualquer um de meus livros de "ficção".

Em grande parte o que me levou a escrever foi o fato de que uma vez por semana eu me juntava a outras pessoas para isso. Era o workshop de um escritor publicado, Tom Spanbauer, em torno de sua mesa da cozinha, nas noites de quinta-feira. Na época, quase todas as minhas amizades tinham como base a proximidade: vizinhos ou colegas de trabalho. Essas pessoas que só conhecemos porque... ora, somos obrigados a ficar sentados ao lado delas o dia inteiro.

A pessoa mais engraçada que conheço, Ina Gebert, chama colegas de trabalho de "família aérea". O problema com amizades pela proximidade é que elas se afastam. Deixam o emprego ou são mandadas embora.

Foi só quando fiz essa oficina de escritores que descobri a ideia das amizades baseadas numa paixão mútua. Escrever. Ou o teatro. Ou a música. Alguma visão comum. Um mesmo objetivo que o mantém unido a outros que também dão valor a essa qualidade vaga, intangível, que você valoriza. Essas são amizades que duram mais que empregos ou despejos. Essa reunião certa e constante de quinta à noite era o único incentivo que me mantinha escrevendo nos anos em que escrever não pagava um centavo. Tom e Suzy e Mônica e Steven e Bill e Cory e Rick. Nós brigávamos e admirávamos uns aos outros. E isso bastava.

Minha teoria preferida sobre o sucesso de *Clube da luta* é que a história apresentava uma estrutura para as pessoas ficarem juntas. As pessoas querem ver novas formas de se conectar. Veja livros como *Colcha de retalhos* e *Clube da felicidade e da sorte*. Esses são livros que apresentam uma estrutura – fazer um acolchoado ou jogar *mah-jongg* – que permite que as pessoas se juntem e contem suas histórias. Todos esses livros são contos reunidos por uma atividade compartilhada. É claro que são todos histórias de mulheres. Não vemos muitos modelos novos de interação social masculina. Há os esportes. Construção de celeiros. É praticamente só isso. E agora há os clubes da luta. Seja lá qual for o resultado.

Antes de começar a escrever *Clube da luta*, trabalhei como voluntário num asilo de caridade. Minha função era conduzir os internos a seus compromissos e reuniões de grupos de apoio. Lá eles se reuniam com outras pessoas no porão de uma igreja, comparavam sintomas e faziam exercícios da Nova Era. Aquelas reuniões provocavam um certo mal-estar porque por mais que eu tentasse esconder, as pessoas sempre supunham que eu tinha a mesma doença que elas. Não havia uma maneira discreta de dizer que eu estava apenas observando, que era um turista apenas esperando para levar minha carga de volta ao asilo. Por isso passei a contar para mim mesmo uma história sobre um cara que procurava os grupos de apoio para doentes terminais para se sentir melhor em relação à sua vida sem sentido.

De muitas formas, esses lugares – grupos de apoio, grupos de recuperação com o esquema dos doze passos, as competições em que o objetivo é destruir os outros veículos – passaram a fazer o papel que antes era destinado à religião organizada. Costumávamos ir à igreja para revelar nossas piores características, nossos pecados. Para contar nossas histórias. Para sermos reconhecidos. Para sermos perdoados. E para sermos redimidos, aceitos de volta em nossa comunidade. O ritual era nossa maneira de ficarmos conectados aos demais e de resolver nossa ansiedade, antes que ela nos levasse para tão longe da humanidade que acabaríamos perdidos.

Nesses lugares, encontrei as histórias mais verdadeiras. Nos grupos de apoio. Nos hospitais. Em qualquer lugar onde as pessoas não têm nada mais a perder, é aí que elas contam de fato a verdade.

Quando estava escrevendo *Monstros invisíveis*, eu ligava para telefones de telessexo e pedia para me contarem as histórias mais depravadas. Podemos apenas ligar e dizer: "Oi, pessoal, estou à procura de histórias quentes de incesto, irmão com irmã, quero ouvir a sua!" ou "Conte-me sua fantasia mais vulgar e mais suja sobre travestismo!", e ficaremos horas tomando notas. Por ser apenas um som, é como um programa obsceno de rádio. Algumas pessoas são péssimas atrizes, mas outras são capazes de partir seu coração.

Em uma ligação dessas, um garoto contou que foi chantageado a fazer sexo com um policial que ameaçou acusar seus pais de abuso e negligência. O policial passou gonorreia para o menino e os pais que ele tentava salvar... o expulsaram de casa e ele teve de morar na rua. Ao contar sua história, já quase no fim, o menino começou a chorar. Se estava mentindo, era um desempenho magnífico. A arte do teatro numa peça minúscula, de um ator para um único ouvinte. Se era apenas uma história, mesmo assim era uma excelente história. Então, é claro que a usei no livro.

O mundo é feito de pessoas que contam histórias. Vejam só o mercado de ações. Olhem a moda. E qualquer história mais longa, qualquer romance, é apenas a combinação de histórias curtas.

Enquanto fazia pesquisa para meu quarto livro, *No sufoco*, duas vezes por semana, durante seis meses, assisti a sessões de terapia para viciados em sexo. Quartas e sextas-feiras à noite.

Essas sessões de terapia em grupo não eram muito diferentes da oficina de escritores que eu frequentava nas noites de quinta-feira. Os dois grupos eram apenas pessoas contando suas histórias. Os viciados em sexo talvez se preocupassem um pouco menos com a "arte", mas mesmo assim contavam histórias de sexo anônimo em banheiros e de prostitutas com habilidade suficiente para merecer uma boa reação da plateia. Muitos deles já haviam falado por tantos anos em reuniões que ouvi-las era como escutar um grande solilóquio. Um ator brilhante, fazendo o papel dele mesmo, ou uma grande atriz, fazendo o papel dela mesma. Era alguém que monologava e demonstrava instinto para revelar lentamente informações cruciais, em criar tensão dramática, oferecer recompensas e cativar completamente a audiência.

Para *No sufoco*, também estive, como voluntário, com pacientes de Alzheimer. Minha função era apenas fazer-lhes perguntas sobre as antigas fotografias que cada um guardava numa caixa em seu armário para tentar reavivar-lhes a memória. Era um trabalho que a equipe de enfermagem não tinha tempo para fazer. E, mais uma vez, tratava-se de contar histórias. Uma subtrama de *No sufoco* surgiu quando, dia após dia,

{ 14 }

cada paciente olhava a mesma fotografia e contava uma história diferente. Um dia, a bela mulher de peitos nus era mulher deles. No dia seguinte, era uma mulher que tinham conhecido no México quando serviam na marinha. No outro dia, a mulher era uma velha colega de trabalho. O que chamou minha atenção foi que... eles *precisavam* inventar uma história para explicar quem ela era. Mesmo se tivessem esquecido, jamais admitiam. Uma história falsa bem contada era sempre melhor do que admitir que não a reconheciam.

Telessexo, grupos de apoio a doentes, grupos dos doze passos, todos esses lugares são escolas onde se aprende como contar bem uma história. Em voz alta. Para um público. Não era só procurar ideias, mas saber como desempenhar, como atuar.

Vivemos nossas vidas de acordo com histórias. De ser irlandês ou de ser negro. De trabalhar duro ou de injetar heroína. De ser macho ou fêmea. E passamos toda a vida à procura de provas – fatos e evidências – que corroborem nossa história. Um escritor simplesmente reconhece essa parte da natureza humana. Toda vez que cria um personagem, olha para o mundo como esse personagem, à procura de detalhes que tornem aquela realidade uma realidade verdadeira.

Como um advogado que argumenta sobre um caso num tribunal, você se transforma num defensor que quer que o leitor aceite a verdade da visão de mundo de seu personagem. Você quer dar ao leitor uma folga da vida dele mesmo. Da história de sua vida.

É assim que crio um personagem. Costumo dar a cada um deles uma educação e um conjunto de habilidades que sirvam de limites a sua maneira de ver o mundo. Uma faxineira vê o mundo como uma série infinita de manchas para remover. Uma modelo vê o mundo como uma série de rivais para con-

{ 15 }

quistar a atenção do público. Um estudante de medicina frustrado vê apenas as verrugas e os tiques que podem ser sinais precoces de uma doença fatal.

No mesmo período em que comecei a escrever, iniciei com amigos uma tradição semanal a que chamamos de "Noite de Jogos". Todo domingo à noite nos encontrávamos para brincar de jogos de salão, como resolver charadas. Certas noites nem começávamos a jogar. Tudo de que precisávamos era da desculpa, às vezes de uma estrutura, para estarmos juntos. Se eu empacava no livro e andava à procura de uma maneira de desenvolver um tema, fazia o que chamava de "plantio no grupo". Lançava um tópico de conversa, às vezes contava uma rápida história cômica e incentivava as pessoas a contarem suas próprias versões.

Quando escrevi *Survivor*, levantei a questão de dicas de limpeza e todos falaram a respeito durante horas. Para *No sufoco*, foram avisos com código de segurança. Para *Diário*, contei histórias sobre o que descobri, ou deixei, dentro das paredes das casas onde trabalhei. Ao ouvir meu punhado de histórias, meus amigos contavam as deles. E seus convidados contavam as deles. Numa única noite, eu tinha o suficiente para um livro inteiro.

Assim, até mesmo o ato solitário de escrever se torna uma desculpa para estar com gente. E as pessoas, por sua vez, alimentam sua capacidade de contar histórias.

Sozinho. Junto. Fato. Ficção. É um ciclo.

Comédia. Tragédia. Luz. Escuridão. Uns definem os outros.

Funciona, mas só se você não se prender tempo demais em um só lugar.

PESSOAS JUNTAS

{Rabugice festeira}

Uma loura bonita põe seu chapéu de caubói mais para trás. Para poder fazer boquete num caubói sem que a aba do chapéu fique batendo na barriga dele. Isso acontece em um palco, num bar apinhado de gente. Os dois estão nus e lambuzados de manjar de chocolate e chantilly. Chamam isso de "Campeonato Misto de Pintura Corporal". O palco é um tapete vermelho. As luzes são fluorescentes. A multidão entoa "Queremos boquete! Queremos boquete!"

O caubói espalha chantilly no rego da bunda da loura e come. A loura toca punheta nele com a mão cheia de manjar de chocolate. Um outro casal vai para o palco e o homem lambe o chocolate da boceta depilada da mulher. Uma garota de rabo de cavalo castanho e camiseta justa sem manga chupa um garoto com prepúcio. Enquanto isso, o pessoal canta "You've Lost That Loving Feeling".

Quando a moça sai do palco, uma de suas amigas grita:

– Você *chupou* ele, sua safada!

Tem gente saindo pelo ladrão, fumando charuto, bebendo cerveja Rainier, bebendo Schmidt's e Miller, comendo testículos de boi fritos com molho. Sentimos cheiro de suor e quando alguém peida, o manjar de chocolate não parece mais manjar.

É o Festival de Testículos do Rock Creek Lodge que acabou de começar. Fica a uns 24 quilômetros ao sul de Missoula, em Montana, onde, no mesmo fim de semana, *drag queens* de uma dúzia de estados se encontram para coroar sua Imperadora. É por isso que centenas de cristãos vêm à cidade, para sentar em cadeiras de jardim pelas esquinas e ficar apontando as *drag queens* que desfilam de minissaia e para os quinze mil motoqueiros com roupas de couro, roncando em suas motos pela cidade. Os cristãos apontam e gritam: "Demônio! Posso vê-lo, demônio! Você não está escondido!"

Nesse único fim de semana, o primeiro de setembro, Missoula é o centro da porra do universo. No Rock Creek Lodge, durante todo o fim de semana, as pessoas sobem a "Escada para o Céu", o palco ao ar livre, para fazer... bem... tudo o que se pode imaginar.

Bem perto dali, a leste, caminhões passam na Interestadual 90, tocando suas buzinas de ar comprimido, enquanto as meninas no palco apoiam as pernas sobre a balaustrada e exibem bocetas depiladas. Do outro lado, a oeste, os trens de carga da Burlington Northern reduzem a marcha para ver melhor e tocar suas sirenes.

– Construí o palco com treze degraus – diz o fundador do festival, Rod Jackson. – Podia ser também um cadafalso.

O palco realmente parece um cadafalso, só que foi pintado de vermelho. No concurso das mulheres de camisetas molhadas no palco, cercado de motoqueiros, universitários e yuppies, caminhoneiros, caubóis magricelas e caipiras, uma loura de salto alto desproporcional pendura uma perna na balaustrada e se abaixa bem sobre a outra perna, de modo que a plateia possa estender o braço e tocá-la. A multidão entoa "Beaver! Beaver! Beaver!".

Outra loura, de cabelo curto e com anel nos lábios vaginais pega a mangueira do organizador do concurso de camisetas molhadas. Ela se molha com a mangueira e se abaixa na beira do palco para molhar a plateia.

Duas morenas chupam os seios molhados uma da outra e fazem um sessenta e nove. Outra mulher leva um pastor alemão para o palco. Deita de costas e movimenta os quadris para cima e para baixo, segurando o focinho do cachorro entre as pernas.

Um casal com roupa de camurça sobe ao palco e tira a roupa. Transam em muitas posições diferentes enquanto a multidão canta "Fode ela! Fode ela! Fode ela!".

Uma jovem universitária loura se equilibra com os dois pés na balaustrada do palco e abaixa lentamente a boceta depilada sobre a cara sorridente do organizador do concurso, Gary "da mangueira", enquanto a multidão canta "A ponte de Londres está caindo".

Na loja de suvenires, gente nua e bronzeada faz fila para comprar camisetas de lembrança (11,95 dólares). Homens com tiras de couro preto do Festival de Testículos (5,95 dólares) compram pênis feitos à mão, chamados de "Pica-pau de Montana" (15 dólares). No palco ao ar livre, sob o grande sol de Montana, com trens e carros buzinando, um pica-pau desaparece dentro de uma mulher nua.

A fila de compradores de lembranças dá a volta em torno de um barril cheio de bengalas, cada uma com um metro de comprimento, cor de couro marrom e grudento ao toque. Uma mulher avantajada que espera para comprar uma camiseta diz:

– Aquilo é pica de touro desidratada.

Ela explica como se consegue os pênis em açougues, ou matadouros, para depois esticar e secar. O acabamento é como o de um móvel, lixando um pouco e passando várias demãos de verniz.

{ 21 }

O homem nu que está atrás dela na fila, com o corpo tão marrom que parece o couro das bengalas, pergunta se a mulher algum dia já fez uma daquelas bengalas.

A mulher avantajada enrubesce.

– Eu não. Tenho vergonha de pedir uma pica de boi ao açougueiro... – diz.

E o homem que parece de couro retruca:

– O açougueiro provavelmente pensaria que você iria usá-la em si mesma.

E todos na fila, inclusive a mulher, dão muita risada.

Toda vez que uma mulher se abaixa no palco, uma floresta de braços se levanta, cada mão segurando uma câmera descartável cor de laranja, e os cliques das fotos são tantos que parecem grilos.

Uma câmera descartável custa 15,99 dólares por aqui.

Durante o "Concurso de Homens de Peito Nu", a multidão cantarola "Pica e ovos! Pica e ovos!", enquanto os motoqueiros e os caubóis e os estudantes da estadual de Montana fazem fila para se despir no palco e balançar a genitália sobre a plateia. Um sósia do Brad Pitt exibe sua ereção. Uma mulher enfia a mão entre as pernas dele por trás e o masturba até que ele se vira de repente e bate o pau duro na cara dela. A mulher o agarra e o arrasta para fora do palco.

Os velhos sentam-se em toras de madeira, bebem cerveja e jogam pedras nos mictórios portáteis de fibra de vidro onde as mulheres mijam. Os homens mijam em qualquer lugar.

A essa altura, o estacionamento já está coalhado de latas de cerveja amassadas.

Dentro do Rock Creek Lodge, mulheres engatinham por baixo da estátua de um touro, em tamanho natural, para beijar-lhe o saco, o que dá sorte.

{ 22 }

Numa estrada de terra que limita a propriedade de um lado, motociclistas apostam corrida na competição de "Morder as Bolas". Na garupa de cada moto, uma mulher tem que meter os dentes nos testículos de boi pendurados e arrancar um pedaço enquanto o motoqueiro corre pela pista.

Longe daquela multidão, uma fila de homens segue para a área de trailers e barracas de camping, onde duas mulheres estão se vestindo. As duas se definem como "apenas duas garotas comuns de White Fish, com empregos normais e tudo".

Uma delas diz:

– Ouviu os aplausos? Nós vencemos. Vencemos para valer.

Um cara bêbado pergunta:

– E o que vocês ganharam?

A garota responde:

– Não tem prêmio nem nada, mas nós somos mesmo as campeãs.

{De onde vem a carne}

Leva umas duas horas para você perceber o que tem de errado em todos. São as orelhas. É como se você tivesse aterrissado em algum planeta onde as orelhas de quase todos são disformes e amassadas, derretidas e murchas. Não é a primeira coisa que observamos nas pessoas, mas depois que as descobrimos, são a única coisa que vemos.

– Para a maioria dos lutadores, orelha de couve-flor é como uma tatuagem – diz Justin Petersen. – É como um símbolo de status. É quase motivo de orgulho na comunidade. Significa que você tem tempo de luta.

– Isso é só de entrar lá e brigar, entrar lá e ter as orelhas muito esfregadas – diz William R. Groves. – O que acontece é que quando esfrega, esfrega e esfrega, a abrasão, a cartilagem se separa da pele e quando separa, sangue e fluido preenchem o espaço. Depois de um tempo sai, mas o cálcio solidifica na cartilagem. Muitos lutadores consideram uma espécie de distintivo de luta, um distintivo necessário de luta.

Sean Harrington diz:

– É mais ou menos como uma estalactite. O sangue vai pingando lentamente lá dentro e endurece. A ferida abre de novo e um pouco mais de sangue escorre lá dentro e endurece. Com o tempo fica irreconhecível. Alguns caras realmente pensam assim, que é um distintivo de coragem, um distintivo de honra.

– Acho que é um distintivo de honra, sim – fala Sara Levin. – Você sabe quando alguém é um lutador. É mais uma daquelas coisas que torna alguém igual a você. É um elo. Parte do esforço. As orelhas. Só uma parte do jogo. É a natureza do esporte, como cicatrizes, ferimentos de batalha.

– Tive um companheiro de equipe – diz Petersen – que, antes de ir para a cama, ele se sentava e socava a orelha por uns dez minutos. Era louco para ter orelha de couve-flor.

– Drenei muito as minhas – fala Joe Calavitta. – Arranjava seringas e quando as orelhas arrebentavam, eu sempre drenava. Elas se enchem. Enchem de sangue. Se você ficar drenando o tempo todo, antes do sangue coagular, consegue reduzir bastante o efeito. Pode ser feito por um médico, mas terá que ir ao consultório o tempo todo, por isso apenas arrume as seringas e faça você mesmo.

Petersen, Groves, Harrington e Calavitta, esses são lutadores amadores.

Levin é o coordenador do Evento Masculino de Luta Livre dos Estados Unidos, a entidade nacional oficial de luta amadora.

O que acontece nesta página não é luta, é escrita. Na melhor das hipóteses, é o cartão-postal de um fim de semana quente e seco em Waterloo, no estado de Iowa. De onde vem a carne. Das Triagens Olímpicas da Região Norte, o primeiro passo, onde por vinte dólares qualquer homem pode competir para ter a chance de entrar para a Equipe Olímpica de Luta dos Estados Unidos.

Os campeonatos nacionais acabaram, assim como os outros regionais. Essa é a última chance de se qualificar para as

{ 25 }

finais. Desses homens, alguns estão aqui para lutar com outros lutadores "juniores" secundaristas, agora que a temporada regular já terminou. Para alguns deles, com idade que varia de dezessete a quarenta e um, será a última tentativa para as Olimpíadas. Como diz Levin:

– Você vai assistir ao fim de muitas carreiras aqui.

Todos falam sobre luta amadora. É o mais novo esporte, eles dizem. É o esporte mais antigo. O esporte mais puro. O esporte mais violento. É um esporte que sofre ataques tanto de homens quanto de mulheres. É um esporte que está morrendo. É um culto. É um clube. É uma droga. É uma irmandade. É uma família. Para todas essas pessoas, a luta amadora é um esporte mal entendido.

– Nas corridas de pista e de campo, você corre daqui até lá. No basquete, você enfia a bola na cesta – diz o tricampeão mundial, Kevin Jackson. – A luta tem dois estilos diferentes, o popular e o universitário, que têm tantas regras que o público em geral não consegue acompanhar.

– Não se tem líderes de torcida correndo em volta, confete caindo do teto, nem Jack Nicholson na arquibancada – prossegue o ex-lutador da equipe do exército e universitário, Butch Wingett. – Podemos ter um bando de caras grisalhos, que podem ser agricultores, ou que talvez tenham sido demitidos da fábrica de John Deere.

– Acho que os lutadores são muito mal interpretados – opina Lee Pritts, de cinquenta e quatro quilos, que pratica o estilo livre. – Na verdade, é um esporte classudo. Mas muitas vezes é considerado bárbaro. A luta recebe muita publicidade negativa.

– Hoje em dia, as pessoas simplesmente não entendem o esporte – fala Jackson. – E quando não se entende alguma coisa ou não se sabe quem vai competir, não se assiste.

– As pessoas não respeitam o esporte porque pensam... Ah, são só dois caras rolando para lá e para cá. Mas acho que estão enganadas – diz Tyrone Davis, que foi lutador do NCAA três vezes no estilo greco-romano, peso cento e trinta quilos. – É mais que apenas dois caras rolando para lá e para cá. Luta livre é basicamente como a vida. Temos de tomar muitas decisões. O ringue é a vida.

Quando se chega de avião a Waterloo, Iowa, a cidade parece exatamente o mapa de seu site na Internet, plana e toda cortada por autoestradas. Na Arena Young, perto do centro seco e deserto, os lutadores aparecem todos os dias antes da pesagem, perguntando se tem alguma sauna na cidade. Onde está a balança? A Arena Young é aonde os mais velhos vão nos fins de semana para ficar dando voltas e mais voltas na pista coberta, com ar-condicionado.

Os lutadores chegam a perder meio quilo por minuto numa disputa de sete minutos. As histórias que se contam dos treinos falam de correr de uma ponta à outra pelo corredor de um avião de passageiros, apesar dos protestos da tripulação. Depois, fazer flexões na cozinha da aeronave. Um velho truque dos lutadores universitários é pedir para ir ao banheiro em todas as aulas e fazer flexões nas paredes dos cubículos do banheiro, deixando a aresta afiada de cima cortar-lhes os calos das mãos. Falam de subir e descer correndo as arquibancadas, passar pelos fãs furiosos dos jogos de beisebol para conseguir atingir o peso de competição no dia seguinte.

Em 1998, conta Wingett, três lutadores secundaristas morreram de desidratação tentando perder peso e ao mesmo tempo consumindo suplementos de creatina.

– Não acredito que exista esporte com treinamento mais extenuante ou árduo – diz Kevin Jackson. – Passar por isso é uma experiência humilhante. Você leva surras nas salas de treino. Fica exausto quando corre na pista ou quando sobe e desce correndo as escadas do estádio.

Wingett fala de longas corridas no meio do verão, com três lutadores se revezando, dois perseguindo uma picape que o terceiro dirige com os vidros fechados e o aquecimento no máximo.

– Você acaba criando um sistema – explica Justin Petersen, que aos dezessete anos de idade tinha quebrado o nariz mais de quinze vezes. – Você pensa: posso beber essa caixa de leite, posso comer esse pão e posso suar isso tudo à tal hora do dia, quando então poderei beber um gole de água e ainda assim manter o peso. É tudo exato.

Lee Pritts e Mark Strickland, lutador de estilo livre de setenta e seis quilos, com um "Strick" tatuado no braço, trouxeram suas bicicletas ergométricas para a cidade e estão tomando um suadoro no quarto 232 do Hartland Inn. Um terceiro amigo, Nick Feldman, está presente para dar apoio moral e para massageá-los quando seus corpos ficam tão desidratados que eles são acometidos de câimbras em todos os músculos.

Feldman, ex-lutador universitário, que veio de carro de Mitchell, Dakota do Sul, comenta:

– A luta é como um clube. Mas depois que você entra, não consegue mais sair.

– Você vê os outros atletas nos colégios, os jogadores de basquete e de futebol americano, que dizem que luta não é tão duro assim, só que quando eles entram para a equipe, abandonam em menos de uma semana – diz Sean Harrington, que vem treinando em Colorado Springs nos últimos seis meses para competir no estilo livre de setenta e seis quilos.

Ele prossegue:

– Sempre nos orgulhamos de dar mais duro que todos os outros e não temos qualquer reconhecimento digno de nota. Quero dizer, não existem fãs por aí. A maior parte da plateia é formada pelos pais. Não é um esporte popular.

– Quando eu estava no ensino médio, chorava muito porque era muito difícil e eu nunca era bom o bastante – diz Ken Bigley, de vinte e quatro anos, que começou a lutar na primeira série e agora é treinador na Universidade Estadual de Ohio. – Muitas vezes me perguntei por que fazia aquilo. Uma analogia que gosto de usar é a da droga. Ficamos viciados. Às vezes, sabemos... sabemos que não é bom para nós, especialmente na parte emocional... Treinos muito duros, disputas violentas, mas sempre voltamos e queremos mais. Se eu não precisasse disso, não estaria aqui. Não ganhamos dinheiro com isso. Não conquistamos nenhuma glória. Estamos só em busca da viagem, acho.

– Já luto há tanto tempo que nem me lembro de como era a dor antes de começar – diz Sean Harrington.

Lee Pritts, vinte e seis anos, treinador da Universidade do Missouri, comenta:

– É meio estranho. Você entra no chuveiro depois de um torneio e sua cara está completamente amassada por ter lutado o dia inteiro; a água batendo arde um pouco, mas se tirar uma semana de folga, vai sentir falta. Sentirá falta da dor. Depois de uma semana longe, você está preparado para voltar porque sente falta da dor.

A dor é talvez um motivo para as arquibancadas estarem quase vazias. Não é fácil assistir a uma luta de amadores. Pode ser uma corrida de demolição de carne e osso.

No primeiro minuto do seu primeiro embate no último Natal, Sean Harrington fraturou o pulso. As lesões de Keith Wilson incluem o ombro, cotovelo, joelho, tornozelo direito, uma hérnia de disco na coluna, entre C5 e C6. Um total de sete cirurgias.

Em casa, num vidro cheio de álcool, o lutador de nível júnior Mike Engelmann, de Spencer, Iowa, guarda uma fatia transparente da cartilagem que os cirurgiões removeram do menisco de seu joelho. É seu amuleto da sorte. Ele foi costurado nove vezes.

– Às vezes, está apontando para a esquerda. Às vezes, aponta para a direita – diz Ken Bigley quanto ao próprio nariz.

Um médico com a camiseta laranja do "Centro de Lesões Esportivas" fala:

– A tinha de couro cabeludo é incrivelmente comum nesses caras.

Uma das regras mais antigas, diz ele, é que os lutadores têm de se abaixar e secar o próprio sangue com uma lata aerosol de água sanitária.

– Os avós dele dizem o tempo todo: "Isso é loucura" – conta o engenheiro de software David Rodrigues, que está ali com o filho de dezessete anos, Chris, quatro vezes campeão estadual da Geórgia. Ele tirou quinto lugar no mundial dos Jogos da Juventude em Moscou no ano passado.

– Ele sofreu várias lesões – comenta David, começando a enumerar – Estiramento do joelho, estiramento do cotovelo, uma pequena ruptura num músculo das costas, quebrou a mão, quebrou um dedo da mão, um dedo do pé, deslocou o joelho, mas já vimos coisa pior. Vimos garotos sendo carregados em macas. Com fratura da clavícula, braço quebrado, perna quebrada, pescoço quebrado. Por Deus, tivemos um menino na Geórgia que quebrou o pescoço. Esses são os tipos de lesões que você reza para nunca acontecerem, mas ao mesmo tempo todos compreendemos que essa é a natureza do esporte.

– E o meu dente quebrado – acrescentou o filho, Chris.

David Rodrigues explica:

– Ele quebrou o dente na cabeça do outro garoto, ficou espetado na cabeça do garoto.

David fala da mãe de Chris.

– Minha mulher só vai a dois torneios por ano. Vai ao estadual e aos nacionais, mas não aparece muito porque tem medo das lesões. Não quer estar lá quando acontecer uma.

Os dentes da frente do Chris foram refeitos com resina. Dentro de alguns dias, Chris Rodrigues vai fraturar o maxilar nos Torneios Mundiais de Juniores.

– Há uma foto minha depois do torneio estadual, quando estava no segundo ano da faculdade. Eu tinha batido com a cara no joelho de alguém, de modo que um lado do rosto estava todo inchado e o outro lado tinha micose de tatame. É brabo. Ela supura, cria casca e as cascas se soltam toda vez que você movimenta os músculos da face. E o nariz, eu havia quebrado novamente, por isso estava com um chumaço de algodão dentro da narina. Também tinha deslocado o ombro mais uma vez e posto um saco grande de gelo em cima. Havia

acabado minha última luta e alguém tirou essa foto de mim –
fala Justin Petersen.

Timothy O'Rourke, que luta hoje pela primeira vez em de-
zenove anos, está sem a mulher.

– Ela não quer ver se eu me machucar – diz ele. – Rolando
por aí com os grandalhões... Ela tem medo de ver quando eu
me machucar, por isso fica no hotel.

Para o lutador de greco-romana Phil Lantazella, foi a mulher que notou primeiro sua lesão e salvou sua vida.

– Eu ia para a Suécia e a Noruega, e minha mulher estava
me abraçando, com a cabeça encostada em meu peito – conta
ele. – Eu tinha acabado de chegar do Centro Olímpico de Treinamento. Ela tem mais ou menos um metro e cinquenta e oito
de altura, e disse: "Seu coração está fazendo um barulho esquisito. É melhor ver o que é isso." Por isso fui até a emergência.

Era uma válvula cardíaca lacerada.

– Para encurtar a história – diz Lantazella –, dei entrada no
domingo à noite e, na terça-feira, me disseram que eu precisava imediatamente de uma cirurgia de peito aberto. A única
coisa que puderam concluir foi que era resultado da luta. Um
dos maiores cirurgiões do mundo, o que fez a minha cirurgia,
disse que nunca tinha visto uma lesão como aquela em toda a
sua carreira. Para rasgar uma válvula como aquela, a analogia é
chocar-se contra a direção de um carro a sessenta quilômetros
por hora.

A válvula mitral estava rasgada em três lugares, um corte
em forma de V, com outro horizontal atravessando o meio do
V. Isso forçava o coração de Lanzarella a bater cinco vezes mais
rápido que o normal para compensar.

Isso foi em fevereiro de 1997. Phil Lanzarella se qualificava na seleção para as Olimpíadas todos os anos desde 1980, quando estava no auge, ainda adolescente, mas já um lutador reconhecido mundialmente, que namorava a filha de Walter Mondale e estava de malas prontas para as Olimpíadas de Moscou. Os Jogos Olímpicos foram boicotados naquele ano. Para Phil, as opções foram uma válvula mecânica, uma válvula de coração de porco ou uma válvula humana recuperada. Essa válvula humana foi a opção que permitiu que ele ainda competisse.

Depois disso, ele começou a ajudar a treinar os estudantes de universidade e do ensino médio da cidade onde morava. Passou a se sentir bem por voltar a ter alguma atividade.

– Não contei a minha mulher. Um dia, quando cheguei em casa, eu disse: "Oi, Mel, o que acha de eu voltar a lutar?", e ela respondeu: "É, está bem, se quiser ficar solteiro. Não vou passar por isso de novo." Mas ela acabou se acostumando com a ideia.

Eles estão casados há quinze anos.

No final, Melody Lanzarella concluiu:

– Se você vai mesmo fazer isso, então vai ter que vencer.

Até ali, Phil não tinha vencido nenhuma. Não conseguiu se classificar para os Regionais do Sul.

– Tirei décimo lugar no nacional, em Las Vegas, onde só os oito primeiros se classificavam. Em Tulsa – conta ele –, a van do meu hotel enguiçou e eu perdi as pesagens de admissão. Fiquei preso na autoestrada. Então, a hora é essa. Literalmente essa.

Para Phil Lanzarella, com trinta e sete anos de idade, esta é sua última tentativa para os Jogos Olímpicos, depois de décadas de treinos e de competições.

E é a última chance para Sheldon Kim, de vinte e nove anos, de Orange County, Califórnia. Ele trabalha em tempo integral como analista de inventários e está ali com a mulher, Sasha, e com a filhinha deles de três anos. Neste momento, ele está ocupado, tentando perder um quilo a mais na última meia hora antes das pesagens terminarem.

É também a última oportunidade para Trevor Lewis, trinta e três anos, tesoureiro da Universidade Estadual da Pensilvânia, com mestrado de engenharia e arquitetura, que está ali com o pai.

É a última chance para Keith Wilson, trinta e três anos, cujo filho nascerá dentro de duas semanas e que treina duas ou três vezes todos os dias, como parte do programa World Class Athlete, do exército.

É a última cartada de Michael Jones, trinta e oito anos, de Southfield, Michigan, cujo primeiro projeto de filme, *Revelações: o filme*, vai entrar em produção em breve.

– Meu corpo simplesmente não pode passar mais quatro anos de luta com caras como esses. É o que eu digo. Meus joelhos estão começando a dobrar e minhas costas estão começando realmente a me abater. Não quero chegar aos cinquenta anos e ficar todo curvado, andando de bengala. Esta será definitivamente minha última Olimpíada – diz Jones.

É a última oportunidade para o ex-lutador universitário Timothy O'Rourke, de quarenta e um anos, que lutou pela última vez em 1980.

– Vi uma coisa na Internet e pensei "Que diabo, vou tentar" – ele comenta.

Apesar de tudo o que está em jogo, o espírito é menos de um torneio de luta que de uma reunião familiar.

{ 34 }

Keith Wilson veio do Centro de Treinamento Olímpico, em Colorado Springs, para competir como lutador de 76 quilos de greco-romana.

– Não guardo nada, não escondo nada – diz ele. – Estou contente o tempo todo. Se fico estressado, tenho uma válvula de escape saudável. Posso simplesmente vir até aqui e dar uma surra em alguém, sem me meter em encrenca por isso. Quando lutamos, queremos sangue, mas quando descemos do tatame, somos amigos de novo.

– É quase como uma família – fala Chris Rodrigues. – Você conhece todo mundo. Eu conheço todo mundo. Você encontra pessoas que conhece e todos acabam se conhecendo, fazemos programas juntos nos grandes torneios nacionais. Nos Nacionais de Juniores e nos Nacionais, todos os anos. É como uma grande ligação entre todos. Conheço gente em Moscou e na Bulgária. Conheço gente do mundo inteiro.

Seu pai, David, acrescenta:

– Essa fraternidade da qual ele faz parte... Quando ele for para Michigan se formar em administração e talvez parar de lutar, talvez nunca mais lute na vida, mas vai esbarrar num cara que lutou na mesma época que ele e essa camaradagem sempre existirá.

Sean Harrington diz:

– Quando encontramos outro lutador que não conhecemos, digamos que estejamos viajando... É como se ouve falar sobre os donos de Corvettes, que sempre acenam um para o outro. Acontece a mesma coisa com lutadores. Temos essa camaradagem porque sabemos pelo que o outro passou.

– É só concentrar a energia na disputa – fala Ken Bigley.

– Quando estamos no ringue, só queremos destruir um ao

outro, mas quando saímos de lá sabemos o que o outro está enfrentando porque já passamos por isso. Por mais que nos concentremos em espancar o oponente, por mais que sejamos inimigos no tatame, por mais força que apliquemos nos golpes, fora da luta não somos pessoas violentas, apenas gostamos de um esporte violento.

Nick Feldman chama de "violência elegante".

Durante as lutas, os lutadores deitam perto dos tatames e ficam assistindo. Com moletons bem largos. Eles ficam juntos, abraçados, ou treinando pegadas, o tipo de intimidade natural que só se vê em anúncios de moda masculina. Propaganda de revista de Abercombie & Fitch ou Tommy Hilfiger. Ninguém precisa de "espaço individual". Ninguém manifesta agressividade.

– Somos irmãos – comenta Justin Petersen, que aos dezessete anos tem média 4 de notas, em escala de máximo 4, e um negócio próprio de marketing na Internet. – Nós comemos juntos. Quando vamos almoçar, é junto com os outros lutadores. Ficamos o tempo todo falando da fome que sentimos, que mal podemos esperar para pesar logo e poder comer isso ou aquilo. Quantos gramas vamos perder em um dia.

Nick Feldman diz:

– Os lutadores costumam ficar mais à vontade na companhia de outros lutadores. Não há tantos egos inflados por todo canto porque tudo isso é ilusão. É bem anti-NBA.

– Inferno – acrescenta Sara Levin. – Passar juntos pelo inferno faz isso. Você sabe que um cara lá na Rússia está tendo a mesma experiência que esse cara aqui, tentando eliminar peso. Todos eles precisam fazer a mesma coisa para chegar ao tatame. Existe um elo no fato de não praticarmos um esporte charmoso. Não somos visados, não ganhamos fortunas. Sabemos que somos a ralé, baixa e suja.

Como irmãos, eles até se parecem. São muitos com nariz quebrado. Orelhas de couve-flor. A maioria tem a pele do rosto irritada, vermelha, de suar tanto e de cair de cara no chão. Todos são musculosos como uma ilustração de anatomia. A maioria tem supercílios inchados.

– No nosso salão de luta, em geral, colocamos o aquecimento no máximo – diz Mike Engelmann, cujos cílios compridos contrastam com a sobrancelha –, o que provoca uma descarga em seu corpo. Você sua tudo o que tem para suar. Bebe mais água e sua tudo de novo, e isso faz as bochechas encovarem, afunda um pouco os olhos, e o que resta é a testa se projetando para a frente. Gosto dessa aparência, porque demonstra que você está dando duro.

Essa coisa de irmandade termina quando o juiz sopra o apito. No sábado, apesar de todos os anos de preparação, o torneio estilo livre acaba logo, é muito rápido.

Joe Calavitta perde e está fora das Olimpíadas. Na competição dos juniores, Justin Petersen vence e, assim que sai do tatame, vomita. As poucas pessoas nas arquibancadas vibram, a mulher de Sheldon Kim, Sasha, cantarola baixinho, sem parar: "Vai, Shel. Vai, Shel. Vai, Shel..."

– Quando você está lá dentro, no mano a mano com alguém – afirma Timothy O'Rourke –, não dá nem para ouvir o que acontece na arquibancada.

O'Rourke é imobilizado em cinco segundos. Sheldon Kim perde. Trevor Lewis vence sua primeira luta, mas perde a segunda. Chris Rodrigues vence a primeira. O irmão caçula de Sheldon Kim, Sean, perde para Rodrigues.

Mark Strickland enfrenta Sean Harrington, com Lee Pritts de segundo em um canto. Strickland leva a pior na disputa e pede um tempo, gritando para Pritts: "Vou quebrar as costelas dele!" Com o rosto todo contorcido, como se já estivesse chorando.

– Os caras mais durões que eu conheço choram depois das lutas porque se empenham demais nelas – fala Joe Calavitta.

– Você fica tão íntimo de um parceiro de treino e de ginástica que ele passa a ser como seu próprio sangue. Se ele vai lá e perde uma, se perde uma luta importante, então, você fica com o coração dilacerado – Lee Pritts diz.

Strickland perde para Harrington.

– Odeio vê-lo perder – lamenta Pritts. – Já o vi com tanto sucesso que quando ele perde é devastador.

Pritts vence sua luta. Chris Rodrigues vence sua segunda. Ken Bigley ganha a primeira e a segunda, mas perde a terceira. Rodrigues perde a terceira e está fora do torneio de estilo livre. Sean Harrington e Lee Pritts estão nas finais olímpicas de Dallas. Um paramédico se recusa a revelar quantos músculos lesionados, ossos quebrados, articulações deslocadas. "Tudo isso", diz ele, "é altamente confidencial." E o torneio de estilo livre termina, por mais quatro anos.

Naquela noite, num bar, um lutador que não venceu conta como foi prejudicado pelo juiz em favor de um herói local e diz que a associação dos lutadores dos Estados Unidos devia importar juízes imparciais de outros lugares. Esse lutador fala em ir para o Japão a fim de ganhar vinte mil dólares numa disputa de *ultimate fighting* e depois usar o dinheiro para criar uma empresa de *joint venture* de marketing entre boates de topless e eventos de lutas entre amadores.

– Muitos desses caras entram na *ultimate fighting* porque dá um bom dinheiro – fala Sara Levin. – Temos lutadores olímpicos que estão fazendo isso. Kevin Jackson já fez. A metade da nossa equipe olímpica de greco-romana de 1996 faz. Não me anima nada ver que essa é a saída profissional para nossos rapazes, mas é a única opção.

O lutador no bar diz que pode trazer o dinheiro de volta do Japão clandestinamente, sem pagar imposto. Ele planeja evitar as leis estaduais sobre luta profissional pagando aos lutadores por baixo dos panos. Ele dá autógrafos para meninos pequenos. Ele é enorme e ninguém discorda de nada do que ele fala. E ele fala, e fala, e fala.

Na manhã seguinte, domingo, um veículo Humvee de recrutamento da Marinha estaciona diante da Arena Jovem e despeja um rock heavy metal altíssimo de gigantescos alto-falantes, com dois recrutadores usando uniforme dos fuzileiros ali perto.

Dentro da arena, os tatames são postos um em cima do outro, ficam com o dobro da espessura, na preparação para o torneio de luta greco-romana.

– Muita gente tem medo da greco – diz Michael Jones. – Levei muitos anos para entrar, porque me assustava. Por causa das quedas. A gente leva umas quedas sérias.

Phil Lanzatella se paramenta para a luta, a cicatriz da cirurgia de coração exposto desce pelo meio de seu peito. Ele explica·de que forma pelo menos a terceira e última lesão na válvula do coração deve ter acontecido quando praticava luta greco-romana com Jeff Green, no Centro de Treinamento Olímpico, em 1997.

– Eu pesava uns cento e vinte e cinco quilos, e Green devia estar com uns cento e quinze, por isso somávamos quase duzentos e cinquenta, nos projetando no ar não sei a quantos quilômetros por hora. Virando e girando. Chegamos perto de uns caras menores. O espaço era apertado. Eles levantaram as mãos e os pés – ele conta. – Nós giramos, voamos no ar e eu aterrissei bem em cima do pé de um cara.

Lanzatella continua:

– Eu senti. Sabia o que tinha acontecido, mas não liguei. Já tinha levado quedas piores que aquela.

Hoje, fala-se um pouco sobre o lado mais sombrio da luta, que alguém levou uma câmera escondida para a sala de pesagens no torneio de Midlands alguns anos atrás e os melhores lutadores do mundo acabaram pelados na Internet. Comenta-se que os lutadores amadores têm sido perseguidos por fãs obcecados. Recebem visitas tarde da noite. São importunados. Mortos.

– Sei que falaram muito disso – diz Butch Wingett. – A Dupont ficou atrás do Dave Schultz um bom tempo.

O ex-lutador universitário Joe Valente comenta:

– Esse esporte é muito desrespeitado. As pessoas pensam que é um bando de bichas querendo se agarrar.

Quando a competição de greco-romana começa, não há ninguém nas arquibancadas.

Keith Wilson vence sua primeira luta, perde a segunda, mas mesmo assim vai para as finais olímpicas porque já se qualificou no campeonato nacional.

Chris Rodrigues vence uma única luta e vai para as finais olímpicas como lutador de greco-romana. É o único secundarista a se classificar.

Com o pai depois da luta, ele fala:

– É uma maravilha. Ainda estou no ensino médio. Vou voltar para casa e contar para todos os meus amigos que vou para a triagem olímpica em Dallas.

Phil Lanzatella vence sua primeira disputa por três a zero. Na segunda, ele empata em zero a zero no primeiro tempo, depois perde um ponto para o oponente no segundo e perde na prorrogação.

O grupo de lutadores já está desfalcado. Muitos estão indo embora para pegar seus voos. Amanhã é segunda-feira e todos têm de ir trabalhar. Sean Harrington é pintor de parede. Tyrone Davis é operador da companhia de abastecimento de água da cidade de Hempstead, Nova York. Phil Lanzatella faz palestras para a empresa que instalou sua válvula cardíaca e é representante da conta dos anunciantes da Time Warner.

Lanzatella senta no canto mais distante da arena do torneio quando as últimas disputas de consolação terminam. Seus sapatos de luta estão a alguns centímetros.

– Recebi o que merecia – diz ele. – Não tenho treinado o suficiente. Hoje tenho outras prioridades. Minha mulher. Meus filhos. O emprego. – E prossegue: – Foi a última vez que esses sapatos entraram em ação. Quem sabe eu começo a jogar golfe, alguma coisa assim.

– Para mim, acho que acabou. Tenho outras prioridades. Tenho uma filhinha. Depois disso, acabou para mim. Dei o bastante no esporte para saber o que conquistei – diz Sheldon Kim.

Lutadores que largam "a família" para se concentrar nas próprias famílias. Agora não tem quase ninguém na Arena Jovem.

– A luta é uma espécie de culto que praticamos – afirma William R. Groves, que esta noite volta de carro à Universi-

{ 41 }

dade Estadual de Ohio para terminar seu último ano de física.

– Os amigos vêm. Sua família vem. Acho que muita gente considera a luta um esporte maçante.

Justin Petersen acrescenta:

– O esporte está morrendo. Ouvi dizer que o boxe tem piorado, mas a luta vem logo atrás. Muitos colégios e universidades estão fechando seus programas de luta. A popularidade no ensino médio está caindo. Não vai durar muitos anos, é o que dizem por aí.

– Está morrendo principalmente nos colégios – fala Sean Harrington. – Mas li que, no nível dos meninos, dos bem jovens, está mais popular que nunca. Há muitos garotos que se envolvem com a luta porque os pais sabem o que pode significar para os filhos – diz. – É cem por cento Title IX.[1]

Nos vinte e cinco anos que sucederam a lei federal, que exige que as instituições de ensino ofereçam iguais oportunidades esportivas para homens e mulheres, mais de 462 estabelecimentos fecharam seus programas de luta.

– Title IX, esse é o principal fator – fala Mike Engelmann. – Todas aquelas escolas estão tendo que acabar com seus programas de luta porque devemos ter uma quantidade igual de esportes. Não quero parecer sexista, nem nada parecido, mas não acredito nisso.

Até o campeão olímpico, Kevin Jackson, comenta:

– Tenho um filho e ele começou a lutar um pouco, mas como já faz *tae kwon do*, futebol e basquete, evito empurrá-lo para a luta porque é esforço demais para pouca recompensa.

---

[1] Emenda das leis de educação, que determina oportunidades iguais para ambos os gêneros, feminino e masculino. (N. da T.)

Ainda sentado perto dos sapatos na arena quase vazia, Phil Lanzatella fala dos filhos.

– Para ser franco, eu os convenceria a jogar tênis ou golfe. Alguma coisa sem contato físico e com muito dinheiro envolvido.

– Muita gente no país todo já lutou ou conhece alguém que lutou. Eles têm alguma ligação com isso. Nós só precisamos melhorar a divulgação de nossos atletas para que as pessoas que assistem TV possam fazer essa ligação – opina Jason.

– Esses caras... – diz Engelmann. – Tenho certeza de que os filhos deles também vão lutar. E é por isso que o esporte não vai morrer. Quero ter filhos e não vou pressioná-los em nada, mas espero que queiram lutar.

Phil Lanzatella também tem de pegar um voo.

– Talvez toda essa energia possa ser canalizada para ganhos monetários – fala. Ele já foi procurado para escrever um livro. – Agora tenho tempo para refletir e certamente muitas histórias para contar. De 1979 para cá. Já passei por praticamente tudo. Concorri a legislador estadual... Estava namorando a filha do Mondale quando ele boicotou as Olimpíadas em 1980... Fiz parte de cinco equipes olímpicas... isso nunca foi feito antes. É, tem muita coisa. – Ele pega os sapatos e continua: – Ainda tenho de ligar para a minha mulher...

– É uma sensação muito boa quando a gente para – fala o treinador de luta do ensino médio, Steve Knipp. – O esporte exige tanto de nós quando nos dedicamos a ele que, quando paramos de controlar o peso e passamos a comer, damos um valor à comida que nunca demos durante a vida inteira. Ou quando, simplesmente, sentamos e achamos aquela cadeira maravilhosa. Ou quando bebemos água e damos um valor imenso àquela água.

E agora Lanzatella, Harrington, Lewis, Kim, Rodrigues, Jackson, Petersen, todas aquelas orelhas. Davis, Wilson, Bigley, todas aquelas orelhas, estalactites de couve-flor, se espalham mundo afora e vão se misturar. Em empregos. Em famílias. Onde apenas serão percebidos por outros lutadores.

– É uma família pequena, mas todos se conhecem – fala Keith Wilson.

Talvez a luta amadora esteja morrendo, talvez não.

Nas finais das equipes olímpicas, em Dallas, há 50.170 espectadores pagantes e patrocínio de grandes empresas, inclusive do Bank of America, AT&T, Chevrolet e Budweiser.

Em Dallas, um lutador pede para executar um antigo ritual e marcar a última disputa de sua carreira. Nessa tradição, o lutador põe seus sapatos no centro do tatame e os cobre com um lenço. As pessoas ficam em silêncio, o lutador beija o tatame e deixa os sapatos lá.

Sean Harrington comenta:

– Tenho um amigo que costumava dizer: "Se eu lutasse, seria o melhor. Sei que seria o melhor. Sei que poderia ser." Mas ele não lutou. Não fez isso. Por isso podia sempre pensar que seria o melhor, só que jamais calçou aqueles sapatos e foi à luta. – E continua: – Só o fato de você ter realizado, de ter estabelecido metas e se esforçado para atingi-las, de nunca ter sido um "poderia, seria, faria". Você realmente fez.

Ninguém mencionado neste artigo chegou à equipe olímpica.

{Você está aqui}

No salão de festas do Hotel Sheraton Aeroporto, uma equipe de homens e mulheres está sentada em cubículos separados, com cortinas entre eles. Cada um diante de uma pequena mesa. As cortinas cercam um espaço apenas suficiente para a mesa e duas cadeiras. E eles prestam atenção. Ficam ali o dia inteiro sentados, escutando.

Fora do salão de festas, uma multidão aguarda no saguão, escritores segurando manuscritos de livros ou roteiros de cinema. Uma organizadora está de guarda na porta do salão, verificando uma lista de nomes numa prancheta. Ela chama seu nome, você se apresenta e a segue até o salão de festas. A organizadora abre uma cortina. Você senta diante de uma pequena mesa. E começa a falar.

Como escritor, você tem sete minutos. Em alguns lugares, talvez lhe deem oito, até dez minutos, mas então a organizadora volta para substituí-lo por outro escritor. Por esse tempo predeterminado, você pagou entre vinte e cinquenta dólares para defender sua história para um agente literário, ou um editor, ou um produtor de cinema.

O salão de festas do Sheraton Aeroporto fervilha o dia inteiro com gente falando. A maioria dos escritores por aqui são velhos... muito velhos, gente aposentada que se agarra à sua única boa história. Balançam os manuscritos nas mãos manchadas e dizem: "Aqui! Leia minha história de incesto!"

Grande parte das histórias trata de sofrimento pessoal. Há o fedor da catarse. Do melodrama e das memórias. Um amigo escritor se refere a essa escola como a literatura de "o sol brilha os pássaros cantam e meu pai está montado em mim de novo".

No saguão, fora do salão de festas, escritores aguardam, treinando suas únicas grandes histórias uns com os outros. Uma batalha de submarino durante a guerra ou ser maltratado pelo cônjuge bêbado. A história de como sofreram, mas sobreviveram e venceram. Desafio e triunfo. Marcam o tempo uns dos outros em seus relógios de pulso. Em poucos minutos terão de contar sua história e provar que poderia ser perfeita para Julia Roberts. Ou Harrison Ford. Ou, se não para o Harrison, então para Mel Gibson. E se não para Julia, então para Meryl.

E aí, com licença, mas seus sete minutos terminaram. A organizadora dessas conferências sempre interrompe na melhor parte do relato, quando você se aprofunda na história de seu vício com drogas. Seu estupro por uma gangue. Seu mergulho de porre num lago raso do rio Yakima. Que daria um excelente filme. Se não para o cinema, para a televisão a cabo. Ou um grande filme feito especialmente para a TV.

E aí, com licença, mas seus sete minutos terminaram. A multidão no saguão, cada escritor segurando sua história, parece um pouco a multidão da semana passada para o *Antiques Road Show*. Cada um carregando alguma coisa: um relógio dourado, ou a cicatriz de um incêndio na casa, ou a história de ser gay, mórmon, casado. É algo que arrastaram a vida inteira e agora estão ali para ver quanto vale no mercado. Quanto vale isso? Esse bule de louça ou essa doença debilitante na coluna. É um tesouro... ou apenas mais lixo.

E aí, com licença, mas seus sete minutos terminaram. No salão de festas do hotel, naqueles cubículos com cortinas, uma pessoa senta passivamente, enquanto a outra se exaure. Desse modo, é como um bordel. O ouvinte passivo é pago para ouvir. O orador ativo paga para ser ouvido. Para deixar para trás um rastro de si mesmo, sempre com a esperança de que esse rastro baste para criar raízes e crescer, tornar-se algo maior. Um livro. Um bebê. Um herdeiro de sua história, que levará seu nome ao futuro. Mas o ouvinte, ele já ouviu de tudo. É educado, mas entediado. Difícil impressioná-lo. Esses são seus sete minutos na sela, por assim dizer... mas sua prostituta olha para o relógio de pulso, imaginando o que tem no almoço, planejando como vai gastar o estipêndio. E aí...

Com licença, mas seus sete minutos terminaram. Ali está a história de sua vida, só que reduzida a duas horas. Como foi seu nascimento, sua mãe entrando em trabalho de parto no banco de trás de um táxi... agora é sua sequência de abertura. Perder a virgindade é o clímax de seu primeiro ato. Viciar-se em analgésicos é a trama do segundo ato. O resultado de sua biópsia é a revelação do terceiro ato. Lauren Bacall seria perfeita como sua avó. William H. Macy como seu pai. Dirigido por Peter Jackson ou Roman Polanski.

Esta é a sua vida, só que processada. Enfiada à porrada no molde de um bom roteiro de filme. Interpretada de acordo com o modelo de algum estouro de bilheteria. Não é surpresa nenhuma que você tenha passado a ver cada dia em termos de mais um dado da trama. Música se transforma em sonoplastia. Roupas passam a ser trajes de época. Conversas viram diálogos. Nossa tecnologia para contar histórias se torna a nossa língua para lembrar da nossa vida. Para entender a nós mesmos. É a nossa moldura para perceber o mundo.

{ 47 }

Vemos nossa vida nos termos das convenções dos contadores de histórias. Nossos casamentos em série se tornam sequências. Nossa infância: nossa prequela. Nossos filhos: derivados. Apenas pense com que rapidez as pessoas comuns começaram a usar expressões como "desfazer em preto". Ou "dissolução". Ou aceleração. Pula e corta para... Flashback... Sequência de sonho... Rolagem de créditos...

E aí, com licença, mas seus sete minutos terminaram. São vinte, trinta, cinquenta dólares por outros sete minutos. Por mais uma tentativa de se conectar com o mundo maior. Para vender sua história. Para transformar aquele sofrimento em muito dinheiro. Dinheiro de adiantamento do livro ou dinheiro da opção para o cinema. Aquele grande, enorme pote de ouro.

Alguns anos atrás poucas dessas convenções traziam representantes da indústria de Nova York e de Los Angeles, os instalavam em hotéis e pagavam para eles ficarem ali sentados, ouvindo. Agora há tantas convenções que os organizadores precisam raspar o tacho para encontrar qualquer assistente de produtor ou editor associado que possa viajar no fim de semana para a cidade do Kansas, ou Bellingham, ou Nashville.

Esta é a Conferência de Escritores do Meio-Oeste. Ou a Conferência dos Escritores do Sul da Califórnia. Ou a Conferência dos Escritores do Estado da Geórgia. Como escritor esperançoso, você pagou para entrar por aquela porta, para ter um crachá com seu nome e por um almoço básico. Há aulas para assistir, palestras sobre técnica e marketing. Há a mistura de companheirismo e competição com os outros escritores. Colegas escritores. São tantos com um manuscrito embaixo do braço. Você paga o preço extra, o dinheiro dos sete minutos para comprar a orelha ou o ouvido de um agente da indústria. Para comprar a chance de vender e talvez você saia dali com algum dinheiro e o reconhecimento do valor de sua história. Um bilhete de loteria em forma de experiência. Uma chance de transformar limões... um aborto espontâneo, um motorista bêbado, um urso pardo... numa limonada.

Palha transformada em ouro. Aqui no grande cassino onde se contam histórias.

E aí, com licença, mas seus sete minutos terminaram. Por outro lado, aquele salão de festas de hotel está cheio de gente que conta seus únicos crimes hediondos. Exibem suas entranhas e contam como abortaram um filho. Como contrabandearam drogas enfiadas no rabo desde o Paquistão. Como caíram em desgraça, o contrário da história de um herói. Como são capazes de vender até seus maus exemplos... como isso pode ajudar os outros a evitar desastres similares. Essas pessoas estão em busca de redenção. Para elas, cada cubículo separado por cortinas se transforma em confessionário. Cada produtor de cinema, um padre.

Não é mais Deus que os aguarda para o julgamento. É o mercado. Talvez o contrato de um livro seja um novo halo. Nossa nova recompensa por ter sobrevivido com força e bom caráter. Em vez do céu, recebemos dinheiro e a atenção da mídia. Quem sabe um filme estrelado por Julia Roberts, numa tela enorme e linda como um anjo, seja a única outra vida que teremos. E isso só se... a sua vida, a sua história, for algo que você possa pôr numa embalagem, divulgar e vender.

Por outro lado, isso aqui é tão igual à multidão do mês passado, quando um programa de jogos na televisão fazia uma audição com os competidores. Para responder perguntas capciosas. Ou um mês antes, quando os produtores de um programa diurno de entrevistas estavam aqui à procura de gente perturbada que quisesse divulgar seus problemas num canal nacional de TV... pais e filhos que dividiram a mesma parceira na cama. Ou mães que tinham processos para o sustento dos filhos. Ou qualquer um que fosse trocar de sexo.

E aí, com licença, mas seus sete minutos terminaram. O filósofo Martin Heidegger observou que os seres humanos tendem a ver o mundo como um estoque de materiais, prontos a serem usados. Como um inventário a ser processado e transformado em algo mais valioso. Árvores em madeira. Animais em carne. Ele chamava esse mundo de recursos naturais brutos de *bestand*. Parece inevitável que as pessoas sem acesso ao *bestand* natural, como poços de petróleo ou minas de diamantes, recorram ao único inventário que realmente possuem... suas vidas.

Cada vez mais, o *bestand* da nossa era é nossa propriedade intelectual. Nossas ideias. A história da nossa vida. Nossa experiência. O que as pessoas sofreram ou aproveitaram... todos aqueles eventos do enredo, de aprender a usar o troninho e luas de mel e câncer de pulmão... agora podem ser moldados para serem mais eficazes e vender. O truque é prestar atenção. Tomar notas.

O problema de ver o mundo como *bestand*, disse Heidegger, é que o leva a usar as coisas, a escravizar e a explorar coisas e pessoas em seu próprio benefício. Levando isso em conta, será possível escravizar a você mesmo?

Martin Heidegger também diz que um acontecimento é moldado pela presença do observador. Uma árvore que cai na floresta é algo diferente se tem alguém lá, assistindo e gravando os detalhes para transformar aquilo em um veículo para Julia Roberts.

Pelo simples fato de distorcer os acontecimentos, de modificá-los para obter um impacto mais dramático, de exagerá-los a ponto de esquecer a verdadeira história – você esquece quem você é – será possível explorar nossa própria vida em prol de uma história bem comercial?

Mas, então, com licença, mas seus sete minutos terminaram. Talvez devêssemos ter previsto isso. Nos anos 1960 e 1970, os programas de culinária na televisão estimulavam uma categoria crescente de gente a gastar seu tempo vago e seu dinheiro com comida e vinhos. De comer, eles passaram a cozinhar. Guiados por especialistas em como fazer, como Julia Child e Graham Kerr, explodimos o mercado dos fogões Viking e das panelas de cobre. Na década de 1980, com a liberdade dos vídeos e CD players, o entretenimento passou a ser nossa nova obsessão.

Os filmes se tornaram um território em que as pessoas podiam se encontrar e debater, como fizeram sobre suflês e vinho na década anterior. Como havia feito Julia Child, Gene Siskel e Roger Ebert apareciam na televisão e nos ensinavam a ser óbvios. O entretenimento passou a ser o próximo ponto para investir nosso tempo e dinheiro.

Em vez do buquê, da safra e da lágrima do vinho, falávamos sobre o uso mais eficiente da voz em off, de uma história de fundo e do desenvolvimento do personagem.

Nos anos 1990, nos viramos para os livros. E, no lugar de Roger Ebert, entrou Oprah Winfrey.

Mesmo assim, a real e grande diferença era que podíamos cozinhar em casa. Não podíamos fazer um filme, não em casa. Mas podíamos escrever um livro. Ou um roteiro de cinema. E esses se transformam em filmes.

O roteirista Andrew Kevin Walker disse uma vez que ninguém em Los Angeles jamais fica a mais de quinze metros de um roteiro de cinema. São guardados na mala dos carros. Nas gave-

{ 51 }

tas das mesas de trabalho. Em computadores portáteis. Sempre prontos para serem mexidos. Um bilhete de loteria à procura do seu pote de ouro. Um cheque que não foi descontado.

Pela primeira vez na história, cinco fatores se alinharam para promover essa explosão de contar histórias. Sem ordem nenhuma, os fatores são:

Tempo livre.

Tecnologia.

Material.

Educação.

E aversão.

O primeiro parece bem simples. Mais gente tem mais tempo livre. As pessoas estão se aposentando e vivendo mais. Nosso padrão de vida e segurança social permitem que as pessoas trabalhem menos horas. Além disso, mais gente reconhece o valor de quem sabe contar histórias... mas estritamente como material de livro e de filme... Mais gente considera escrever, ler e pesquisar algo mais que apenas uma recreação elitista. Escrever não é só um pequeno hobby agradável. Está se tornando um empreendimento financeiro de boa-fé, que vale seu tempo e sua energia. Dizer a alguém que você escreve logo suscita a pergunta: "O que você já publicou?" Nossa expectativa é: escrever é igual a dinheiro. Ou escrever bem *deveria*. Mesmo assim, seria praticamente impossível conseguir expor sua obra, se não fosse o segundo fator.

Tecnologia. Com um pequeno investimento, você pode ser publicado na Internet, acessível a milhões de pessoas no mundo inteiro. Impressoras e pequenas gráficas podem oferecer qualquer quantidade de livros de capa dura, sob encomenda, a qualquer um que tenha dinheiro para pagar a própria publicação. Ou publicar com subsídio. Ou publicar por vaidade. Seja lá como você queira chamar. Qualquer um que saiba usar uma copiadora e um grampeador pode publicar um livro. Nunca foi tão fácil. Nunca, na história, tantos livros foram lançados no mercado a cada ano. Todos eles cheios do terceiro fator.

Material. Com mais gente envelhecendo, com a experiência de uma vida inteira para lembrar, mais eles se preocupam em perder tudo isso. Todas aquelas lembranças. Suas melhores fórmulas, histórias, técnicas para fazer os comensais em uma mesa explodirem em gargalhadas. Seu legado. Suas vidas. Com um simples toque do mal de Alzheimer, tudo isso poderia desaparecer. Além do mais, todas as nossas melhores aventuras parecem estar sempre lá atrás. Então, é gostoso revivê-las, compartilhá-las no papel. Organizar e fazer com que todos aqueles destroços tenham sentido. Embalar com muito capricho e botar um belo laço de fita em cima. O primeiro volume da caixa com três volumes que será sua vida. A fita com os "melhores momentos" da Liga Nacional de Futebol da sua vida. Tudo num lugar só, seus motivos para fazer o que fez. Sua explicação do porquê, caso alguém queira saber. E graças a Deus que existe o fator número quatro.

Educação. Porque, pelo menos, todos nós sabemos usar um teclado. Sabemos onde pôr as vírgulas... mais ou menos. Bastante bem. Temos revisão ortográfica automática. Não temos medo de sentar e experimentar esse negócio de escrever um livro. Stephen King faz tudo parecer tão fácil. Todos aqueles livros. E Irvine Welsh, ele faz parecer divertido, o último recanto onde você pode consumir drogas, cometer crimes e não ir preso, nem ficar gordo ou adoecer. Além de tudo, lemos livros a nossa vida inteira. Assistimos a milhões de filmes. Na verdade, isso é parte de nossa motivação, o quinto fator.

{ 53 }

Aversão. Com exceção de talvez uns seis filmes na videolocadora, o resto é porcaria. E com a maior parte dos livros acontece a mesma coisa. Lixo. Podíamos fazer melhor. Conhecemos todos os enredos básicos. Já foi tudo desvendado por Joseph Campbell. Por John Gardener. Por E. B. White. Em vez de desperdiçar tempo e dinheiro em mais um livro ou filme porcaria, que tal fazer o serviço direito? Ora, por que não?

E aí, com licença, mas seus sete minutos terminaram. Tudo bem, tudo bem, então pode ser que estejamos enveredando por um caminho que leva a vidas insensatas e egocêntricas, em que cada acontecimento é reduzido a palavras e a ângulos de câmera. Cada momento é imaginado através das lentes de uma câmera de cinema. Todas as falas engraçadas ou tristes rabiscadas e postas à venda na primeira oportunidade.

Um mundo que Sócrates não podia imaginar, em que as pessoas examinariam suas vidas, mas só em termos de potencial para cinema e brochuras. Em que uma história não surge mais como resultado de uma experiência. Agora a experiência acontece para gerar uma história. Mais ou menos como quando você sugere: "Vamos apenas *dizer* que fizemos." A história – o produto que você pode vender – se torna mais importante que o acontecimento propriamente dito.

Um dos perigos é que podemos passar correndo pela vida, encarando acontecimento após acontecimento para montar nossa lista de experiências. Nosso acervo de histórias. E nossa sede de histórias é capaz de reduzir nossa consciência da experiência real. Assim como apagamos depois de assistir a muitos filmes de ação e aventura. A química do nosso corpo não tolera mais tanto estímulo. Ou nos defendemos inconscientemente, fingindo não estar presentes, agindo como uma "testemunha"

{ 54 }

isenta ou um repórter da nossa própria vida. E fazendo isso, jamais sentimos uma emoção ou participamos de fato. Estamos sempre avaliando quanto a história vai valer em moeda fria.

Outro perigo é que essa correria pelos acontecimentos pode nos dar uma falsa ideia da nossa capacidade. Se os acontecimentos ocorrem como um desafio, para nos testar, e os vivenciamos apenas como uma história a ser registrada e vendida, então será que vivemos? Será que amadurecemos? Ou será que vamos morrer nos sentindo vagamente enrolados e enganados por nossa vocação de contadores de histórias?

Já vimos pessoas usando "pesquisa" como defesa para cometer crimes. Winona Ryder cometendo furto numa loja porque estava se preparando para desempenhar o papel de uma ladra. Pete Townsend visitando sites de pornografia infantil na Internet para escrever sobre a própria infância de abusos.

Nossa liberdade de expressão já está entrando em rota de colisão com todas as outras leis. Como se pode escrever sobre um "personagem" sádico e estuprador se jamais estupramos alguém? Como podemos criar livros e filmes excitantes, provocantes, se nossa vida é tediosa, pacata?

As leis que nos proíbem de dirigir sobre a calçada para sentir o impacto das pessoas se estabacando no capô do nosso carro, o estrondo dos corpos espatifando o para-brisa, essas leis são *economicamente opressivas*. Pensando bem, a restrição de nosso acesso à heroína e a filmes sobre drogas é uma *restrição ao nosso livre comércio*. É impossível escrever livros, livros autênticos sobre escravidão, se o governo decreta que é ilegal ter escravos.

Qualquer coisa "baseada numa história real" é mais vendável que a ficção.

Mas, então, com licença, seus sete minutos terminaram.

Claro que nem tudo são más notícias.

Há aquela terapia do diálogo na maior parte das oficinas de escritores.

Existe a ideia da ficção como um laboratório seguro para explorarmos a nós mesmos e a nosso mundo. Para termos experiências com uma *persona* ou um personagem e uma organização social, experimentando fantasias e testando um modelo social até isso se esgotar.

Tem tudo isso. Um aspecto positivo é que talvez essa consciência e registro nos leve a ter uma vida mais interessante. Talvez fiquemos menos propensos a cometer os mesmos erros inúmeras vezes. Casar com outro bêbado. Engravidar de novo. Porque a essa altura já sabemos que isso daria um personagem chato e antipático. Uma protagonista que Julia Roberts jamais faria. Em vez de moldar nossas vidas a personagens corajosos e inteligentes, talvez venhamos a levar vidas inteligentes e corajosas para basear nelas nossos personagens de ficção.

Controlar a história do nosso passado – registrar e exauri-la –, essa capacidade pode nos fazer chegar ao futuro para escrever a história. Em vez de deixar a vida simplesmente acontecer, poderíamos delinear nossa trama pessoal. Aprendemos a arte de que vamos precisar para aceitar essa responsabilidade. Desenvolvemos nossa capacidade de imaginar com detalhes cada vez mais minuciosos. Podemos focalizar com mais exatidão o que queremos realizar, obter, nos tornar.

Você quer ser feliz? Você quer encontrar a paz? Você quer ser saudável? Como qualquer bom escritor diria: desembrulhe "felicidade". Como ela é? Como pode demonstrar felicidade no papel, esse conceito vago e abstrato? Mostre, não diga. Mostre-me "felicidade".

Dessa forma, aprender a escrever significa aprender a ver você mesmo e o mundo em *close-ups* extremos. Se não servir para mais nada, talvez aprender a escrever nos force a ver tudo mais de perto, realmente ver... nem que seja apenas para reproduzir no papel.

Quem sabe se com um pouco mais de esforço e de reflexão você possa viver o tipo de história de vida que um agente literário gostaria de ler.

Ou talvez... apenas talvez, esse processo todo seja como rodinhas de apoio na direção de algo maior. Se pudermos refletir e conhecer nossas vidas, talvez fiquemos alertas e moldemos nosso futuro. Nossa enxurrada de livros e filmes – de tramas e enredos – talvez seja uma forma de a humanidade se conscientizar de toda a nossa história. De nossas opções. De todos os caminhos que experimentamos no passado para consertar o mundo.

Nós temos tudo: o tempo, a tecnologia, a experiência, a educação e a aversão.

E se fizessem um filme sobre guerra e ninguém fosse assistir?

Se temos preguiça demais para aprender a história da História, quem sabe possamos aprender enredos, tramas. Talvez a nossa ideia de "ter estado lá, de ter feito aquilo" nos salve da declaração da próxima guerra. Se guerra não "passa", então para que se dar ao trabalho? Se guerra não "encontra audiência". Se vemos aqueles "tanques" de guerra depois do fim de semana de estreia, então ninguém mais vai dar sinal verde para outro. Pelo menos não por muito e muito tempo.

Enfim, e se um escritor aparece com uma história completamente inédita? Um modo de vida novo e inspirador, antes...

Sinto muito, seus sete minutos terminaram.

{Demolição}

Eles chegam das montanhas, sacrifícios que vêm para cá para morrer.

Hoje é sexta-feira, dia 13 de junho. Esta noite é de lua cheia. Eles chegam todos decorados. Pintados de cor-de-rosa, com enormes focinhos de porco, as orelhas moles e rosas de porco se avolumando contra o céu azul. Eles chegam arrumados, com enormes laços amarelos feitos de madeira compensada pintada. Chegam pintados de azul forte e fantasiados para parecer tubarões gigantes com barbatanas dorsais. Ou pintados de verde e cobertos de pequenos alienígenas do espaço, parados com olhos puxados, embaixo de um prato de radar giratório e com luzes estroboscópicas coloridas.

Eles chegam pintados de preto, com luzes compridas de ambulâncias. Ou pintados de marrom, com camuflagem de deserto e desenhos feitos à mão, de mísseis voando na direção de árabes montados em camelos. Eles chegam levantando nuvens de fumaça de efeitos especiais. Canhões feitos com canos, disparando balas de pólvora preta.

Chegam com nomes como *Beaver Patrol* e *Viking* e *Mean Gang-Green*, de cidades das terras secas dos plantadores de trigo, como Mesa e Cheney e Sprague. Dezoito sacrifícios no total, eles vêm para cá para morrer. Para morrer e renascer. Para serem destruídos e salvos e voltarem no ano que vem.

{ 58 }

Esta é uma noite para quebrar coisas e depois consertá-las. É para ter o poder de vida e de morte. Eles vêm para o que chamam de Derby de Demolição de Combine, de Lind.

O "onde" é Lind, Washington. A cidade de Lind abriga 462 habitantes nas colinas áridas do extremo leste do estado de Washington. A cidade tem seu centro nos elevadores da Union Grain, que correm paralelos aos trilhos da estrada de ferro Burlington Northern. As ruas numeradas – Primeira, Segunda e Terceira – também são paralelas à ferrovia. As ruas transversais aos trilhos começam na Rua N, quando se chega à cidade pelo oeste. Depois vem a Rua E. Depois a Rua I. Todas as ruas juntas soletram N-E-I-L-S-O-N, o sobrenome dos irmãos James e Dugal, que planejaram a cidade em 1888.

O principal cruzamento da Segunda com a I tem prédios comerciais de dois andares enfileirados. O maior prédio do centro é o Phillips, rosa desbotado em *art déco*, onde fica o cinema Empire, fechado há décadas. O mais bonito é o do Whitman Bank, de tijolos aparentes, com o nome do banco pintado em ouro nas janelas. Ao lado, fica o salão de cabeleireiros Hometown Hair.

Por duzentos quilômetros em qualquer direção, a paisagem é feita de artemísia e sarça, a não ser onde as colinas são aradas para plantar trigo. Lá giram redemoinhos de poeira. Os trilhos do trem ligam os altos elevadores de grãos de cidades agrícolas, como Lind e Odessa e Kahlotus e Ritzville e Wilbur. No extremo norte de Lind, elevam-se as ruínas de concreto da ponte de cavaletes da via férrea na Milwaukee Road, dramáticas como um aqueduto romano. Não há registro de onde veio o nome Lind.

No extremo sul da cidade fica o campo dos rodeios, com uma arena de terra batida cercada em três lados por arquiban-

{ 59 }

cadas, com lebres pastando no estacionamento de cascalho em torno de carcaças amassadas e enferrujadas de competidores do *derby* de demolição.

O "que" são os combines, nome que dão às máquinas grandes e lentas, usadas para colher o trigo. Cada combine tem quatro rodas, duas imensas, que batem no nosso peito, na frente, e duas menores, até o joelho, atrás. As rodas dianteiras tracionam a máquina, puxando. As rodas traseiras orientam. Num momento de aperto – digamos que alguém arrebente as rodas de trás –, pode-se dirigir com as da frente. Essas rodas dianteiras possuem freios, cada uma delas. Para virar para a direita, basta frear a roda direita e deixar a esquerda continuar. Para virar para a esquerda, é só fazer o contrário.

A frente de cada combine é uma pá côncava, larga e baixa, chamada de descabeçador. Parece um pouco com a lâmina na frente de uma máquina de terraplenagem, só que mais larga, mais baixa e feita de metal laminado. Serve para colher o trigo. Desse descabeçador, o trigo é coado, batido e jogado dentro de um caminhão. O motorista fica lá no alto, a dois metros do chão, perto do motor. Quanto ao tamanho e à forma, é muito parecido com um homem montado num elefante quadrado de aço.

Aqui os descabeçadores são o que se usa para arrebentar os pneus do outro cara. Ou para arrancar fora o descabeçador dele. Ou para rasgar as correias do motor. É por isso que, anos atrás, eles enchiam as pás de seus descabeçadores de cimento, ou soldavam com camadas de placas de navios de guerra, ou cortavam para reduzir o tamanho e ficarem mais difíceis de enganchar nos outros combines.

Mas hoje isso é contra as regras. Muitas regras mudaram depois que Frank Bren atropelou o próprio pai em 1999, quebrou-lhe a perna e deixou uma das enormes rodas dianteiras parada em cima dele. Desde então, Mike Bren ficou manco.

Este ano, Frank dirige o número 16, um Gleaner CH pintado de amarelo vivo, cheio de bandeiras americanas ao vento e um imenso laço de fita amarelo feito de compensado. Foi batizado de *American Spirit, the Yellow Ribbon*.

– A descarga de adrenalina quando estamos lá é simplesmente maravilhosa – diz Frank Bren. – Não é tão bom quanto sexo, mas chega perto. A gente se amarra naquele barulho de metal amassado.

O resto do ano, Bren dirige um caminhão graneleiro. Plantações de trigo em terra seca significam nenhuma irrigação e não muito dinheiro. Na década de 1980, os pais da cidade estavam procurando uma maneira de levantar dinheiro para o centenário de Lind. Segundo Mark Schoesler, o motorista do número 11, um combine Massey Super 92 de 1965 pintado de verde e batizado de *Turtle*, "Bill Loomis da Loomis Truck and Tractor, foi o incentivador. Ele dava velhos combines aos rapazes. Vendia barato. Trocava. Fazia qualquer tipo de negócio para ajudá-los. E eles se saíram tão incrivelmente bem que não puderam mais parar".

Agora, pelo décimo quinto ano, cerca de três mil pessoas aparecem e pagam dez dólares por cabeça para assistir a Schoesler trombar seu combine em outros dezessete, repetidamente, sem parar, por quatro horas, até sobrar apenas um funcionando.

As regras: seu descabeçador deve estar a pelo menos quarenta centímetros do chão. Só pode ter 19 litros de gasolina e o tanque de gasolina deve ficar protegido dentro do tanque maior, usado para guardar trigo, no centro de cada combine. Pode-se usar até dez partes de cantoneira de ferro para reforçar a armação. Deve-se tirar todos os vidros da cabine. É proibido encher os pneus de cal ou cimento para aumentar o poder de tração. O motorista deve ter pelo menos 18 anos de idade, usar capacete e cinto de segurança. O combine deve ter pelo menos 25 anos de uso. Deve-se pagar cinquenta dólares para participar.

Os juízes dão uma bandeira vermelha para cada motorista, que ele deixa erguida enquanto ainda está participando do *derby*.

– Se você puxar sua bandeira, acabou – diz Jared Davis, de 18 anos, motorista do número 15, um McCormick 151. – Se o seu combine quebrar, parar de funcionar e você não puder sair do lugar, eles dão um tempo, você tira a bandeira e está fora.

Na traseira do número 15 de Davis tem um desenho feito à mão, de um rato com o dedo médio esticado. O número 15 se chama *Mickie Mouse*.

– São apenas pessoas normais que vêm aqui para se divertir – garante Davis. – É só gente trabalhadora. Descarregamos nossas frustrações e batemos à beça.

Apesar de todas as regras, eles podem beber. Davis bebe de uma lata de cerveja Coors e diz:

– Se consegue andar, pode dirigir.

Na área gramada atrás da arena do rodeio, onde ficam as equipes dos boxes, Mike Hardung está em seu terceiro ano, dirigindo o *Mean Gang-Green*, um John Deere 7700, ano 1973.

– Minha mulher se preocupa quando faço isso, mas eu faço muitas loucuras mesmo – fala Hardung. – Por exemplo, corrida de cortador de grama, dirigindo um cortador de grama. É um grande evento. Da Associação Noroeste de Corrida de

Cortadores de Grama. Chegamos a fazer quase oitenta por hora em cima deles.

Sobre a demolição dos combines, sentado lá em cima e batendo contra montanhas de aço, Hardung diz:

– É caótico. Você não sabe como está. Precisa realmente prestar atenção nos pontos fracos, como a traseira do combine e os pneus. Depois é só curtir e botar pra quebrar. Eu bato forte. Apontando para as polias e correias que ligam o motor e o eixo dianteiro, ele continua: – Você tem de proteger o motor para ninguém entrar nele. Se arrebentar uma correia, estou liquidado.

Alguns combines têm transmissão hidrostática, sem troca de marchas.

– Quanto mais você força a alavanca, mais o veículo acelera. Outros combines têm transmissão manual. Esses motoristas são fanáticos por alavancas de embreagem e caixas de marcha. Outros nunca bebem antes de um evento. Cada um tem uma estratégia diferente – explica Hardung. E prossegue: – Eu entro lá e avalio a situação. Ataco os mais fortes. Deixo os menores em paz... a não ser que eles me ataquem primeiro. – Ele continua: – A gente vê os pneus estourando. Batemos com tanta força que arrancamos fora os descabeçadores da frente dos combines ou toda a traseira. Dois anos atrás fizemos um capotar de lado.

Para reparar os danos entre as disputas, Hardung e a equipe do box de *Mean Gang-Green* trouxeram peças sobressalentes e suprimentos. Traseiras de combine. Eixos. Pneus. Rodas. Soldadores. Gruas. Esmeril. E cerveja.

– Se a agricultura piorar mais ainda – diz Hardung – vou trazer para cá meus combines *novos*.

Quando se pergunta com quem ele se preocupava mais, Hardung apontou para um combine enorme, pintado de azul, com uma barbatana dorsal se erguendo na capota. Tem grandes dentes brancos e um boneco estufado, comido pela metade, pendurado na boca do descabeçador. Pintado na frente, com letras pretas bem grandes, o nome "Josh".

– Vou ficar de olho no *Jaws* – fala Hardung. – Ele é grande porque é um combine de encosta e tem mais ferro por dentro. E rodas de ferro fundido. É osso duro de roer.

Josh Knodel é motorista iniciante, tem 18 anos de idade. Desde os 14, com o amigo Matt Miller, ele traz e conserta o *Jaws*, um combine John Deere 6602, que os pais dos dois dirigiam para eles. No primeiro e no segundo ano de competição, eles levaram o primeiro prêmio para casa. No ano passado, ficaram imobilizados com um pneu da frente estourado e faltando bater apenas três combines.

– Não se pode fazer grande coisa para proteger o pneu propriamente dito – explica Knodel. – O mais importante é tomar cuidado para não ficar entalado, não deixar que um combine me prenda por trás para que outro venha bater nos meus pneus. Tenho que procurar ficar livre para me mexer, senão acabo preso.

"Primeiro, vou tentar deixar todo mundo no chão. Vou bater nos pneus traseiros para arrancar fora as rodas. Assim, eles ficam na terra e perdem a rapidez e a agilidade. Perdem muito o controle. Se você perde completamente um pneu, toda a traseira fica arrastando na terra. Às vezes até as coroas são arrancadas e toda a traseira acaba arrastando no chão – prossegue ele.

"Estou muito animado. Quis fazer isso a vida inteira. Chegou o dia. Mas estou nervoso. Tive dificuldade para dormir a noite passada – ele diz. – Não me lembro de ter perdido nenhum *derby*. É temporada de *derby* na nossa casa. Sempre viemos à cidade assistir ao rodeio e ao *derby* de combines. Esse é definitivamente um sonho que se torna realidade, poder dirigir esta noite. O prêmio para quem vence uma disputa é de trezentos dólares. Se ficar em segundo lugar no seu grupo, duzentos. O terceiro lugar ganha cem. Mas se você vencer o *derby* inteiro, são mil dólares. É mesmo um bom prêmio em dinheiro – Knodel continua.

"Não há nenhuma garantia. Não assinamos papel nenhum, o que é espantoso. Você pensaria que o Lions Club nos faria assinar alguma coisa dizendo que se alguém se ferir a responsabilidade não seria deles, mas eu não assinei nada. Todos nós aqui só queremos nos divertir. E sabemos que temos que assumir os riscos", acrescenta ele.

As tribunas de honra estão sendo ocupadas. Uma longa fila de carros e picapes vai entrando no estacionamento. Um caminhão de água molha a terra na arena do rodeio.

No início de cada *derby*, os combines entram na arena e param em duas filas compridas. Enquanto esperam, a multidão se levanta. Rainha do rodeio pelo terceiro ano consecutivo, Bethany Thompson, coberta de lantejoulas vermelhas, brancas e azuis e segurando a bandeira americana, galopa cada vez mais rápido em seu cavalo, em volta dos combines reunidos. À medida que Thompson vai ganhando velocidade, com sua bandeira ondulando no ar, os motoristas dos combines ficam de pé, põem a mão sobre o coração e os três mil espectadores entoam o Juramento à Bandeira. Os que vêm da cidade grande recebem tapas ou socos nas costas e ouvem gritos porque não tiraram os chapéus.

O *derby* consiste em quatro etapas. A primeira, é para os motoristas que já competiram ali antes; a segunda, é para os iniciantes; a terceira, é mais uma para motoristas experientes e a quarta, começa com uma rodada de consolação para todos os combines perdedores que ainda podem rodar. Depois da briga, os vencedores das três primeiras etapas entram na arena e todos os que ainda funcionam, vencedores e perdedores, lutam até a morte.

Depois do juramento, o juiz lê um tributo escrito pelo motorista Casey Neilson e a equipe do combine número 9, um McCormick International 503, de 1972, com uma luz de ambulância rodando e piscando azul e vermelho na capota. O amuleto da sorte de Neilson é a peruca afro que ele sempre usa quando está pilotando. As pessoas o chamam de Homem Afro. Ele chama o seu combine de *Rambulance*.

Ouvimos os alto-falantes.

– A equipe da Odessa Trading Company gostaria de um minuto de sua atenção para agradecer aos homens e mulheres do serviço médico de pronto-socorro e aos bombeiros voluntários daqui por todo trabalho e dedicação. Se não fossem vocês, alguns de nós não estaríamos aqui.

Os combines saem da arena, menos sete, e começa a primeira disputa.

No alto-falante, um juiz diz:

– Que Deus nos ajude a ter um espetáculo seguro e animado esta noite.

Assim que é dada a largada, Mark Schoesler, no *Turtle*, perde um pneu traseiro. *Mean Gang-Green* e *J&M Fabrication* trombam de frente. O *BC Machine*, o *Silver Bullet* e o *Beaver Patrol* levantam poeira perseguindo uns aos outros em círculos. Os motores roncam e respiramos fumaça de escapamento. O pneu traseiro do *Mean Gang-Green* estoura. O pneu traseiro do *J&M Fabrication* estoura e o piloto, Justin Miller, parece ter problemas. Parado no mesmo lugar, ele se abaixa e desaparece dentro do compartimento do motor de seu combine. *Silver Bullet* para de vez e é eliminado por um juiz; o motorista Mike Longmeier abaixa a bandeira vermelha. *Beaver Patrol* tem a roda traseira completamente arrancada, depois o eixo traseiro, mas continua andando, arrastando-se pela terra apenas com as rodas da frente. Então, *Red Lightnin'* arrebenta a traseira do *Beaver Patrol*. A tampa do motor do *Mean Gang-Green* se abre e sai fumaça lá de dentro. O motor do *Red Lightnin'* pega fogo. *J&M Fabrication* volta à vida, Miller reaparece no banco do motorista. *Beaver Patrol* se arrasta pela terra. *J&M* arranca a traseira do *Turtle*. O barril de cerveja cai do *Mean Gang-Green*. O *Turtle* perde o eixo traseiro. E Miller para de novo. Os juízes eliminam o *Turtle* e Schoesler abaixa sua bandeira vermelha. *J&M Fabrication* está fora, *Beaver Patrol* está fora e *Mean Gang-Green* é o vencedor.

Nos boxes, a equipe rodeia o *J&M Fabrication*, martelando e desamassando o metal. Fagulhas de solda pipocam. Pneus furados são trocados. Miller, do *J&M*, indo para a rodada de consolação, fala:

– Não interessa quem vai ganhar, só queremos bater com toda a força que pudermos, pelo tempo que pudermos. Ele descreve o melhor jeito de bater: – Eu uso o freio. Nesses combines há um freio em cada lado, então, se trancamos um deles, podemos girar e fazer com que aquele lado do descabeçador se movimente. Ele vai cinco ou seis vezes mais rápido que o combine e, quando batemos em alguém de lado, provocamos um grande dano na outra máquina.

– Fazemos girar nossos descabeçadores, como se fossem pás de um moinho de vento – diz ele.

"Ele estoura aquele pneu. Quebra e arranca aquela roda inteira. O descabeçador pode estar girando a 35, quarenta quilômetros por hora. É um estrondo. Ele levanta do chão a traseira do combine."

Entre as disputas, entram na arena uma empilhadeira e um reboque para tirar os mortos: descabeçadores arrebentados e cantoneiras de ferro arrancadas. A rainha do rodeio, Thompson, joga camisetas para a plateia. A cerveja jorra.

De volta à arena, pilotos estreantes, como Davis e Knodel, todos adolescentes, menos Garry Bittick, que dirige o *Tank*, se alinham para a disputa.

No primeiro minuto, Jeff Yerbich e seu *Devastating Deere* param, devido aos dois pneus traseiros estourados. *Little Green Men* dá uma marrada no *Tank* e levanta tanto o combine que ele quase capota para trás. *Jaws* perde uma roda traseira. *Mickie Mouse* fica com o descabeçador amassado feito papel metálico. O *Tank* para de vez e abaixa a bandeira vermelha. *Jaws* persegue *Mickie Mouse* em círculos. Knodel bate com seu descabeçador nos pneus dianteiros do *Mouse* e os dois estouram. Com o *Mouse* parado, *Jaws* continua a bater até o juiz fazer o combine morto abaixar a bandeira. *Jaws* perde um pneu traseiro mas segue se arrastando. O *Viking* está morto. O *Tank* tem seu descabeçador arrancado. O tempo se esgota, restando *Jaws* e *Little Green Men* empatados como vencedores.

Na arena, Bittick se recupera da quase capotagem sob as cinco toneladas do número 5, *Tank*. Aos 47 anos de idade, ele chega ao jogo de iniciantes um pouco tarde. Seu filho, Cody, devia ter voltado para casa do serviço militar para pilotar o combine, mas esgotou todas as folgas às quais tinha direito. Por isso Cody enviou as bandeiras, uma flâmula do 82º Airborne do exército, uma do MIA e outra do Exército dos Estados Unidos, que tremulam no combine *International Harvester*, pintado com camuflagem do deserto e desenhos de árabes em camelos sendo perseguidos por mísseis de longo alcance.

– Foi só um monte de batidas duras, todo mundo batendo ao mesmo tempo, de frente – diz Bittick. – É claro que o rabo da minha máquina levantou e entortou meu descabeçador até arrebentar, por isso enguiçamos. Podíamos ter capotado – ele admite. – O coração bate acelerado. Sem o cinto de segurança, eu seria catapultado dali.

Para os pilotos de primeira viagem, Davis e Knodel, foi um verdadeiro parque de diversões.

– Foi sensacional! Foi divertidíssimo – comenta Davis, com uma lata de cerveja na mão enquanto sua equipe prepara *Mickie Mouse* para a rodada de consolação. – A diversão é ir até lá e dar uma surra nos outros.

Para Knodel e *Jaws*, empatar em primeiro lugar deu um pouco mais de trabalho.

– Foi muito além do que eu esperava – fala Knodel. – Não pensei que teria de me concentrar tanto assim. Suei à beça enquanto estava lá.

Um dos poucos pilotos que não estava bebendo cerveja nem vodca, Knodel descreve a sensação de estar bem no meio da poeira e dos gritos das torcidas.

{ 69 }

– Na verdade, você não escuta nada. Não ouvi o pessoal torcendo. A única coisa que eu ouvia era o meu motor. Ele chegou a morrer. Eu estava rodando e não ouvi quando o motor morreu. Cheio de adrenalina, eu ainda procurava alguém que viesse me pegar. A única forma de saber que o motor tinha voltado a funcionar era vendo as pás do filtro de ar, e finalmente vi que elas estavam girando de novo. Então, eu estava pronto para rodar novamente.

Na terceira disputa, os combines começam parados, traseira com traseira, todos virados para fora, como os raios de uma roda. Parte de outro grupo de motoristas experientes, o *Rambulance* rasga um pneu traseiro do *Good Ol' Boys*. *Porker Express* arrebenta e arranca a parte traseira do *BC Machine*. *Good Ol' Boys* destrói a traseira do *American Spirit,* levando o eixo traseiro junto. *Porker Express* perde as hastes do eixo traseiro e a coluna da direção. *American Spirit* afunda demais na terra e arria a bandeira, morto. *Porker Express* engancha o descabeçador embaixo da traseira do *Rambulance*. *BC Machine* para, com a tampa do motor aberta e soltando fumaça. Um minuto depois, Chet Bauermeister faz o motor funcionar de novo. *Porker Express* é esmagado entre *Good Ol' Boys* e *BC Machine*. *Good Ol' Boys* perde os dois pneus de trás, mas continua andando apoiado nas coroas das rodas. *BC Machine* morre de novo. *Good Ol' Boys* bate em *Porker Express* por trás e enfia a traseira rosa do outro combine na terra. *Good Ol' Boys* se concentra em bater no *BC Machine*. *Porker Express* morre. *Rambulance* morre. *Good Ol' Boys* bate em *BC Machine* em círculos até Bauermeister arriar sua bandeira. O piloto do *Good Ol' Boys*, Kyle Cordil, é o vencedor.

Na área dos boxes, equipes de vencedores e perdedores consertam seus combines para o confronto final. As soldas, os maçaricos e os esmeris soltam faíscas no capim seco, e as pessoas correm para apagar os pequenos incêndios com latas de cerveja. Salsichas e hambúrgueres são assados em churrasqueiras. Crianças e cachorros andam em volta dos combines inclinados, sustentados por macacos.

Perto do número 17, o *Little Green Men*, um grupo de garotas bebe cerveja e paquera o piloto Kevin Cochrane.

– É, existem as tietes de demolição de combines. Acho que não há fã-clube em Lind, mas elas são de outras cidades. Acho que elas acompanham o pequeno circuito. Há apenas dois *derbies*, então é um circuito bem pequeno – diz Cochrane, que tem vinte anos.

Cochrane olha para as meninas quando uma delas deixa as amigas e se aproxima dele.

– Como são as Marias-demolição? Antes de mais nada – ele diz –, essa é meio caipira. Botas de vaqueiro e coisas assim. Meio estilo country, mas não como ela.

Ele meneia a cabeça quando a menina chega. O nome dela é Megan Wills. Pergunto por que não há pilotos mulheres e ela responde:

– Porque é uma merda! Josh levou um chute na bunda!

– Já houve mulheres piloto – diz Cochrane.

– Uma! Muito tempo atrás! – grita Wills, cujo irmão é da equipe do número 14, *Beaver Patrol.* – Não tem mulher dirigindo aqui porque essa merda é uma porcaria! Não vou entrar nisso. É foda! Prefiro tomar um porre e satisfazer todos os maiorais do que dirigir aquela merda! Porra, de jeito nenhum!

{ 71 }

Cochrane bebe o resto da cerveja com a cabeça inclinada para trás.

– Acho que se não bebermos nada, ficamos nervosos demais. Quando entramos lá estamos com os nervos à flor da pele. Precisamos relaxar um pouco.

Antes da rodada de consolação, os juízes percorrem a área dos boxes avisando para o pessoal que os trinta minutos para consertos já acabaram há muito tempo. Só o *Mickie Mouse* e o *J&M Fabrication* estão prontos e esperando na arena. O sol já sumiu no horizonte e está escurecendo depressa. Os juízes anunciam pelos alto-falantes:

– Precisamos de nove combines no ringue. Temos apenas dois. Ainda faltam sete.

Frank Bren, o piloto do *American Spirit* chega correndo com a camiseta e as mãos encharcadas e pretas de óleo de motor, suor e sangue já seco.

– Não vamos conseguir – ele diz para os juízes. – Não conseguimos trocar uma mangueira hidráulica.

Um juiz lê os nomes dos combines que ainda não voltaram para a arena.

– Vocês estão pressionando o limite de tempo – diz ele. – E você está pressionando os juízes.

Rambulance entra na arena arrastando um pneu traseiro furado. *Red Lightnin'* também comparece. O *Silver Bullet* chega manquitolando. Quando a rodada começa, *Red Lightnin'* dá uma porrada tão violenta em *Rambulance* que chega a soltar faíscas. O *Silver Bullet* enfia o descabeçador nos pneus dianteiros do *J&M Fabrication*. *Rambulance* perde o eixo traseiro. *Mickie Mouse* perde uma roda traseira. *J&M Fabrication* bate de frente no *Red Lightnin'*. *Rambulance* bate de frente no *J&M* com tanta força que as traseiras dos dois combines sobem a um metro do chão. *Mickie Mouse* tromba com *Red Lightnin'* e consegue arrancar-lhe as duas rodas traseiras, depois estoura um pneu da frente. A batida arranca o descabeçador do *Mickie Mouse* e Davis abaixa a bandeira. Fica lá no banco do motorista todo largado, de braços abertos e rosto virado para cima, para o céu escuro. *Rambulance* se arrasta pela arena coalhada de parafusos e pedaços de metal. O *Silver Bullet* e o *J&M Fabrication* abalroam *Red Lightnin'* com tamanha violência que a pancada mata o *Silver Bullet*. Depois *J&M* arria a bandeira.

Enquanto esperamos que terminem a limpeza e que os vencedores cheguem para o confronto final, Thompson joga camisetas para a arquibancada. Surge uma imensa lua laranja que parece se equilibrar no horizonte.

Os vencedores das três primeiras disputas e todos os combines sobreviventes entram na arena. A escuridão é completa e as bandeiras vermelhas perto de cada motorista parecem pretas, delineadas contra a fumaça e a poeira. O radiador do *BC Machine* está falhando e o pequeno combine Massey 510 se perde numa nuvem de vapor branco. Os motores de todos os nove combines roncam juntos e tem início a disputa final.

Logo de cara, *Little Green Men* perde a traseira e cai morto num canto. *Jaws* bate na traseira de *Beaver Patrol*, que morre no ato. *BC Machine* corre pela pista e enche a arena de vapor cuspido pelo radiador. Quando um trem de carga da Burlington Northern passa voando, fazendo soar seu apito mais alto que a barulheira da demolição, *Jaws* se vê encurralado, com o descabeçador preso embaixo da traseira morta de *Beaver*

{ 73 }

Patrol. Porker Express amassa a traseira de *Mean Gang-Green*. O *Turtle* se esconde, parado com as rodas traseiras encostadas na beira do ringue, onde nenhum combine pode alcançar sem invadir a multidão de espectadores. O *Porker Express* para, morto. O *Turtle* se aventura a atacar *Rambulance*, que agora não tem mais eixo traseiro. *Little Green Men* fica parado num canto, morto. O prato prateado do radar de Cochrane continua girando.

Escondido à beira da arena, o número 11, o *Turtle*, não é o preferido do público.

– Alguns dizem que sou dissimulado – admite Schoesler, o piloto do *Turtle*. – Que eu evito demais o contato. Prefiro pensar que sou mais o velho Muhammad Ali enganando o outro nas cordas. Fique nas cordas e deixe que batam em você onde não machuca. E se surge uma abertura, você desfere um *jab*, depois recua. Tem funcionado muito bem esses anos todos.

Para Schoesler, que representa o Nono Distrito Legislativo na Câmara estadual de Washington, o *derby* é uma chance de fazer campanha. Ele planeja se candidatar a senador pelo estado.

– O fato de ser um deputado eleito sempre provoca alguns *jabs* – diz ele. – Tudo diversão, espero. O ganhador do *derby* anterior é um homem marcado. Por ter vencido no passado, eu me torno um alvo. Por ter sido eleito, viro um alvo duplo.

Agora na arena, *BC Machine* enche o ar de vapor e seu motor solta faíscas. O *Turtle* volta a se esconder, a salvo junto à multidão de espectadores.

Rambulance abaixa a bandeira. *Mean Gang-Green* bate no *Turtle* e o empurra para cima do público. *J&M Fabrication* abalroa o *Turtle* e os combines mortos ficam lá, pretos e destruídos, apenas obstáculos na arena cheia de fumaça escura e vapor. O *Turtle* tenta escapar e acaba encurralado entre o *Good*

Ol' Boys, o *Mean Gang-Green* e o *J&M Fabrication*. *BC Machine* para de vez, mas o radiador ainda solta vapor. O *Turtle* escapa e deixa seus três atacantes batendo uns nos outros. O descabeçador do *J&M* continua perfeito, mas o combine não tem mais coluna de direção na traseira. Dá para sentir o cheiro quente e amargo do fluido de freio e *J&M Fabrication* para, com Miller curvado para a frente, tentando fazer o motor pegar. O descabeçador do *Mean Gang-Green* se desprende e Hardung está fora da competição. O *Turtle* ainda se esconde no limite da arena. *Good Ol' Boys* mal consegue virar para qualquer lado.

Quando o tempo acaba, os juízes decidem. O dinheiro para o primeiro e segundo lugares é dividido entre *Mean Gang-Green* e o *Turtle*. *Good Ol' Boys* é o terceiro.

Às dez da noite acaba tudo, menos a bebida. As botas de vaqueiro vão levantando poeira a caminho do estacionamento. Música country se mistura com hip-hop e o ar fica rosa com milhares de lanternas traseiras e luzes de freio à espera de uma brecha para pegar a estrada.

Terry Harding e a equipe do *Red Lightnin'* convidam:

– Venha nos encontrar à meia-noite, ou a uma da madrugada, e tomaremos um porre.

Kevin Cochrane voltará para a faculdade de agricultura na estadual de Washington. Frank Bren voltará a dirigir seu caminhão graneleiro. Mark Schoesler, sem dúvida, retornará ao governo estadual para mais um mandato. E os combines *Red Lightnin'*, *Jaws*, *Beaver Patrol*, *Orange Crush* ficarão lá parados, enferrujando, até chegar a hora de consertá-los para arrebentá-los de novo, e de novo, e de novo, no ano que vem.

É assim que os homens do Condado de Adams se reúnem. Os agricultores agora trabalham na cidade. As famílias estão se espalhando. Os jovens vão deixando para trás os anos de companheirismo do ensino médio. É essa sua estrutura de regras e de tarefas. Uma maneira de trabalhar e brincar juntos. De sofrer e comemorar. De se reunir.

Até o próximo ano, está tudo acabado. A não ser pela parada do dia seguinte. O rodeio e o churrasco. As histórias e os machucados.

– Todos vão andar torto amanhã – diz a organizadora do *derby*, Carol Kelly. – Terão dores nos ombros e nos braços. E o pescoço deles... mal conseguirão virar a cabeça. – Ela continua: – É claro que eles se machucam. Se disserem o contrário, estão mentindo para você pensar que são durões.

{Minha vida de cão}

Os rostos que fazem contato visual se contorcem em sorrisos debochados. O lábio superior sobe e exibe os dentes, o rosto todo se comprime em torno do nariz e dos olhos. Um garoto louro parecido com Huck Finn vem andando atrás de nós, batendo nas nossas pernas e gritando.

– Estou vendo seu pescoço! Ei, mané! Posso ver seu pescoço aqui de trás...

Um homem vira para uma mulher e diz:

– Minha nossa, só em Seattle...

Outro homem de meia-idade fala bem alto:

– Esta cidade ficou liberal demais...

Um jovem com um skate embaixo do braço retruca:

– Está se achando bonito? Mas não está. Você é só burro. Está parecendo um completo idiota...

Não era questão de parecer bonito, de ter boa aparência. Como homem branco, você pode passar a vida inteira sem sentir que não se encaixa. Jamais vai entrar numa joalheria que só enxerga sua pele preta. Nunca entrará num bar que só vê os seus seios. Ser branquelo é ser papel de parede. Você não chama atenção, nem para o bem, nem para o mal. Mas como seria viver como o centro das atenções? Simplesmente deixar as pessoas olharem. Deixá-las tirarem suas conclusões e pensarem o que quiserem. Deixar que as pessoas projetem algumas de suas próprias características em você um dia inteiro.

A pior parte de escrever ficção é o medo de desperdiçar sua vida sobre um teclado. A ideia de que quando morrer você vai entender que só viveu no papel. Que suas únicas aventuras eram faz de conta e que, enquanto o mundo lutava e beijava, você ficava sentado num quarto escuro, se masturbando e ganhando dinheiro.

Então, a ideia era de que uma amiga e eu alugaríamos fantasias. Eu, de um dálmata malhado e sorridente. Ela, de um urso pardo bailarino. Fantasias que não indicavam gênero. Apenas roupas engraçadas de pelúcia que escondiam nossas mãos e pés e tinham cabeças de *papier-mâché* grandes e pesadas, o que impedia que qualquer um visse nosso rosto. Isso não dava pistas visuais para ninguém, não havia expressões faciais, nem gestos para decodificar – apenas um cão e um urso andando por ali, fazendo compras, como turistas, no centro de Seattle.

Parte disso eu já havia previsto. Todo mês de dezembro a sociedade internacional de cacofonia promove uma festa chamada "Fúria de Papai Noel", na qual centenas de pessoas invadem uma cidade, todas vestidas de Papai Noel. Ninguém é preto ou branco. Ninguém é jovem ou velho. Homem ou mulher. Juntos, eles se transformam num mar de veludo vermelho e barbas brancas, que invade o centro da cidade, bebendo, cantando e enlouquecendo a polícia.

Numa recente Fúria de Papai Noel, detetives da polícia foram esperar a chegada de um avião lotado de Papais Noéis no aeroporto de Portland e os encurralaram com armas e gás de pimenta.

– Seja lá o que for que vocês estejam planejando fazer, a cidade de Portland, Oregon, não vai admitir que queimem em efígies... de Papai Noel – anunciou a polícia.

Só que quinhentos Papais Noéis têm um poder que um urso e um cão solitários não têm. No saguão do Museu de Arte de Seattle, vendem entradas de quatorze dólares. Contam para nós o que está em exibição, os retratos de George Washington emprestados da capital do país. Informam onde encontrar os elevadores e nos dão mapas do museu, mas, assim que apertamos o botão do elevador, eles nos põem para fora. Não devolvem o dinheiro das entradas. Não dão colher de chá. Apenas muitas cabeças balançando de um lado para outro e uma política nova em folha que diz que ursos e cães podem comprar entradas mas não podem ver as obras de arte.

A um quarteirão de distância das portas do museu, os guardas continuam nos seguindo, até que um novo grupo de seguranças de outro prédio passa a nos vigiar. Mais um quarteirão descendo a Terceira Avenida e uma viatura da polícia de Seattle aparece para nos seguir bem devagar enquanto nos dirigimos para o norte, para o shopping center varejista.

No Pike Place Market, rapazes esperam o cão passar e então dão socos ou chutes de caratê no pelo com manchas pretas. Bem nos rins. Na parte de trás dos meus cotovelos e dos meus joelhos, com muita força. Toda vez, um chute e um soco. Depois esses mesmos homens pulam para trás, reviram os olhos e fingem assobiar, como se nada tivesse acontecido.

Por trás de óculos escuros espelhados, roupas iguais e com a agressividade desajeitada do hip-hop e do skate, essas pessoas vivem a juventude no centro da cidade e querem ser aceitas. Na frente do Bon Marché, ao longo da Rua Pine, rapazes jogam pedras que deformam as cabeças de *papier-mâché* e acertam o pelo da fantasia com força. Moças aparecem correndo em grupos de quatro ou cinco, com câmeras digitais do tamanho de cigarreiras de prata e agarram o cão e o urso como se fossem bonecos arrumados para fotos. Elas se enfiam entre nós sorrindo, encostam os seios quentes e passam os braços no pescoço de um animal.

A polícia continua nos seguindo, entramos rapidamente no Westlake Center, passamos correndo pela Nine West do primeiro andar do shopping. Corremos diante da loja Mill Stream – "Presentes de Pacific Northwest" [região da costa noroeste dos Estados Unidos] – e continuamos correndo ao passar pela Talbots e Mont Blanc, pela Marquis Leather. As pessoas à nossa frente recuam e se encostam na Starbucks e na LensCrafters, criando um constante espaço de piso branco livre para ocuparmos na corrida. Atrás de nós, estalam os *walkie-talkies* e vozes masculinas dizem: "... suspeitos à vista. Um é um urso bailarino. O segundo suspeito usa uma enorme cabeça de cachorro..."

Crianças gritam. As pessoas saem das lojas para ver melhor. Os vendedores também vão espiar, seus rostos espreitam por trás de suéteres e relógios de pulso nas vitrines. É a mesma excitação que sentíamos, durante a infância, quando um cachorro entrava na nossa escola. Passamos correndo pela Sam Goody, pela loja Fossil, com os *walkie-talkies* logo atrás, as vozes dizendo: "... o urso e o cachorro estão indo para oeste, na direção do acesso ao primeiro nível para a Praça de Alimentação do metrô..."

Continuamos correndo e passamos pela Wild Tiger Pizza e pelo Subway Sandwiches. Por meninas adolescentes sentadas no chão, dando risada em seus celulares. "Afirmativo", diz a voz ao *walkie-talkie*. Às nossas costas, falam: "... Estou prestes a capturar os dois supostos animais..."

Toda aquela confusão, toda aquela caçada. Rapazes atiram pedras em nós. Moças nos apalpam. Homens de meia-idade olham para o outro lado, balançam a cabeça e ignoram o cão que espera na fila da Tully com eles para pedir uma xícara grande de café com leite. Um cara de Seattle, de meia-idade, conversa com uma loura de rabo de cavalo, de calças enroladas até o joelho, exibindo as canelas. Ele passa por nós e diz:

– Sabe, tem uma lei nessa cidade que proíbe os animais de andarem soltos.

Uma mulher mais velha, com cabelo de cabeleireiro todo prateado e preso para cima com laquê, cutuca um braço malhado do cão, passa a mão no pelo e pergunta:

– O que vocês estão promovendo?

Ela nos segue, ainda cutucando a pelúcia e perguntando:

– Quem paga para vocês fazerem isso? – Ela pergunta mais alto ainda. – Não está me ouvindo? – insiste. – Responda. – E pergunta: – Para quem você trabalha? – E continua: – Responda para mim...

Ela segue agarrada a nós dois por meio quarteirão e só então nos solta.

Outra mulher de meia-idade, que empurra um carrinho do tamanho de um carrinho de supermercado, cheio de fraldas descartáveis, mamadeiras, brinquedos, roupas e sacolas de compras, com um bebezinho minúsculo perdido no meio disso tudo, no meio da praça Pike Place Market, grita.

– Afastem-se todos! Para trás! Eles podem estar cheios de bombas dentro dessas fantasias...

Por todo lado, foi uma correria danada enquanto os seguranças criavam uma política pública para lidar com pessoas fantasiadas de animais.

{ 81 }

Uma amiga, Mônica, trabalhava como palhaço de aluguel. Enquanto ela torcia balões de ar para formar animais em festas de empresas, os homens ficavam oferecendo dinheiro para transar com ela. Lembrando disso, ela diz que qualquer mulher que se veste de idiota e se recusa a parecer atraente era vista como devassa, fácil, que queria transar por dinheiro. Outro amigo, Steve, usa uma fantasia de lobo no Burning Man todos os anos e não entende nada porque, ele diz, as pessoas o vêem como sub-humano. Como uma coisa selvagem.

Naquele momento, a parte de trás dos meus joelhos já estava doendo de tantos chutes que levei. Meus rins doíam por causa dos socos, e meus omoplatas, das pedras que atiraram. Minhas mãos estavam molhadas de suor. Meus pés também doíam de andar demais no cimento. Na Rua Pine, jovens passam de carro, acenando e gritando:

– Nós te amamos...

Toda essa gente atrás das próprias máscaras: seus óculos escuros, seus carros, roupas da moda e cortes de cabelo. Rapazes passam de carro e berram.

– Seus viados filhos da puta...

A essa altura, não dou a mínima. Este cão poderia ficar andando desse jeito para sempre. Andar de cabeça erguida. Cego e surdo para as merdas das pessoas. Não preciso acenar, ser alcoviteiro e posar com a garotada para fotos. Sou apenas um cão, fumando um cigarro do lado de fora do Pottery Barn. Encosto na parede, com uma perna levantada e apoiada na fachada da Tiffany and Company. Sou apenas o dálmata que faz uma ligação do celular na frente do Old Navy. É o tipo de sensação gostosa de autossuficiência, que os caras brancos podem passar a vida toda sem.

Agora está quente demais. É fim de tarde e a FAO Schwartz está quase deserta. Do lado de dentro das grandes portas de vidro, um cara jovem veste roupa de soldadinho de brinquedo, de casaca vermelha com fila dupla de botões de bronze dourados e um capacete alto e preto. As escadas rolantes estão vazias. A Barbie Shop está vazia. O soldadinho de brinquedo brinca com um carrinho de corrida com controle remoto, sozinho e preso lá dentro no primeiro dia de sol que Seattle vê em meses.

O soldadinho de brinquedo levanta a cabeça, olha para o cão e para o urso que passam pela porta e sorri. O soldadinho ignora o carro de corrida, que bate numa paredes, e diz:

– Vocês são demais! Vocês são o máximo!

{Confissões em pedra}

Quando voamos de Seattle para Portland, Oregon, ao fazer a curva para aterrissar no aeroporto pelo leste, lá está, logo abaixo de nós: uma visão de ameias brancas e torres. Torreões brancos e estreitos, e uma ponte levadiça que cobre um lago de águas turvas em volta de ruínas decadentes de pedra. Numa extremidade, há uma enorme torre.

Ali está, nas colinas sobre a cidade operária de Camas, Washington, em que quase todos os dias o ar cheira a vapor azedo da fábrica de papel: um castelo. Um enorme castelo. Um castelo de verdade.

Cercado de pequenos sítios, conjuntos habitacionais e do imenso complexo pós-moderno da nova Camas High School; só que é um castelo viking. Completo, com prateleiras cobertas de machados de guerra, prontos para a próxima batalha. Um dragão que cospe fogo. Portões com cinco metros de altura. Isso tudo e uma cafeteira Bunn. Uma geladeira Frigidaire e Jerry Bjorklund, o viking construtor e residente.

Voe setecentos quilômetros para nordeste, para as Montanhas Selkirk, no enclave de Idaho, e encontrará um castelo de estilo bávaro encarapitado nos campos nevados, a mil e quatrocentos metros de altitude. Uma fortaleza de pedra e vitrais, com uma piscina interna aquecida, que tem citrino amarelo semiprecioso, ametista roxa e quartzo rosa incrustados nas paredes. Arcos e pináculos e torres, tudo construído à mão, pedra por pedra, por um único homem, chamado Roger DeClements.

E em algum ponto entre o viking e o bávaro, há uma torre alta e estreita, de quatro andares, que desponta de um pontal de pedra, à margem do rio White Salmon. Nesse terceiro castelo, há uma boneca nua sentada na balaustrada da varanda do terceiro andar, pronta para distrair os canoístas de águas turbulentas e os caiaquistas que passam por lá e avistam só de relance seus seios nus, por um minuto antes do rio puxá-los para a próxima curva e deixá-los pensando no que tinham visto. Ou pensaram que tinham visto: um grupo de torres de pedra. Varandas de toras pesadas. Uma cachoeira jorrando, verde, na frente de algum terraço de pedra. Camas enormes com postigos, armários antigos e um ex-piloto de caça de combate, chamado Bob Nippolt.

Lá, nas profundezas da floresta das montanhas Cascade, há uma visão... uma fantasia. Um castelo.

– Parece que existe um grupo de "casteleiros" – diz Roger DeClements, que mudou seu sobrenome de família muito alemã, Grimes. – Ele continua:

– Deve haver de vinte a trinta pessoas construindo castelos nos Estados Unidos no momento. Muitas no esquema faça-você-mesmo, por isso bem devagar. Elas começam como eu fiz, com projetos próprios. Mas há também outras duas muito ricas que simplesmente... explodem... constroem o maior castelo que conseguem imaginar.

Aqui, o lar de um homem é seu castelo. E vice-versa. E talvez essa tendência não seja nada além de uma versão aumentada do instinto básico de construir um ninho. O que os SUVs são para os carros comuns esses castelos são para casas comuns. Sólidas. Seguras.

{ 85 }

Ou talvez construir castelos seja um rito de passagem. Uma forma de meditação, de reflexão. Na segunda metade da vida, depois que a mãe morreu, o psicólogo e filósofo Carl Jung começou a construir um castelo de pedra. Em Bollingen, à margem do lago Zurich, na Suíça. Ele chamava de sua "confissão em pedra".

Ou talvez a construção de castelos seja uma reação ao espírito acelerado e efêmero de nossa época. Para os arquitetos, a era moderna acabou às 15:32h do dia 15 de julho de 1972, quando o conjunto habitacional Pruitt-Igoe foi dinamitado em St. Louis, Missouri. Tinha sido um exemplo premiado de arquitetura *clean*, cúbica, estilo internacional. O que os arquitetos chamavam de "máquina para viver". Em 1972, foi um fracasso. Os moradores odiaram o lugar e a cidade declarou o projeto inabitável.

Naquele mesmo ano, o arquiteto Robert Venturi declarou que a ideia que a maioria das pessoas fazia de utopia tinha mais semelhança com Disneylândia ou Las Vegas do que com um apartamento moderno que parecia um caixote.

Então, se construir um castelo é afirmação ou missão, instinto de construir um ninho ou uma extensão do pênis... o que segue é a história de três homens que largaram suas carreiras – de policial, de empreiteiro e de piloto de jato – para construir seus castelos. Eis os erros que eles cometeram. E o que aprenderam durante o processo.

Andando por seu castelo, no alto de uma montanha de granito sobre Sandpoint, Idaho, Roger DeClements tem 47 anos de idade, mas parece ter 27, com seu cabelo comprido e grosso, caindo pelas costas, abaixo dos ombros. Ele tem braços e pernas finos, usa uma camisa branca de mangas compridas e jeans azul. Calça tênis. Suas unhas são surpreendentes, compridas e dentadas, talvez devido aos anos que tocou baixo com uma banda de rock.

– Estou sempre construindo – diz Roger. – Construí minha primeira casa em 1975. Depois alugamos uma que ficava bem ao lado dos trilhos do trem e as pessoas sempre iam lá bater na porta. Então, assistimos ao filme *The Beastmaster*, o que me deu algumas ideias. Achei que um castelo seria bom porque era seguro. E também notei que as casas perdiam valor com o tempo e um castelo só valorizava, além de não apodrecer.

Até agora Roger construiu três castelos: do primeiro, que levou cinco semanas, ao último, que está à venda por um milhão de dólares.

– O que pensei basicamente foi que seria divertido – ele confessa. – Divertido morar nele. Divertido para as pessoas que viam. E também o fato de que estaria ali para sempre, poderia ser passado adiante por muitas gerações.

Para Jerry Bjorklund foi diversão e um pouco de álcool.

– Sou um ótimo bebedor – começa a contar. – Uma noite estava bebendo Black Velvet, liguei para um amigo do conselho municipal e disse: "Vou construir um castelo." E ele retrucou: "Não, você não pode fazer isso." E eu insisti: "Posso sim." E na manhã seguinte, acordei e pensei, caramba... Eu disse para ele que ia construir um castelo. Então, lá vou eu...

Mas por que um castelo?

Jerry sacode os ombros.

– Não sei. Herança nórdica, qualquer coisa assim. Eu sempre me interessei por eles. E parecia uma boa ideia. Ninguém mais tinha.

Bem bronzeado graças aos invernos que passava pescando em Mazatlán, Jerry está no apartamento que ocupa uma ala de seu castelo nas colinas verdejantes de Camas, Washington. Tem cinquenta e nove anos e é policial aposentado da Polícia de Camas. Rosto quadrado, ele tem o queixo grande, com uma profunda fenda no meio e um bigode hirsuto de viking que já está grisalho. As sobrancelhas grossas e a farta cabeleira também são grisalhas. Ele usa uma camiseta preta e calça jeans. Nos braços tem tatuagens antigas que ficaram azul-escuro.

Jerry fuma cigarros Delicados, do México.

– Sempre trago – diz ele. – Compro por sete dólares o pacote.

E ele dá uma risada sonora de fumante.

Os olhos azul-claros quase combinam com os aparadores azuis da cozinha do apartamento. Ele bebe café puro e usa relógio com uma pesada pulseira de prata.

Seus ancestrais eram noruegueses e ele nasceu em Dakota do Norte, mas foi criado no estado de Washington. Aposentou-se em 1980 e construiu um pequeno chalé tipo suíço, com telhado de duas águas até o chão. Em 1983, ele começou seu sonhado castelo.

– Eu ia construí-lo de pedra – diz Jerry. – Tínhamos muita pedra por aqui. E me empenhei nisso talvez por uns seis meses. Pedras. Estuque. Lavando pedras. Meu Deus.

Tirando as pedras de uma pedreira em seus cinco acres e meio de terras, Jerry construiu uma torre de sete metros.

Construí uma parte da torre e percebi que aquilo seria uma aventura muito trabalhosa – conta ele.

Jerry dá risada e continua:

– Então, pensei, tem que haver um jeito melhor.

Foi quando ligou para o tio, que havia sido mestre estucador por cinquenta anos, e se informou sobre estuque. Em julho de 1983, já estava construindo seu castelo de madeira coberta de estuque.

– É muita tábua dois por seis, muito compensado de meia polegada e *muitos* grampos – diz.

A estrutura é feita de tábuas dois por seis a cada sessenta centímetros, coberta com folhas de compensado de meia polegada. Pregado no compensado, com grampos, tem papel de betume de sete quilos, depois aramado de estuque, que parece cerca de arame de galinheiro, mas é enviesado para permitir que o gesso entre por trás do arame e endureça em volta dele.

– Eles botam cobertura de gesso fresado, é a primeira camada. Depois vem a cobertura de areia, cimento e cal. Essa tem de ser alisada. Depois, apliquei um material de isolamento acústico, como o que se usa para tetos, e usamos areia branca e vermiculite. Misturamos isso na máquina de acústica e aplicamos com ar comprimido – conta ele.

"Só na parte externa tem 190 mil quilos de areia e cimento, que eu mesmo alisei à mão, com colher de pedreiro. Tenho um medo danado de altura e foi um esforço enorme fazer tudo isso com o andaime a doze metros. Ah, meu Deus, foi um trabalho terrível. Levei três dias para fazer a balaustrada.

O castelo consiste em uma torre de três andares na ponta leste. Para oeste dessa torre, duas alas cercam um pátio central. O lado ocidental do pátio é fechado por uma garagem. A torre tem cerca de quatrocentos e cinquenta metros quadrados, com cento e cinquenta em cada andar. Cada uma das alas tem trezentos metros quadrados, uma delas é o apartamento, a outra um depósito. A garagem tem cento e cinquenta metros quadrados de área.

Pensando na construção, Jerry acende mais um cigarro. Ele dá risada e diz.

– Há algumas histórias fantásticas.

Para dar acabamento nas paredes de doze metros da torre, Jerry construiu um tripé no telhado, usando linguetas feitas para rebocar trailers, basicamente vigas de aço de dez polegadas com escoras de aço à guisa de estacas.

– Foi realmente assustador. Construí um cesto de um metro e meio por três. Era bem alto, dava para ficar de pé nele, e fechado com arame em três lados, para poder trabalhar na superfície da construção. Arrumei um sarrilho elétrico de doze volts, com cabos de cinco por dezesseis, que aguentava uma tonelada e botei em cima da gaiola, ligado por controle remoto. Imagine só: dois caras entrando nesse cesto com um rolo de arame, ou de papel, que vão usar na obra. Nós entrávamos e subíamos para onde tínhamos que trabalhar. Bem, quando construí, cortei as escoras curtas demais, de modo que o cesto não podia se afastar o suficiente para que eu trabalhasse na balaustrada.

Lá onde o topo da torre se projeta, logo antes da cobertura com ameias, Jerry teve de alisar o estuque com o corpo todo inclinado para trás, sem nada embaixo além de doze metros de ar.

– Dava para trabalhar até a metade da parte proeminente, mas depois daquele ponto era um horror – conta ele. – Estamos lá em cima, pendurados por um cabo de cinco por dezesseis polegadas e eu ainda tinha duas pessoas no chão, com cordas, para tentar equilibrar o cesto. No dia seguinte, fui até o centro, comprei um monte de madeira e fizemos andaimes.

Ele levou quatro dias só para montar o andaime. Arrumar o dinheiro foi ainda mais difícil.

– Os malditos banqueiros – diz Jerry. – Conversei com eles uma vez quando o castelo estava em construção, e eles disseram que não havia garantia de que eu iria terminá-lo... Aí eu disse: "Que se danem..." – acrescenta ele.

– Não se consegue um empréstimo de banco. Avaliadores vieram visitar a obra três vezes. O que eles acabaram concluindo foi que era uma obra "em desconformidade com o padrão" – fala Jerry, dando risada. – Uma descrição simplesmente perfeita. Desconforme... adoro isso.

"Então eu raspava os últimos dólares e fazia uma pequena parte – prossegue. – Depois ficava sem dinheiro e tinha de fazer alguma coisa para ganhar mais dinheiro. Voltava e atacava a obra de novo. Você aprende a montar a fiação elétrica e o encanamento. Vai aprendendo à medida que vai fazendo. Não diria que nunca mais farei. Mas graças a Deus estou ficando velho demais para isso."

Os andares no interior da torre são sustentados por postes oito por oito, que por sua vez sustentam vigas de oito por doze, serradas por um amigo do miolo das árvores.

– Os dois primeiros andares não foram tão difíceis – diz Jerry. – O terceiro é que foi bem complicado. A altura. A Evergreen Truss enviou o caminhão guindaste deles, tiveram de botar uma extensão na grua e, mesmo assim, mal conseguiram chegar até lá em cima para instalar aquelas vigas para mim. Foi assustador.

A cozinha do primeiro andar inclui um fogão a lenha de 1923 e um toalete. A sala de estar fica no segundo andar. O quarto e o banheiro ficam no último.

– Quando você vai ao banheiro aqui -- diz Jerry –, está a dez metros do chão.

{ 91 }

Agora divorciado; na época em que construiu a torre, Jerry Bjorklund estava casado.

– Você deixa a mulher participar e é "eu preciso disso, eu preciso daquilo, preciso de uma mesa de jantar aqui e preciso de uma lavadora de pratos" – fala Jerry. – Você começa a atender tudo isso e se afasta do que tinha em mente no início.

Dentro da torre, a sensação é de estar numa casa completa, atapetada de parede a parede, com candelabros de cristal.

– É como morar em qualquer outro lugar – ele diz. – Você simplesmente esquece.

Quando começou a obra, Jerry ainda não tinha permissão oficial de ninguém.

– Àquela altura, eu era cem por cento antigoverno – ele continua. – É claro que eu não tinha licença, não tinha nada e meu irmão disse: "É melhor conseguir uma licença para fazer o que está fazendo." Então, construí uma maquete, levei à Secretaria de Obras e falei: "É isso que eu quero construir." O velho olhou para a maquete e disse: "Que altura tem isso?" E eu respondi que teria 12 metros. E ele retrucou: "Não, você não pode fazer com 12 metros. Pelo código, só pode chegar a dez."

O motivo era que, tradicionalmente, a escada mais comprida que um caminhão de bombeiro tem é de 12 metros. Então, Jerry registrou uma discordância, demonstrando que o último andar teria apenas dez metros de altura.

– Eles acabaram concluindo que domos, espigões e balaustradas não estavam incluídos no regulamento – prossegue ele – e que, portanto, eu poderia construir com 12 metros. Isso resolveu o problema.

Jerry botou a camada de gesso frisado nas paredes e depois partiu para uma viagem de pesca no Canadá.

– Nós construímos e depois inventamos as plantas.

Ele pagou quinhentos dólares a um amigo e acabou conseguindo uma licença que permitia oficialmente a construção do castelo como a réplica de uma benfeitoria agrícola que havia existido, um velho celeiro que não estava mais na propriedade há muito tempo.

Jerry acende outro cigarro e ri.

– Eu os coloquei numa sinuca de bico.

Desde então o castelo de Jerry se tornou um ponto de referência.

– Pilotos da Alaska Airlines com quem eu falo – diz Jerry – fazem uma curva quando vêm de Seattle. Eles seguem uma rota que os leva a passar diretamente por cima do castelo. Anunciam aos passageiros e tudo o mais. Conversei com dois pilotos e eles disseram: "Nós chamamos de Curva do Castelo em PDX."

O melhor momento foi em 1993, quando a mulher de um amigo costurou enormes estandartes para ele. Quatro bandeiras pendiam da torre e outra meia dúzia pendia das ameias do pátio e da balaustrada das torres. A porta da torre, que pesa 125 quilos, foi pintada com o brasão do castelo, um leão, similar ao brasão da Noruega. Tudo isso para um evento muito especial.

– Minha filha se casou aqui há dez anos. Demos uma grande festa de casamento. Havia umas trezentas pessoas – lembra Jerry. – Enfeitei este lugar como você jamais poderia imaginar. Bandeiras enormes e toda aquela coisa. O marido dela se vestiu de Robin Hood e ela de Marion. E tivemos o pessoal da Sociedade de Anacronismo Criativo aqui por três dias. Instalei chuveiros portáteis e dez latrinas portáteis. Meu Deus! Pista de dança. Serviço completo.

Desde então, grupos medievais têm falado em comprar o castelo para que sirva de sede permanente para feiras renascentistas. Um outro casal tentou comprá-lo para alugar para casamentos. Planejavam alugar roupas de época e fornecer bufê e atendimento, mas Jerry deu para trás quando achou que estava tudo indo rápido demais.

A ironia é como podia uma fortaleza construída para excluir estranhos agora atrair um fluxo constante de curiosos.

Jerry acende mais um Delicato e diz:

– Costumávamos ter muitos problemas com as pessoas chegando a toda hora. Meu Deus, numa manhã, eu estava sentado no castelo, tomando café, quando ouvi um barulho. Minha mulher entrou na cozinha e exclamou: "Que diabo está acontecendo?!" Ela espiou pela pequena janela do andar térreo e viu um cara com um trailer de quarenta pés, tentando fazer a volta na entrada. Ele levou uma meia hora – conta Jerry.

Pusemos placas de ENTRADA PROIBIDA, mas deve haver um monte de analfabetos por aí, porque parece que não sabem o que significa.

Uma empresa de cinema independente usou o castelo como cena de fundo para um filme sobre a Idade Média. A mãe e o irmão do Jerry moram nas duas casas mais próximas. A State Farm Insurance pediu para ir até lá e ver se eles tinham seguro, mas nenhum agente apareceu.

– Correm boatos de que há um calabouço embaixo da torre – diz Jerry –, e eu simplesmente deixo que pensem assim.

Ele continua.

– Devo ser conhecido como o louco de Camas, mas não dou a mínima para o que pensam.

{ 94 }

Seu castelo se ergue perto de um pequeno lago rodeado de tifas e de grama. É a pedreira alagada de onde Jerry tirou as pedras para sua construção original. Aquela primeira torre ultratrabalhosa era tão sólida que foram precisos dois dias para derrubá-la com um trator. Agora suas ruínas de pedra se erguem do fundo da pedreira alagada. Perto das ruínas, a ponte levadiça do castelo cobre o lago. A ponte costumava subir e descer até o irmão de Jerry, Ken, aparecer.

– Há todo um aparato lá dentro, com um motor e uma série de engrenagens, e eu tinha cabos até aqui embaixo – explica Jerry. – Pedi para um cara instalar um interruptor. Foi o meu irmão que quebrou. Ele veio para cá com dois amigos dele... eu não estava... todos ficaram de porre e foram mexer na maldita ponte. Eles estragaram o interruptor. Eles estavam sempre aqui, fazendo a ponte funcionar. Todo mundo que vinha aqui tinha que mover a maldita ponte levadiça.

Como Jerry passa todo inverno pescando no México, o castelo está um pouco descuidado. No interior da torre, parte do revestimento de pedra e do isolamento foram tirados para exibir as manchas escuras e os danos provocados pela água dentro das paredes. Dá para sentir o cheiro de mofo no ar viciado.

– Eu usei um sistema de canos verticais de drenagem de plástico ABS dentro das paredes, que funcionou muito bem – conta. – Quando pus as calhas no alto da construção, instalei um sistema coberto. Então tive de passar o cano vertical por esse metal galvanizado por dentro do ABS. Mandamos fazer alguns e eles funcionaram bem. Usamos um telhado pré-moldado de fibra de vidro que aguentou muito bem, mas então começamos a ter vazamentos. Acho que foi há quatro anos. E olha só, a saída galvanizada da calha havia enferrujado toda.

{ 95 }

O estuque não é mais tão branco como costumava ser. Em alguns pontos, há rachaduras e está descascando. Em outros, a tela de arame que fica por baixo está à mostra.

– A pior parte é o estuque externo – diz Jerry. – Já recobri duas vezes. Da primeira vez, e depois refiz, uns doze anos atrás. Está precisando limpar tudo. Uso água, cal e um aspersor de ar comprimido. Tem que passar várias demãos. Você pega o misturador, o aspersor e todo o material, vai misturando e aspergindo, é tudo muito rápido.

"O lugar está em mau estado, comparado ao que era", acrescenta Jerry. "Mas dá para consertar tudo."

Então, este é o ano de consertar o castelo. Entre outros projetos. Na garagem há um barco de pesca StarCraft de 21 pés, trinta anos de uso, completamente desguarnecido. Jerry está instalando um dragão de metal que subirá da proa, com um olho vermelho de um lado e um olho verde do outro. O dragão tem uma bomba para cuspir fogo. Ele vai acrescentar 12 polegadas para levantar a proa chata e enfrentar melhor águas revoltas.

– Vou levá-lo para o México e passar as tardes reformando – planeja Jerry. – O vento aperta e você tem de enfrentar ondas de três, quatro metros. É preocupante com a proa aberta.

Olhando em retrospecto, ele considera:

– Meu conselho seria: não faça isso. Examinando a parte externa fica óbvio que o estuque não é adequado a este lugar. Inventaram um novo material, bem melhor para fazer estuque em paredes externas. É o que vou usar. Tive mulheres morando aqui comigo, e elas não gostam disso, não gostam daquilo e não gostam de ficar subindo e descendo escada. Deve ser por isso que não tem mulher nenhuma por aqui agora.

Mais uma vez ele dá risada. Jerry Bjorklund ri à beça. Lá no alto dá para ouvir o ruído surdo de um jato fazendo a "curva do castelo" na aproximação do Aeroporto Internacional de Portland.

E tudo remete àquela noite específica, bebendo Black Velvet...

– O problema foi que eu contei a alguém o que ia fazer – fala Jerry. – Deve ter sido a maior armadilha em que caí. Quando digo para alguém que vou fazer uma coisa, não deixo de fazer por nada.

Mas isso não significa que Jerry Bjorklund se arrependa.

– Para mim há gente demais que faz o que todo mundo faz, e não vou ser um desses. Nunca fui.

E mais uma vez ele acende outro cigarro mexicano e dá sua risada cascalhenta.

Para Roger DeClements, que construiu três castelos, o primeiro foi mais uma questão de velocidade e de economia de dinheiro. Nascido em Edmonds, Washington, Roger foi empreiteiro na década de 1970. Roger tem mulher e três filhos, e como a mulher tem medo de médico, todos os filhos nasceram nos castelos. Os dois primeiros, no que ele construiu em Machias, Washington, a dez quilômetros ao norte de Snohomish, que fica a leste de Everett, que fica ao norte de Seattle. É uma cidadezinha batizada com o mesmo nome de outra no Maine, com uma pequena igreja branca construída em 1902, em um vale do rio Pilchuk.

– Para o meu primeiro castelo – conta Roger –, consegui um financiamento. Foi em 1980, quando a taxa de juros era de dezoito por cento. Procuramos os bancos da região e ninguém liberava o empréstimo. Alguém mencionou o Citicorp,

{ 97 }

então fomos ao Citicorp e eles disseram: "Claro, a dezoito por cento..."

Mesmo assim, o Citicorp não sabia o que o dinheiro deles estava financiando.

– Eles nem sabiam que seria um castelo – diz Roger. – Só queriam uma garantia, por isso usamos outra propriedade como caução. Para o segundo castelo usamos o nosso dinheiro mesmo. Para este terceiro castelo, também usamos o nosso dinheiro; depois, mais adiante, um banqueiro veio ver e aprovou um refinanciamento.

"O primeiro castelo na verdade foi construído com blocos de concreto horizontais. Fizemos uma forma das placas da parede na areia, pusemos dentro as guias dos blocos, derramamos cimento, empilhamos e tiramos as formas. Foi um castelo pouco dispendioso e a obra terminou em cinco semanas. Fiz tudo, do início ao fim."

Roger desenhou seus projetos com base nos castelos da Disneylândia e dos filmes.

– No estado de Washington – diz ele –, temos de levar as plantas para um engenheiro carimbar. Depois, não há mais problema.

"Eu me formei em química e física, mas andei estudando muita arquitetura e engenharia por minha conta – explica Roger. – E me especializei em castelos.

"O primeiro foi só uma torre", conta. "Duzentos e quarenta metros quadrados em dois andares. Foi basicamente construído como um porão, com paredes de blocos de cimento, empilhados horizontalmente. Depois fizemos o isolamento, forrando com tábuas e placas de gesso e papelão por dentro. Muita gente em todo o país começa a construção do seu castelo as-

{ 98 }

sim, mas eu descobri que não dá muito certo. Além do mais, todo mundo chegava e perguntava: 'Isso é pedra de verdade?' Cansei dessa pergunta."

Ele continua:

– Construímos em um dia, o que foi uma baita surpresa para os vizinhos. Bum! E lá estava ele.

"As crianças gostavam de descer sorrateiramente até a entrada para ver até onde iam sem morrer de medo. E as pessoas adoravam parar na estrada para tirar fotos."

Aquele primeiro castelo custou apenas 14 mil dólares e demorou apenas cinco semanas do início até o fim da obra. Ainda está lá, num terreno de cinco acres perto da margem do rio Pilchuk. Tem aquecimento elétrico, mas o que Roger ganhou em velocidade e custo, a família DeClements pagou em conforto.

– Forrar as paredes com isolamento térmico – Roger admite – não funciona bem. O frio passa através do concreto. E bem onde está o isolamento. Então, o calor de dentro é filtrado pelo isolamento e entra em contato com a superfície do cimento ou dos blocos de concreto. E aí a água condensa. Assim que uma molécula de água condensa, outra já está lá para ocupar seu lugar. Então, você tem essa condensação contínua na parede gelada, por trás do isolamento térmico. Isso é um problema, porque faz o mofo crescer e fica com cheiro de porão.

Para poder voltar à faculdade, estudar e se formar, Roger vendeu aquele castelo para artistas usarem como estúdio.

– Antes de construir meu segundo castelo voltei para a faculdade e aprendi muita coisa – conta ele. – Trabalhei como empreiteiro de 1975 até mais ou menos 1987, construindo casas e prédios comerciais, usando os métodos tradicionais. Na faculdade aprendi mais sobre o processo físico que ocorre com a transferência de calor e de umidade. Assim, para o segundo castelo que construímos, usamos pedra de verdade.

O segundo castelo fica sobre uma rocha acima de uma cachoeira em Sedro-Woolley, Washington. Fica encarapitado num precipício de pedra, bem acima da piscina natural onde a molecada do lugar nada durante todo o verão. Em vez de aquecimento elétrico, o segundo castelo era aquecido por um fogão a lenha.

Ele diz:

– O segundo nós projetamos para parecer um castelo, e não dá para saber quando foi construído. Usamos apenas pedras e incorporamos um novo método de construção, a começar por paredes duplas, erguidas com pedra do lado de fora, depois uma camada de poliestireno rígido extrusado, reforçado com concreto e depois pedra de novo. Não dá para ver o concreto nem o isolamento térmico de dentro. Só se via pedra.

Roger explica o passo a passo.

– A primeira coisa a ser levantada é a parede de escoras, depois as tábuas para o isolamento térmico. Instalamos a fiação e o encanamento, o cabo de banda larga da Internet, o que você quiser. Aí construímos a parede dupla de pedra, por dentro e por fora. Quando chegamos a uns dois metros e meio de altura, enchemos de concreto. Depois fazemos tudo de novo. As duas paredes de pedra, que são firmadas com tubos de aço inoxidável, formam um molde permanente de concreto. É exatamente como os romanos fizeram muito tempo atrás. Eles fizeram a mesma coisa. Não usaram vergalhões de metal, usaram pedras compridas para juntar e firmar as duas paredes de pedra.

"Procuramos uma pedreira de onde as pedras saíssem em forma retangular, pedras de cantaria, para não termos de tentar

{ 100 }

empilhar um monte de pedras redondas. Pode ser feito com pedras de rio, mas levará muito mais tempo e não terá a mesma força."

Em vez de cinco acres, o segundo castelo fica num sítio de vinte. Em vez de cinco semanas, o castelo Roger levou de 1992 até 1995 para ser construído.

– Não dava para ver o segundo castelo da estrada, como o primeiro – diz ele. – Ficava um pouco mais distante. Fiz um bom negócio quando comprei aquela terra, porque a única maneira de chegar lá era atravessando uma garganta de trinta metros de profundidade. Então, construí uma ponte de metal e todo o material da construção foi levado para o outro lado num carrinho de mão. Às vezes, volto lá e não acredito no que fiz.

Mesmo assim, Roger DeClements diz que gosta daquela obra.

– Muita gente vem falar comigo e comenta: "Oh, não acredito. Eu nunca conseguiria fazer uma coisa dessas." Para mim é tudo muito claro e simples. É muito relaxante fazer isso. Dá muita paz e tranquilidade estar lá com todo aquele ar puro, as árvores, as colinas... empilhando pedras.

É interessante observar que Carl Jung começou a explorar seu subconsciente com um brinquedo de construção com pedras. Era como um quebra-cabeça. Juntando as pedras, ele sentia que mergulhava no espaço sideral e tinha visões que moldariam o resto da sua vida.

– É como montar um quebra-cabeça – explica Roger De-Clements. – Botar todas as peças juntas. Mas não é estressante e não mantém sua cabeça a quilômetros por hora. Além disso, você pode ser criativo, porque pode usar as pedras para fazer curvas e torres e formas diferentes.

{ 101 }

E como é morar num castelo?

– É uma sensação diferente morar em um castelo em vez de uma casa – diz ele. – É quieto. Não balança com o vento. A temperatura não fica subindo e descendo com a temperatura de fora. A pedra mantém a temperatura constante – acrescenta. – Não consegui fazer a transição para cavaleiro medieval ou coisa parecida. Continuo a mesma pessoa.

Seu castelo tinha 14 metros de altura, janelas em arco e mil e duzentos metros quadrados de espaço útil em três andares. Mesmo assim, quando chegou a hora de vender e seguir para outro, os primeiros dois corretores deram para trás. Disseram que não havia vendas comparáveis na área. Mas os corretores que apareceram depois disseram para Roger não se preocupar, apresentaram imediatamente três ofertas, sem redução no preço, e o venderam, em 1995, por 425 mil dólares.

Logo começou a procura de novas "terras para castelo". Procuraram em Utah, mas a terra era cara demais ou então não tinha água.

– Partimos de Logan, fomos para Jackson, para Targee, Sun Valley e subimos até Montana, para Big Sky e depois para cá. Isso aqui bateu todos os outros de longe.

Agora eles estão bem no alto da estação de esqui da Montanha Schweitzer, no Condado de Bonner, Idaho.

– Você pode planejar tudo com antecedência ou pode simplesmente construir – fala Roger. – Depende de onde você constrói. Locais diferentes, cidades diferentes, países diferentes têm exigências diferentes. Alguns podem demorar dois anos para aprovar uma licença. Outros podem levar dez minutos. É um dos motivos pelos quais gosto de Idaho. Eles são licenças amigáveis por aqui.

{ 102 }

"Se você está procurando terras para um castelo, eu digo para muita gente ir primeiro à Secretaria de Planejamento do município e perguntar a eles lá. Muita gente pensa: 'Quero uma torre de 24 metros...', mas aí é preciso verificar se o município tem uma restrição de dez metros de altura ou qualquer exigência arquitetônica."

O castelo de Idaho, Roger batizou de Castelo Kataryna, o nome da filha que nasceu lá. No interior, há uma escada em caracol, madeirame de nogueira, portas e janelas pontudas em estilo gótico, muitas com vitrais.

Num passeio pelo castelo, Roger aponta os batentes de nogueira das janelas que ele mesmo fez.

– No segundo castelo – ele diz –, as janelas foram postas depois de erguidas as paredes. Nesse, as janelas foram postas logo depois das escoras e do isolamento térmico, antes das pedras subirem em volta. Isso deu uma aparência e um acabamento muito mais autênticos. No segundo castelo, tivemos de tentar cortar as tábuas para que coubessem e depois selar em volta. No terceiro, as janelas foram colocadas primeiro, embrulhadas com plástico para protegê-las. Levantamos a parede dupla de pedras em volta e as prendemos só na parede externa de pedra, que pode se mover e expandir. A camada interna de pedra fica a 22 graus e a de fora pode variar de menos 32 até quarenta, por isso ela cresce e diminui. Dessa forma, as janelas se movem com a parede de fora. Nós as prendemos do lado de fora porque é onde queremos selá-las contra o clima.

Outra melhoria nesse último castelo é o sistema hidrônico de aquecimento, no qual um boiler aquece a água que corre pelo encanamento sob os pisos. É constante, não faz barulho e

{ 103 }

a massa térmica de pedra do castelo se mantém aquecida por três dias depois de desligado o sistema.

Num quartinho perto do portão, Roger mostra o boiler.

– Gosto dele porque não podia ter rodapés, nem aquelas saídas de ar quente na decoração de um castelo. Isso esconde o aquecimento, de forma que o torna invisível. E, além disso, não se tem o barulho das pás dos ventiladores quando ele é ligado.

Entre as paredes de pedra com isolamento térmico e o aquecimento hidrônico, Roger DeClements desenvolveu sua fórmula perfeita de castelo habitável. Bem, quase perfeita...

– No primeiro castelo – diz ele –, não previ o problema do mofo, que é um problemão hoje em dia. Alguns anos atrás, era o radônio, agora é o mofo nas casas. Fazem-se casas tão apertadas que se acaba trancando toda umidade lá dentro e assim que essa umidade encosta numa superfície fria, ela condensa. Com o nosso novo método, camada de isolamento térmico dentro da parede, a umidade jamais tem a chance de chegar perto do castelo. Então minha mulher reclama que o castelo é seco demais. Temos seis metros de neve empilhada lá fora e ela se queixa: "Isso aqui é seco demais..."

Para resolver a questão do ar seco, ele construiu uma piscina aquecida debaixo da escada. Uma cascata cai de uma coluna de pedra. Haverá velas nas saliências das pedras e a bomba e os filtros ficarão escondidos numa caverna embaixo da água.

Como Jerry Bjorklund, Roger descobriu que sua mulher tinha algumas ideias próprias sobre castelos. Ao iniciar um novo projeto, em junho de 1999, ele planejara erguer o terceiro castelo usando uma grua de construção, bem parecida com o tripé, com linguetas, de trailer de Jerry, mas sua mulher não deixou que cortasse as árvores que teria que remover para o guindaste poder girar. Por isso, como havia ocorrido com o segundo castelo, Roger teve que carregar cada pedra na mão.

Agora, graças à mulher, o castelo está cercado de lariços, cedros, pinheiros nativos e campos pedregosos com arbustos de espécies de mirtilo. Gamos, alces e ursos vivem por ali. A vista vai até as montanhas Rocky e Montana. É uma vista que Roger teve muito tempo para apreciar.

– Peguei todas as pedras lá em cima, uma de cada vez – diz ele. – O segundo castelo foi todo erguido manualmente, passando por aquela ponte com o carrinho de mão. Quando construímos aquelas paredes duplas de pedra, pusemos toras que se projetavam dos dois lados da parede. Depois pusemos nelas tábuas atravessadas. Púnhamos as toras atravessando a parede e depois as tirávamos à medida que íamos subindo. Foi do mesmo modo como foram feitos os castelos antigos. Tinham um nome para esses buracos, chamavam de "bota tora". Nas fotos antigas de castelos da Europa, vemos um monte de buracos nos muros e paredes. Claro que alguns eram para passar as flechas, mas os pequenos eram onde eles apoiavam essas toras para não ter de construir andaimes ao longo da parede inteira. Eu não tinha ideia de que era assim que eles faziam.

Depois de remover as toras dos "bota tora" que substituíam os andaimes, Roger preencheu quase todos os pequenos buracos com pedras quadradas. Deixou alguns abertos para ventilar.

Para continuar a construção no inverno, ele fechou os lados de uma plataforma com compensado para se proteger do vento e da neve da montanha, e do fato de estar trabalhando sobre uma parede nua, que se erguia a cinco andares de uma encosta íngreme.

– Quando fazia vinte graus negativos lá fora – prossegue Roger –, eu continuava construindo o inverno inteiro.

Roger e um segundo homem levantavam as vigas de abeto de oito por oito, uma ponta de cada vez, para pôr nos encaixes. Ele incrustou pedras semipreciosas nas paredes internas. Ametista. Citrino. Quartzo rosa. Calcita verde. Cristais de quartzo. Esculpiu desenhos decorativos na madeira dos armários da cozinha e embutiu vitrais de mosaicos nas paredes de alvenaria. No segundo andar, ele aponta para uma estátua de metal sobre o consolo da lareira.

– Está vendo aquele dragão? – pergunta. – Um castelo tem que ter um dragão.

Com a claridade da montanha, as janelas estreitas de vitrais brilham como néon vermelho, azul e amarelo. Em algumas delas, os painéis de vidro colorido estão selados entre camadas de vidro transparente. Em outras, há apenas os vitrais.

– Em algumas janelas – diz Roger –, tive de voltar ao tradicional, usando apenas vitrais. Procuro ficar longe dos vidros duplos sempre que é possível. Quando olhamos para a lua, vemos uma espécie de lua dupla. Usando apenas um vidro, vemos a lua do jeito que ela é.

As ameias são enfileiradas com pináculos pontiagudos de basalto Columbia River. O pé-direito é de quatro metros. Todas as janelas foram traçadas nas paredes de pedra com os arcos pontudos do estilo gótico.

– Você acompanha o contorno da janela com as pedras até o ponto em que elas podem cair – explica Roger. – Mais alto que isso e as pedras ficam apoiadas apenas na moldura de madeira. Numa janela maior, quando chego ao topo, faço uma pequena forma para moldar a ponta. Pedaços de madeira seguram algumas pedras, mas é muito mais rápido usar uma forma. Você pode empilhar as pedras e simplesmente tirar a forma no final. – Ele acrescenta: – Se esbarrar em uma das traves de madeira, aí... as pedras começam a cair.

Desde as janelas ao trabalho de pedreiro, ao sistema de aspirador de pó embutido, às telhas chatas de madeira dos telhados cônicos das torres, Roger DeClements fez tudo. Escreveu seu nome e a data nos modilhões do telhado. E seguiu a antiga tradição dos pedreiros de cimentar seu formão e a colher de pedreiro dentro da parede quando terminou com as pedras. Mas foi acidental. Na verdade, as ferramentas caíram entre as duas camadas de pedra e ele as enterrou com o concreto que derramou para preencher o espaço na forma permanente.

Apesar de todo esse trabalho, no entanto, o Castelo Kataryna ainda não está terminado. Falta construir a ponte levadiça. Outros vinte estrados de madeira e 32 toneladas de pedra logo serão entregues por uma pedreira canadense. Com dinheiro suficiente, Roger planeja construir um "grande salão" mais acima na encosta, atrás do atual castelo, e depois ligar os dois prédios entre muralhas com ameias que cercarão um pátio semelhante ao projeto do castelo de Jerry Bjorklund.

Adiantando-se, Roger DeClements já está procurando outro terreno para construir um quarto castelo. Ele quer aprender metalurgia e construir uma aldeia medieval em torno de seu próximo projeto.

– Os três primeiros eram quase só as torres – diz ele –, onde o rei e a rainha podiam morar. Ainda não pude construir os muros do grande pátio e as grandes torres da entrada, junto com os portões, para fazer um castelo de seis mil metros quadrados. Da próxima vez, quero fazer um enorme salão com toras, como uma catedral. E muralhas em volta. Tenho esses projetos na cabeça e um pouco no papel. – Ele continua: – Procuramos na costa do Oregon e estava fora do nosso orçamento.

Mas Roger DeClements não é o único que quer construir o castelo de seus sonhos. Desde que criou um site sobre o Castelo Kataryna na Internet, tornou-se o guru para os projetos de castelos particulares no país. Gente de todos os estados já contratou seus conselhos de como construir seus projetos de fantasia.

– Com a rede – fala ele –, tem muita gente querendo me contratar. Nunca imaginei que havia tanta gente apaixonada por castelos. Eles adoram. Muitos dizem: "Sonho há anos construir um castelo." E não são só os homens, há mulheres também com esse mesmo sonho.

Como o mais experiente do novo movimento americano dos castelos, ele explica:

– Essa atração é o amor pela era romântica dos castelos que as pessoas imaginam. A vida melhor que elas veem naquela época. Há um grupo chamado SCA [Society for Creative Anachronism, Sociedade de Anacronismos Criativos] que gosta de recriar os tempos medievais como acredita que eles deviam ser. Não como eram, mas como imaginam essa época em suas cabeças, em sua fantasia. Também os filmes e os castelos da Disney inspiraram essa gente a querer castelos.

Como um empreiteiro prático, ele comenta:

– Além disso, o tempo de vida das casas está diminuindo muito com os novos materiais que estão inventando.

Agora, gente do Alaska até a Flórida está aprendendo com os erros de DeClements.

– Logo que botei esse castelo num site na Internet, choveram pedidos para construir castelos por todos os Estados

Unidos. Muito pouca gente tem paciência, ou tempo, para ficar empilhando aquelas pedras todas. Ou tem conhecimento para fazer direito.

"Muita gente está construindo castelos para si mesma do jeito que fiz da primeira vez. Você constrói um bloco ou forma de concreto, depois forra e isola, mas não recomendo isso de jeito nenhum. É só um porão que acaba fedendo a mofo."

A reação de Roger é fazer o que pode.

– As pessoas me procuram muito para fazer perguntas e contar sobre seus projetos – diz ele –, e eu procuro orientá-las, mas a maioria volta ao jeito antigo porque precisa cortar gastos. Só que acabam prejudicados a longo prazo, descobrindo o erro da forma mais dura. – E prossegue: – Por isso acabo fazendo muita consultoria sobre esses problemas.

Apesar do preço milionário de seu castelo, os DeClements não são ricos. Roger trabalha como corretor de imóveis na Windemere Realty, na estação de esqui ali perto, e durante quase toda a construção desse seu último castelo, a família de seis – seus filhos de três, seis e dez anos de idade, mais a mulher e um filho do primeiro casamento dela – morou apenas no segundo andar, dividindo cerca de trezentos metros quadrados de espaço útil.

– Meus filhos estão se cansando das outras crianças debocharem, de quererem vir aqui conhecer o castelo. Eles querem morar numa casa normal para não chamar tanta atenção – explica ele. – Minha mulher fica meio irritada com tanta gente querendo visitar o castelo. Porque ele atrai muita gente. Mas eu adoro conversar com essas pessoas. O que me espanta é que muitos dizem: "Acabamos de ir para a Europa para ver castelos..." Não sei se é apenas coincidência ou se estou atraindo mais gente desse tipo.

Parece estranho, mas apesar de serem três homens com paixões tão iguais, que vivem relativamente perto um do outro, Jerry Bjorklund, Roger DeClements e Bob Nippolt nunca se conheceram. Nunca viram os castelos uns dos outros. Ficam a poucas horas de distância, de carro, mas eles nunca nem ouviram falar uns dos outros.

Trabalhando num hospital para doentes mentais, Carl Jung percebeu que todos os dementes tiravam suas alucinações de um estoque limitado de imagens e ideias, a que ele chamava de arquétipos. E argumentava que essas imagens são herdadas e comuns a todas as pessoas, em todas as épocas. Por seus escritos e pinturas e, mais tarde, pelo castelo que ele mesmo construiu – suas "confissões em pedra" –, Jung foi capaz de examinar e registrar sua vida subconsciente. Nenhum desses três construtores de castelos jamais ouviu falar de Carl Jung.

Perto do desfiladeiro de Columbia, na fronteira do estado de Washington com o de Oregon, a uns treze quilômetros ao norte da foz do rio White Salmon, mais um castelo paira entre as montanhas. Diferente do castelo dos DeClements, esse se ergue de uma ponta de pedra no fundo de um vale, numa curva do rio cheio de corredeiras. Tem vinte metros de altura, quatro andares subindo de um porão cavado no leito da rocha. Um labirinto vertical de escadas e varandas com um quarto secreto.

Aposentado da carreira de militar e de uma segunda carreira como piloto de jato comercial, Bob Nippolt tem uma cabeleira farta e toda branca. É magro, está de calça jeans, tênis e óculos com armação preta. Hoje em dia, depois de anos subindo do as escadas do castelo, ele caminha com a perna meio dura.

{ 110 }

Seus antepassados eram irlandeses e ele toca gaita de fole. Nas noites de verão dorme do lado de fora, no terraço sobre o rio.

Em sua sala de estar, há uma foto em preto e branco num porta-retrato sobre a mesa de canto. Na foto, aparece uma construção de pedra bruta.

– Meu bisavô veio da região de Cork, na Irlanda – diz Bob, segurando a fotografia –, e construiu esta casa de pedra na Dakota do Norte. Ele deve ter chegado à região nos anos 1870. Está em ruínas, mas a sociedade histórica está tentando restaurá-la.

Sobre o próprio projeto de construção, Bob explica:

– Não sei por que quis construir um castelo. Apenas vi algumas imagens de casas erguidas em torres junto a portões de palácios. Vi algumas dessas na Irlanda e na Escócia e achei que podia ser divertido. Então, me entusiasmei. Eu enlouqueci.

Em 1988, ele começou a construção de seu castelo de mil e quatrocentos metros quadrados feito de blocos de concreto. São quatro andares e um porão, as paredes têm sessenta centímetros de espessura e consistem em duas fileiras de blocos de oito polegadas com um espaço de, mais ou menos, quatro polegadas entre as duas. Para reforçar, uma grade de escoras de aço com espessura de três quartos de polegada, e a cada terceira série de blocos o vão é preenchido com cimento. Para o isolamento térmico, o interior oco das paredes é preenchido com vermiculita. Esse oco de quatro polegadas também abriga a fiação elétrica e o encanamento.

Como no castelo de Roger DeClements, o aquecimento vem da água de um boiler no porão, levada por canos embutidos sob o concreto do piso. Vigas de aço sustentam o primeiro andar. Os andares de cima se apoiam em vigas de oito por doze, colocadas bem juntas.

– Comprei todas as vigas numa liquidação em Salem, no Oregon, quando a empresa faliu. Fui até lá, vi as vigas e comprei dois caminhões. Pensei: "Vou usar isso para alguma coisa." Naquela época tive a ideia de construir um castelo – conta Bob. – Nunca devia ter descoberto aquelas vigas.

Primeiro, ele ergueu uma cabana de índio do outro lado do lago, onde seria seu futuro castelo. Morou nessa cabana durante todo o tempo da obra.

Grande parte do material que usou na construção chegou, como o próprio Bob, de uma vida pregressa em outro lugar.

– Eu lia anúncios o tempo todo – conta Bob. – Muita coisa foi feita com tábuas e toras velhas que aplainamos aqui mesmo.

As vigas vieram de uma liquidação por falência. O telhado de aço veio de um velho prédio da Standard Oil que ia ser demolido. As pias do banheiro são antigas cômodas com buracos no tampo para embutir a louça. O bar é do velho East Ave Tavern, em Portland, Oregon. Todo o isolamento térmico ele conseguiu de graça em um supermercado Safeway que seria reformado.

Como o castelo de Roger, as janelas e as portas têm arcos góticos com pontas, inclusive o grande mural de vitrais na parte interna da escada em caracol. Não há cortinas, mas também não existem vizinhos. O piso é de pedra, ardósia da China ou de Mount Adams, ali perto.

Para fazer as paredes de blocos de concreto ele trabalhou com um velho pedreiro, cuja técnica era quase perfeita.

– Ele era lento – lembra Bob –, mas conhecia seu ofício. Quando chegamos ao último andar, o telhado estava fora de

{ 112 }

prumo apenas três oitavos de polegada. O lugar estava perfeitamente no prumo.

Diferente de Jerry Bjorklund, a altura não foi problema para os urbanistas do Condado de Klickitat.

– Eles não me incomodaram quanto à altura – diz Bob. – Agora encrencariam. Agora, eles estão muito detalhistas. E como tenho muitas violações ao código de construções no interior da casa, como a escada, em que não atendi às especificações, na última inspeção eles vieram aqui e disseram: "Bob, preferíamos que essa última inspeção nunca tivesse acontecido." E ficou por isso mesmo.

Mesmo sem o aval oficial e final, ele está seguro de que se encontra dentro da lei.

– Minha licença original é tão antiga – fala Bob –, e, desde então, as regras mudaram tanto que, no que diz respeito às inspeções municipais, estou amparado por disposições mais antigas.

Mas chegar a vinte metros de altura, de fato, complicou alguns detalhes.

– A fiação – explica – fica toda dentro de uma tubulação. Teve de ser assim. Quando cheguei e fui instalar o circuito elétrico, o inspetor disse que se tratava de um prédio comercial porque tinha mais de três andares, por isso tudo precisava ficar dentro de tubulação. Se não fosse isso, eu talvez nem usasse, mas agora acho bom ter usado.

Como no castelo de DeClements, árvores altas crescem tão perto que sempre é necessário tirar as folhas das calhas de água. É um trabalho apavorante, alto demais, mas, com a ameaça de incêndio nas florestas, tem que ser feito. Com o rio tão próximo e um fluxo constante e abundante de água do poço artesiano natural, Bob não está muito preocupado.

– O perigo de incêndio é de modesto a baixo devido à situação ao longo do rio – diz ele. – Ninguém acampa aqui porque a maior parte das terras em volta são propriedade do governo. Mas o fogo é um dos motivos que me levaram a usar concreto e aço.

Quando o tempo está bom, as pessoas fazem canoagem e andam de caiaque dias inteiros no lado oeste do castelo. O barulho das corredeiras do rio é a sonoplastia de fundo de todos os minutos por ali.

– Está vendo aquela pedra lá? – indaga Bob, apontando para os penhascos íngremes do outro lado do rio White Salmon. – É do mesmo tipo de rocha que tem aqui. Por isso, quando fiz os alicerces, fui direto ao leito da rocha. Quando o fiscal veio inspecionar, perguntou: "O que você está esperando? Vai fazer um abrigo nuclear?" E eu respondi: "Se algum dia o rio subir, não vai levar minha casa embora."

Bob Nippolt ficou satisfeito por ter feito isso.

– Em 1995, tivemos uma enchente que acontece a cada cem anos – conta ele. – O rio subiu dois metros, dois metros e meio, bem aqui. Havia troncos de árvores, vigas, cadeiras, tudo o que se pode imaginar, descendo a correnteza.

Com seu porão de abrigo antiaéreo e vigas imensas, Bob admite que quase toda a casa foi construída com certo exagero. A construção levou de sete a oito anos de trabalho.

– Eu parava no inverno – diz Bob – ou quando ficava sem dinheiro.

Diferente de Jerry, Bob encontrou banqueiros de boa vontade para emprestar-lhe dinheiro e realizar seu sonho.

– Não acho que financiamento tenha sido um problema – admite ele. – Tenho um empréstimo na Countrywide. Eles ficaram muito felizes em me financiar. Antes disso, obtive financiamento de um banco daqui. Naquela época, a casa já era bem conhecida. Quanto a incêndios e outras coisas, ela é bastante imune à maior parte dos desastres.

Esses "desastres" incluem as festas.

– Tenho a impressão de que a minha casa também é resistente à gente – diz Bob. – Já tive aqui trezentas pessoas, dançando na sala de estar.

E há sempre os hóspedes indesejados. Bob aponta para uma mancha de infiltração na parede branca interna e diz:

– Um roedor entrou pela base do cano da calha, o cano encheu, partiu-se e a água subiu até o último andar, que está inacabado, e inundou a casa toda.

Em vez de blocos de concreto, as paredes internas têm acabamento de gesso chapinhado, pintado de branco.

– Para parecer pau a pique – fala Bob –, pusemos primeiro gesso com palha misturada, mas não estava funcionando. Então, descobrimos que, se cortássemos a palha em pedaços de mais ou menos 13 a vinte centímetros, se puséssemos o gesso e depois batêssemos a palha no gesso molhado, então chegaríamos mais perto do que queríamos.

Ele aponta para as três chaminés, duas de lareiras e uma para o boiler a diesel no porão.

No último inverno voltei para a casa de Hood River e havia um animal grande se mexendo atrás da televisão. Foi naquele dia que um pato entrou voando pelo fumeiro, desceu até a lareira e entrou na casa. Tive um trabalhão para enxotá-lo.

Como Jerry e Roger, ele também é procurado por curiosos.

{ 115 }

– No verão, às vezes as pessoas aparecem. Principalmente porque tenho muitos amigos na região. Todos eles dizem: "Ora, o Bob não se importa. Vamos visitar o Bob." – Ele continua: – E funciona bem, desde que eles tragam o uísque.

Numa coincidência ímpar, a MTV entrou em contato com Bob Nippolt e com Roger DeClements, querendo alugar seus castelos para filmar um episódio do programa de televisão *Reel World*. Roger recusou. Bob gostou da ideia, mas era tarde demais na temporada para a rede conseguir quartos em motéis pela região e acomodar uma equipe de produção de cinquenta pessoas.

No momento, o último andar continua inacabado. Janelas largas em arco dão para os terraços de pedra lá embaixo.

– Não tenho medo de altura – diz Bob. – Já saltei de paraquedas e voei de asa delta. A altitude não me incomoda. A única coisa que me incomoda agora é que não tenho mais joelhos. Não sou mais tão ágil como era.

Este ano ele está plantando feno em seus 26 acres de terra para poder se beneficiar da redução de impostos de propriedades rurais. Está construindo uma enorme entrada que sustenta o pátio de pedra que se abre para os quartos do segundo andar.

O que ele gostaria de fazer era construir uma segunda ala, uma sala de jantar envidraçada que desse para a cozinha. E gostaria também de substituir as janelas que fez à mão no porão, desmontando tudo e usando as partes das janelas Andersen que comprou barato. Para os parapeitos de fora ele queria ter usado blocos de concreto em vez de isopor de construção.

– Porque eu estava simplesmente fazendo um lugar só para mim. Talvez devesse ter projetado muito mais espaço para armários – avalia ele. – E em vez de uma escada quadrada, devia ter feito circular. Devia ter me empenhado para construir uma escada de alvenaria. Tem um livro, um livro grande, chamado *The History of the British House*, que fala de janelas, portas, ferragens, como as portas eram feitas... Eu não tinha o livro antes de começar a obra. Se tivesse, teria feito muita coisa diferente. E teria levado mais tempo também. E um pouco mais de dinheiro...

– A verdade mesmo é que muita coisa que coloquei na casa – fala –, como era só para mim, não era de primeira linha.

Ele gostaria de ter cavado um fosso em volta do castelo. E quer colocar um novo revestimento de concha de ostra triturada na pista de bocha. O manequim nu que espia o rio da varanda de um dos quartos, bem, sua pele de fibra de vidro está rachada e desbotada.

– Ia levá-la para Portland – comenta Bob – e colocar-lhe uns seios maiores.

Em breve, esses detalhes não farão mais diferença alguma. Porque este ano Bob vai vender a propriedade. Para o próximo dono, a boa notícia é que oito ou nove empreiteiras da região conhecem a casa de Bob por fora e pelo avesso.

– Os banheiros estão todos abastecidos – diz ele. – Mas há uns caras por aqui, que moram em Hood River, que trabalharam na casa. Fizeram o encanamento hidráulico e elétrico e sabem de tudo. São doidos por windsurfe, por isso não vão a lugar nenhum.

Nem os incontáveis passarinhos nem o rio. Ou o castelo. Ou as histórias, as lendas locais sobre ele.

Se construir castelos é uma aposta na imortalidade ou um hobby, uma maneira "divertida" de passar o tempo, se é um presente para o futuro ou um memorial ao passado, nas colinas sobre Camas, Washington, o castelo de Jerry Bjorklund ainda é o ponto de referência sobre o qual os jatos fazem a curva. Nas montanhas de Idaho, os esquiadores ainda encontram o Castelo Kataryna, um monumento à filha de Roger DeClements. Uma visão na neve. Exatamente como o castelo que tanta gente já sonhou construir.

Sua própria confissão em pedra. Sua lembrança.

No vale do rio White Salmon, a água ainda corre diante da imensa torre cinza. O vento e os pássaros ainda se movem entre as árvores. Mesmo se um incêndio acabar com a floresta, aquela pilha de pedras continuará de pé pelos próximos cem anos.

Só Bob Nippolt está indo embora. Por enquanto os três castelos continuam inacabados.

{Fronteiras}

– Se todo mundo pulasse de um penhasco – meu pai costumava dizer –, você também pularia?

Isso foi alguns anos atrás. Foi no verão em que um puma selvagem matou um corredor em Sacramento. O verão em que meu médico não quis me dar esteróides ou anabolizantes.

Um supermercado da cidade costumava fazer uma promoção especial. A pessoa que levasse recibos que somassem cinquenta dólares podia comprar uma dúzia de ovos por um centavo. Por isso meus melhores amigos, Ed e Bill, ficavam no estacionamento, pedindo as notas para as pessoas. Ed e Bill comiam cubos de clara de ovo congelada, cubos de cinco quilos que conseguiam na padaria, porque a albumina da clara do ovo é a proteína de mais fácil assimilação.

Ed e Bill sempre faziam aquelas viagens até San Diego, depois atravessavam a fronteira a pé e iam até Tijuana com o resto dos gringos que iam e voltavam no mesmo dia para comprar seus esteroides, seu Dianabol, e contrabandear de volta.

Aquele deve ter sido o verão em que a DEA [Drug Enforcement Administration] tinha outras prioridades.

Ed e Bill não são seus nomes verdadeiros. Estávamos viajando para o sul da Califórnia e paramos em Sacramento para visitar uns amigos, só que não tinha ninguém em casa. Esperamos uma tarde inteira ao lado da piscina deles. O cabelo com corte militar e oxigenado de Ed estava crescendo, por

{ 119 }

isso ele se debruçou na beirada do deque e me pediu para lhe raspar a cabeça.

A essa altura o puma continuava à solta. Aquilo era o campo, mas não era. O terreno era dividido em minipropriedades de dois acres e meio. Em algum lugar havia um puma fêmea com filhotes, espremida entre as mães das crianças que jogavam futebol e as piscinas.

Não era tanto umas férias, mas a peregrinação de uma franquia da Gold's Gym a outra, ao longo da Costa Oeste. Na estrada, compramos atum em água e sal e comemos puro, jogando as latas vazias no banco de trás. Depois bebemos refrigerante diet para ajudar a descer e peidamos por toda a Interestadual 5.

Ed e Bill se aplicavam injeções de D-ball, e eu tomava todo o resto. Arginina, ornitina, smilax, inosina, DHEA, Serenoa Repens, selênio, cromo, testículos de carneiros da Nova Zelândia, Vanadyl, extrato de orquídea...

Na academia, enquanto meus amigos erguiam três vezes o peso deles, bombando, rasgando as roupas de dentro para fora, eu ficava por ali, rodeando seus cotovelos enormes.

– Sabem de uma coisa – eu dizia –, acho que estou realmente crescendo com essa tintura de casca de yohimbe.

É, *aquele* verão. Eles só me deixavam ficar por perto pelo contraste. É a velha estratégia de escolher damas de honra bem feias para a noiva parecer melhor.

Espelhos são apenas a metadona da malhação. Você precisa de uma plateia de carne e osso. Tem aquela piada. Quantos malhadores são necessários para atarraxar uma lâmpada? Três. Um para atarraxar a lâmpada e dois para dizer: "Cara, você está saradão!"

É, *aquela* piada. Não é exatamente uma piada. O pessoal de Sacramento que queríamos visitar, quando estávamos voltando para casa saindo do México, paramos na casa deles de novo. Estavam fazendo um churrasco para amigos que tinham estado fora num retiro para homens.

Nesse retiro, alguém explicou, cada homem era mandado para o deserto, para ficar vagando até ter uma revelação. Agora, enquanto as tochas primitivas tremulavam e a churrasqueira a gás soltava fumaça, um homem segurava uma espécie de bastão de beisebol meio atrofiado. Era o esqueleto dissecado de um cacto morto que ele tinha encontrado naquela busca por uma visão. Mas era mais que isso.

– Compreendi – falou ele – que esse esqueleto de cacto era eu. Isso era a minha masculinidade, áspera e dura por fora, mas quebradiço e oco.

Ele havia trazido o esqueleto para casa de avião, no colo.

Todos em volta do deque fecharam os olhos e menearam a cabeça. Exceto meus amigos, que viraram de costas, os maxilares cerrados para não rir. Cruzaram os braços enormes sobre o peito, se acotovelaram e queriam subir a estrada para ver alguma pedra histórica. A anfitriã nos fez parar no portão.

– Não! Não façam isso! – disse.

Segurando sua taça de ponche e olhando para a escuridão além do vapor da piscina e da luz das tochas polinésias, sem olhar para nós, ela avisou que um puma andava caçando por ali. Ele havia estado bem perto do deque e ela nos mostrou, nos arbustos, um monte de pelos grossos, curtos e amarelos.

Naquele ano, para todo lugar que íamos, durante a viagem inteira, já havia cercas e delimitações das propriedades, com nomes em tudo.

Ed continuou tomando bomba e fazendo musculação por mais dois anos, até estourar os joelhos. Bill, até romper um disco nas costas.

Foi só no ano passado, quando meu pai morreu, que meu médico finalmente me convenceu. Perdi peso e continuei a perder até ele arrancar uma folha do bloco de receitas e dizer:

– Vamos experimentar trinta dias de Anadrol para você.

Então, também pulei do precipício.

As pessoas semicerravam os olhos para mim e perguntavam o que havia de diferente. Meus braços cresceram um pouco na circunferência, mas não muito. Mais que o tamanho, era a sensação que bastava. Eu me empertigava, com os ombros para trás.

Segundo o folheto da caixa, Anadrol (oximetolona) é um esteroide anabolizante, um derivado sintético da testosterona. Possíveis efeitos colaterais incluem atrofia testicular, impotência, priapismo crônico, aumento ou diminuição da libido, insônia e perda de cabelo. Cem cápsulas custam mil e cem dólares. O seguro não cobre.

Mas a sensação... Seus olhos ficam bem abertos e alertas. Do jeito que as mulheres ficam tão lindas quando estão grávidas: pele brilhante, macias e muito mais fêmeas... o Anadrol faz com que você pareça e se sinta muito mais macho. A parte do priapismo alucinado foi nas primeiras duas semanas. Você não é nada além daquele imóvel entre as pernas. É igual a uma daquelas antigas ilustrações de *Alice no País das Maravilhas*, depois que ela come o bolo com a etiqueta "Coma-me" e cresce até seu braço sair pela porta da frente. Só que não é seu braço que sai, e usar calça elástica de ciclismo está completamente fora de questão.

Mais ou menos na terceira semana, o priapismo acabou ou pareceu espalhar-se por todo o meu corpo. Levantamento de peso fica melhor do que sexo. Malhar se transforma numa orgia. Você fica tendo orgasmos... câimbras, orgasmos quentes e urgentes no seu deltoide, seu quadríceps, seu grande dorsal, seu trapézio. Você esquece daquele pênis velho e preguiçoso. Quem precisa dele? De certa forma, é a paz, é escapar do sexo. Férias da libido. Você pode ver uma mulher atraente e pensar "Grrrr", mas seu próximo omelete de clara de ovo ou uma sequência de flexões são bem mais atraentes.

Eu não entrei nessa de bobeira. Foi meio esquisito, mas uma amiga na faculdade de medicina fez um trato comigo, que se eu a apresentasse ao Brad Pitt, ela me poria para ajudá-la a dissecar cadáveres. Ela conheceu Brad e eu passei uma longa noite ajudando a desmembrar corpos para que os alunos do primeiro ano pudessem estudá-los. Nosso terceiro cadáver era um médico de sessenta anos. Tinha massa muscular e definição de um homem de vinte, mas, quando abrimos seu peito, o coração estava quase do tamanho de sua cabeça. Mantive o peito do homem aberto e minha amiga derramou formol até os pulmões flutuarem. Minha amiga olhou para aquele bizarro e enorme coração, para o igualmente bizarro e enorme pinto, e me disse: testosterona. Ele mesmo aplicava, anos a fio.

Ela me mostrou os fios enrolados e o marcapasso enfiado no peito dele e falou que ele tinha histórico de um ataque cardíaco após outro.

Mas ou menos na mesma época, uma revista de malhação publicou uma coluna nas últimas páginas. Não era em todas as edições e não saía em muitas, mas cada uma era o perfil atual de algum astro da malhação dos anos 1980. Eram os caras nos

{ 123 }

quais Ed e Bill queriam se transformar. Naquele tempo, esses astros posavam e davam entrevistas jurando que tinham sido abençoados com uma genética maravilhosa e que, com muita determinação, apenas malhavam muito e se alimentavam bem, que jamais usaram esteróides. Eles juravam.

Naquela coluna que descrevia como estavam os caras agora, eles apareciam abatidos e pálidos, lutando contra problemas de saúde, de diabetes a câncer. E admitiam que haviam usado esteróides, alterado seus níveis de insulina e injetado hormônio do crescimento.

Eu sabia de tudo isso e, mesmo assim, pulei do precipício. Meus amigos não me impediram. Apenas disseram para eu ingerir bastante proteína para fazer o investimento valer a pena. Mas não cheguei a comprar cubos de cinco quilos de clara de ovo. E jamais enchi minha geladeira com pilhas e pilhas de peito de frango sem pele e sem osso, e batatas cozidas, como Ed e Bill costumavam fazer. Do jeito que costumavam estocar comida para cada ciclo de esteróides como se fosse para um cerco de seis semanas. Eu não era tão dedicado assim.

Eu só tomava os pequenos comprimidos brancos e me exercitava, e um dia, no chuveiro, notei que minhas bolas estavam desaparecendo. Tudo bem, sinto muito. Prometi para um monte de amigos que não tocaria no assunto, mas esse foi o momento da virada. Quando os ovos do velho ganso encolhem até ficar do tamanho de bolas de pingue-pongue, depois de bolas de gude, e então seu médico pergunta se você quer renovar sua receita de Anadrol, é fácil dizer não.

Ali está você, com uma aparência ótima, inteligente e alerta, bombado e seco, parecendo mais homem do que jamais pareceu, só que é menos que um homem no que realmente conta. Você está se transformando num simulacro de masculinidade.

Além do mais, a vontade de entrar nessa, de ceder ao apelo de me tornar uma pilha enorme e bizarra de músculos, já estava começando a diminuir. Claro que no início parecia divertido. Era como possuir uma vasta mansão vitoriana, com cobertura vistosa, mas vulgar. E depois das primeiras duas semanas, a manutenção constante iria acabar com a minha vida. Eu não poderia nunca ficar longe de uma academia. Iria comer proteína de ovo a cada hora. De qualquer modo, tudo isso e todo o projeto iriam acabar ruindo um dia.

Meu pai estava morto, Ed e Bill numa pior, e eu rapidamente perdia a fé em merdas concretas. Merdas seculares e concretas. Eu tinha escrito uma história, um livro de faz de conta, e ele me dava mais dinheiro que qualquer trabalho de verdade que eu tivesse feito. Estava com mais ou menos trinta dias de tempo livre entre as obrigações para com meu livro e a estreia do filme *Clube da luta*. Ali estava uma experiência de trinta dias, uma aventura de Jack London, atualizada e embalada num pequeno vidro marrom.

Pulei do penhasco porque era uma aventura. E por trinta dias eu me senti completo. Mas só até os comprimidos brancos minúsculos acabarem. Temporariamente permanente. Completo e independente de tudo. De tudo exceto do Anadrol.

A mulher de Sacramento, que promoveu aquele churrasco tantos anos atrás, disse:

– Esses seus amigos são loucos.

Ao lado da piscina, o homem embalava o esqueleto quebradiço do cacto da sua masculinidade, a mulher ainda olhava fixo para os montinhos de "pelo de puma" oxigenados que eu

{ 125 }

tinha raspado da cabeça de Ed. Bombados e enormes com suas camisetas sem manga, Ed e Bill desapareceram na estrada com seus passos pesados. Lá fora, na escuridão, estava o puma. Ou outros pumas.

– Por que os homens têm que fazer essas burrices? – indagou a anfitriã.

Thomas Jefferson costumava dizer que, enquanto a América tiver uma fronteira, haverá um lugar para os marginalizados e os aventureiros.

Agora Ed e Bill estão gordos e repugnantes, mas naquele verão, cara, eles eram enormes. Uma boa bombada... meu pai... o Anadrol... tudo o que restou foi a história intangível. A lenda.

Bem, também aquela coisa de fronteiras, talvez não tenha sido Thomas Jefferson, mas você entendeu. Haverá sempre pumas lá fora. É muito chique pensar que a vida deveria durar para sempre.

{O povo pode}

Você zarpa para o mar cansado. Depois de todo aquele esforço de lixar e pintar o casco, de carregar provisões, substituir em equipamento e guardar peças de reposição, depois de receber um adiantamento e de talvez adiantar o pagamento de seu aluguel pelos três meses que vai ficar fora, depois de cuidar dos negócios, você deixa ordens de "venda" com seu corretor, se despede da família no portão da Base Naval de King's Bay, e talvez raspe a cabeça porque vai passar muito tempo até ver um barbeiro de novo. Depois de toda essa correria, os primeiros dias navegando são calmos.

Dentro de "o povo pode" ou "trancado no tubo", como a tripulação dos submarinos chama sua patrulha, há uma cultura de tranquilidade. Na área de exercícios, os halteres são revestidos de grossa borracha preta. Entre os discos de peso do equipamento da Universal, há almofadas de borracha vermelha. Os oficiais e a tripulação usam tênis e quase tudo, desde os canos até a esteira, em qualquer metal que encoste em metal, há separadores de borracha para evitar barulho. As cadeiras têm uma ponteira grossa de borracha em cada pé. Fora da vigília, você ouve música com fones de ouvido. O USS *Louisiana*, SSBN-743, é revestido para amortecer o sonar do inimigo e permanecer escondido, mas qualquer ruído alto, ou agudo, que eles façam pode ser ouvido por alguém na escuta, num raio de cinquenta quilômetros.

– Quando você vai ao banheiro – diz o encarregado dos suprimentos do *Louisiana*, tenente Patrick Smith –, tem de abaixar o assento para o caso de a embarcação rolar para algum lado. Se a tampa bater, pode entregar nossa posição.

– Elas não caem todas juntas – fala o executivo Pete Hanlon, ao descrever o que acontece se o submarino mudar de profundidade com as tampas das privadas levantadas. – Você, que está na ponte, vai ouvir *UANG!*. Depois *UANG!*. Depois *UANG!*. Uma após a outra, e verá o capitão cada vez mais tenso.

A qualquer hora, um terço da tripulação pode estar dormindo, portanto, durante uma patrulha, a única luz em cada dormitório é a luzinha vermelha fluorescente perto da cortina na porta. Praticamente só se ouve o sussurro do ar no sistema de ventilação. Cada dormitório da tripulação tem nove leitos, triliches, em forma de U, virados para a porta. Cada cama, chamada de "rack", tem um colchão de espuma de 15 centímetros, que pode ou não estar amassado pelo cara da segunda tripulação que alterna o turno com você. Duas tripulações se alternam conduzindo o *Louisiana* em patrulhamento, a Tripulação Ouro e a Tripulação Azul. Se o cara que dorme no seu rack, enquanto você está no convés, pesa cento e vinte quilos e deixa o colchão amassado, diz o especialista encarregado do rancho, Andrew Montroy, você enfia toalhas por baixo. Embaixo de cada leito há um depósito com seis centímetros de profundidade que chamam de "caixão". Cortinas pesadas cor de vinho separam cada beliche do resto. Na cabeceira de cada rack há uma lâmpada de leitura e um painel com saídas e controles de um fone estéreo, similar ao sistema usado nas linhas aéreas comerciais. Há quatro tipos diferentes de música no sistema que toca os CDs trazidos pela tripulação. Há controle de volume e de equilíbrio. E um bocal de ventilação. Na cabeceira de cada rack, também há uma máscara de oxigênio.

– O que provoca mais medo a bordo é incêndio – fala o tenente Smith. – Por causa da fumaça.

Em caso de incêndio, nos corredores cheios de fumaça e sem luz, na escuridão completa, você tem de enfiar a máscara para respirar e o capuz de lona sobre a cabeça, e sentir o chão antes de conseguir respirar. No chão, há marcas escuras e abrasivas, que podem ser quadradas ou triangulares. Você vai tateando com os pés no chão, feito Braille, até encontrar um desses pontos. Uma marca quadrada significa que ali, bem acima de sua cabeça, tem uma saída de ar à qual pode conectar sua máscara. Marcas triangulares apontam para saídas de ar nas paredes. Você se liga à saída de ar, respira, grita "Ar", depois segue pelo corredor até a próxima saída de ar onde vai poder respirar de novo. Uma outra válvula que sai da sua máscara permite que outro tripulante se conecte com você e respire junto. Você grita "Ar" para que ninguém se assuste com o ruidoso chiado quando você se desligar do respirador.

Para transformar o *Louisiana* em um lar, o tenente Smith leva a bordo café Gevalia em grão, um moedor e uma máquina de café expresso. Outros tripulantes levam suas próprias toalhas, fotos para pregar na parte de baixo da cama sobre a deles. Montroy leva seus trinta CDs preferidos. Eles levam fitas de vídeo da vida em suas casas. Um marinheiro levou uma fronha do Scooby-Doo. Muitos levam suas próprias mantas ou cobertores.

– Chamo de meu cobertor de estimação – conta o almoxarife Greg Stone, da Tripulação Ouro, primeira classe, que escreve um diário para poder ler para a mulher depois, enquanto ela lê o dela para ele.

Você entra na água só com o ar que existe dentro do submarino. Esse mesmo ar é purificado com amina aquecida, que se une ao dióxido de carbono e o remove. Para gerar oxigênio novo, usa-se 1050 amperes de eletricidade para dividir moléculas de água do mar desmineralizada. O dióxido de carbono e o hidrogênio são jogados no oceano. Usa-se mil e quinhentos quilos de pressão hidráulica para comprimir o lixo a bordo em latas de trinta quilos forradas de aço – são cerca de quatrocentas latas para cada patrulha – que são ejetadas na água.

Os tripulantes não podem beber álcool e só podem fumar na área próxima do motor auxiliar a diesel Firbank Morris, de 12 cilindradas, chamado de "Rocker Crusher". O motor a diesel age como retaguarda da usina nuclear, o "Fogão Barrigudo".

Se você é da tripulação, dorme a menos de dois metros de distância dos 24 mísseis nucleares Trident, que ocupam a terça parte do centro da embarcação, guardados em tubos que sobem do cavername e passam pelos quatro passadiços. Fora dos dormitórios, os tubos com mísseis são pintados em tons de laranja – laranja mais claro na direção da proa e mais escuro na direção da popa – para ajudar os tripulantes a ter noção de profundidade no compartimento de trinta metros. Montados em cima dos tubos de mísseis estão armários cheios de filmes em vídeo e doces que serão vendidos pelo Clube Rec.

Você está cercado de canos e válvulas coloridas. Roxo significa refrigerante. Azul, água potável. Verde, água do mar. Laranja, fluido hidráulico. Marrom, dióxido de carbono. Branco, vapor. Marrom claro, ar de baixa pressão.

Segundo Hanlon, Smith e o chefe da Tripulação Ouro Ken Biller, a noção de profundidade não é problema, apesar do fato de que o pessoal jamais focaliza os olhos além do comprimento do compartimento central de mísseis. De acordo com um tripulante que bebia café à mesa do refeitório, em seu primeiro dia de volta à luz do sol você tem de apertar os olhos e usar óculos escuros, e a marinha recomenda de não dirija seu carro nos dois primeiros dias porque pode ter problemas de percepção de profundidade.

Pregadas em dois tubos de mísseis estão duas placas que marcam a hora e o lugar em que um míssil foi disparado. No tubo número cinco, a placa marca o lançamento do DASO no dia 18 de dezembro de 1997, às 15 horas. Foi a Tripulação Azul que disparou esse míssil. A Tripulação Ouro jamais disparou qualquer míssil.

Não há janelas, nem escotilhas, nem câmeras do lado de fora. A não ser pelo sonar, a cegueira é completa caso você seja atacado por um...

– ... por uma lula gigante? – indaga o tenente Smith, completando o pensamento com as sobrancelhas levantadas. – Até hoje, isso não aconteceu.

– Nós batemos numa baleia uma vez – conta o maquinista da Tripulação Ouro, o primeiro imediato Cedric Daniels. – Bem, contam histórias sobre isso.

Batidas inexplicáveis contra o casco têm sido atribuídas a baleias. No sonar, bem lá no fundo do mar, se pode ouvir os chamados das baleias, dos golfinhos e das toninhas. O estalar barulhento dos cardumes de camarão. São barulhos que a tripulação chama de "biológicos".

Zarpam com trezentos e sessenta quilos de café, seiscentos litros de leite em caixa, novecentas dúzias de ovos grandes, três mil quilos de farinha, seiscentos quilos de açúcar, trezentos e cinquenta quilos de manteiga, mil e setecentos quilos de batata. Isso tudo é guardado em "módulos de alimento", armários que medem metro e meio por metro e meio e um e oitenta de profundidade, abastecidos em armazéns em terra firme e içados à embarcação por uma escotilha. Levam seiscentos filmes em vídeo, 13 torpedos, cento e cinquenta tripulantes, 15 oficiais e 165 "caixas da metade do caminho".

Antes da partida, a família de cada homem a bordo dá para o chefe Ken Biller um pacote do tamanho de uma caixa de sapatos, e, na noite que marca a metade da viagem de patrulha, chamada de Noite da Metade do Caminho, Biller distribui as caixas. A mulher de Smith manda fotos, charque e uma motocicleta de brinquedo para lembrar da moto que ele deixou em terra. Greg Stone recebe uma fronha com a foto de sua mulher, Kelley, impressa. A mulher de Biller manda fotos do cachorro dele e de sua coleção de armas.

Também na Noite da Metade do Caminho se pode oferecer lances pelos oficiais que são leiloados. O dinheiro vai para o Fundo dos Recrutas e os oficiais leiloados trabalham no turno seguinte no lugar dos tripulantes que deram os lances vencedores.

Outra tradição da Noite da Metade do Caminho é o leilão de tortas. Cada ganhador dos lances chama quem ele quiser para sentar diante de toda a tripulação e lhe joga uma torta na cara.

Todos a bordo chamam o encarregado dos suprimentos, Smith, de "Costeleta", porque a insígnia de ouro em seu colarinho, que devia assemelhar-se a folhas de carvalho, mais parece costeletas de porco. O chefe Keller é chamado de "Espiga". O chefe executivo Hanlon é chamado de "XO". Um membro da tripulação original, como o especialista em administração do rancho, Lonnie Becker, é o "dono da grelha". Não se assiste a um filme, se "queima uma fita". Porta é "escotilha". Chapéu é "cobertura". Um míssil é um "estrondo". Na marinha nova e politicamente correta, os macacões azul-marinho que a tripulação usa quando sai em patrulha não são mais chamados de *"poopie suits"*.[2] Os que servem o rancho não são mais chamados de "pentelhos da boia". Carne assada não é "peru de burro". Ravióli não é "travesseiro da morte". Picadinho no pão não é "merda na ripa". Rosbife não é "bunda de babuíno". Não oficialmente. Mas ainda se ouve.

Hambúrgueres e cheeseburgers ainda são "gordurentos". Hambúrgueres de frango continuam sendo chamados de "rodelas de frango". Beliches são "suportes" por causa dos suportes que sustentavam as redes nos veleiros. O banheiro continua sendo "boquete", nome dos orifícios na proa daquelas embarcações à vela. Dois buracos para a tripulação, um para os oficiais, cortados no tombadilho balouçante e lavado pelas ondas, sobre a quilha.

Como diz XO Hanlon:

– Aqueles caras não precisavam de papel higiênico.

Outra noite importante durante a viagem de patrulha é a "Jefe Café". Pronuncia-se "refe", palavra em espanhol que significa "chefe", de "Café do Chefe". Nessa noite, os oficiais cozinham para a tripulação. Eles apagam as luzes no tombadilho do rancho e esperam os tripulantes com cilindros de sinalizadores luminosos nas mesas em vez de velas. Tem até um maître.

---

[2] *poop* pode significar o tombadilho de popa, ou fezes, em linguagem de criança. (N. da T.)

Para religião, há os "líderes leigos", marinheiros capazes de conduzir serviços protestantes ou católicos. No Natal, estendem luzes nos dormitórios e armam pequenas árvores dobráveis de papel-alumínio. Decoram o refeitório dos oficiais – o Salão dos Oficiais – com flocos de neve e guirlandas.

Quando você zarpa para o mar a bordo do *Louisiana*, essa passa a ser sua vida. A tripulação vive num ciclo de 18 horas. Seis horas por turno. Seis horas dormindo. E seis horas de vigilância, quando se pode relaxar, fazer exercícios e estudar no computador as matérias dos cursos por correspondência, para obter um diploma. Mais ou menos uma vez por semana, você pode dormir oito horas para "igualar". A idade média dos marinheiros é de 28 anos. De seu beliche, você vai ao boquete de cueca ou enrolado numa toalha. Fora isso, a maioria dos marinheiros usa macacão.

Os oficiais vivem um ciclo de 24 horas. Não se faz continência para os oficiais quando estão em patrulhamento.

– Depois que nos trancamos no tubo – fala o tenente Smith –, essa passa a ser a nossa família, e é assim que os tratamos.

Smith chama atenção para o Juramento de Serviço, emoldurado e pendurado na parede do refeitório.

– Um cara pode ter um ótimo dia, mas se chega aqui para comer e o serviço está ruim, a comida está uma droga, os pratos não estão quentes, se não lhe damos aquela atmosfera caseira, podemos estragar o dia inteiro dele.

Nos últimos dias de patrulha, todos pegam a "febre do canal". Ninguém quer dormir. Só querem ir para casa. Nessa hora, há sempre filmes passando, com pizzas e salgadinhos, 24 horas, sem parar.

Em terra, as mulheres e namoradas fazem a rifa do "primeiro beijo". Todo o dinheiro das tortas, dos leilões e rifas vai para a festa da tripulação, comemorando a volta para casa.

E no dia em que o USS *Louisiana* chegar, as famílias estarão no cais, com cartazes e bandeiras. O comandante é sempre o primeiro a desembarcar, para saudar o comodoro, mas depois disso...

O vencedor da rifa é anunciado e aquele homem e aquela mulher, na frente de todos, se beijam. E todos aplaudem.

PÓS-ESCRITO: A fotógrafa deste artigo, Amy Eckert, passou por diversos gargalos do governo para conseguir ilustrar a publicação na revista *Nest*. Ela me avisou que, como a *Nest* era uma revista de design, os oficiais da Marinha ficaram preocupados que pudesse haver leitores homossexuais e que o texto ficasse exposto como uma grande atividade homo dentro do submarino.

A fotógrafa enfatizou que eu jamais mencionaria o assunto de sexo anal submarino. O engraçado é que até ela tocar no assunto, eu nunca tinha pensado nisso. Estava mais interessado no vocabulário, na gíria específica dos marinheiros de submarino. Queria construir uma imagem com palavras muito exclusivas. A gíria é a paleta de cores do escritor. E fiquei de coração partido quando, antes de o artigo ser publicado, os censores da Marinha tiraram toda a gíria, inclusive o "peru de burro" e a "bunda de babuíno".

Mesmo assim, a fobia de sexo se transformou no elefante enorme e invisível, difícil ignorar.

Um dia, num corredor apertado, eu estava conversando com um oficial júnior enquanto marinheiros se espremiam para passar por nós, cumprindo suas tarefas. Eu estava com as mãos na cintura, tentando tomar nota do que ele falava.

Sem mais nem menos, o oficial comenta:

– A propósito, Chuck, quando os caras se esfregam em você desse jeito, isso não quer dizer absolutamente nada.

Até aquele momento, eu nem havia notado. Agora tinha um significado. Toda aquela esfregação.

Num outro dia, depois do almoço, marinheiros estavam sentados no passadiço do rancho, conversando sobre os problemas de se permitir que mulheres servissem a bordo dos submarinos. Um homem disse que seria apenas uma questão de tempo para um casal se apaixonar, alguém acabar grávida e eles terem que abortar uma missão de noventa dias para voltar ao porto.

Eu comentei que não seria possível. Tinha ficado tempo suficiente embarcado para ver como a vida deles era apertada. De jeito nenhum, falei, duas pessoas encontrariam espaço e privacidade para fazer sexo a bordo.

Mas outro marinheiro cruzou os braços sobre o peito, inclinou a cadeira para trás e falou:

– Ah, mas acontece! – Alto e bom som, ele deu um sorriso debochado e repetiu: – Acontece muito!

E então ele percebeu o que tinha acabado de dizer. Reconheceu a presença do elefante invisível. Todos os homens em volta olharam feio para ele. E o que se seguiu foi o momento mais longo de silêncio furioso na história da Marinha.

Da outra vez me pediram para esperar num corredor, em frente a um quadro de avisos com os proclamas do dia. O primeiro item era uma lista de novos recrutas e uma observação para recebê-los a bordo. O segundo item pedia atenção, que o

Dia das Mães estava chegando. O terceiro item dizia que "fazer mal a si mesmo" sempre acontecia a bordo de submarinos. Dizia: Evitar que façam mal a si mesmos a bordo dos submarinos é prioritário para a Marinha. Papo bizarro de marinheiro para falar de suicídio. Outro elefante invisível.

No dia em que deixei a Base Naval de Kings Bay, um oficial pediu que eu escrevesse um bom artigo. Parei e fiquei olhando um bom tempo para o submarino pela última vez, e ele disse que cada vez menos gente via algum valor no serviço que ele mais prezava.

Eu vi o valor. Admirei aquelas pessoas e o trabalho que executavam. Mas escondendo as dificuldades que eles suportam, parece que a Marinha priva esses homens da maior parte da glória. Ao tentar fazer o trabalho parecer divertido e nada de mais, a Marinha talvez esteja repelindo aqueles que desejam esse tipo de desafio. Nem todo mundo está à procura de um trabalho divertido e fácil.

{A dama}

Um amigo meu mora numa casa "mal-assombrada". É uma bela casa branca de fazenda, no campo, cercada de jardins. De vez em quando, ele liga no meio da noite para dizer:

– Tem alguém gritando no porão. Vou descer com minha arma e se não ligar para você dentro de cinco minutos, chame a polícia!

É tudo muito dramático, mas é o tipo de telefonema que mais parece ostentação. É o equivalente psíquico de dizer "Meu anel de brilhante é pesadíssimo", ou então "Gostaria de poder usar esse biquíni fio dental sem ficar todo mundo babando por mim".

Meu amigo se refere ao seu fantasma como "a dama" e reclama de não conseguir dormir porque "a dama" ficou acordada a noite inteira, batendo os quadros nas paredes, mudando a hora nos relógios e pisando forte na sala de estar. Ele chama isso de "dança". Se ele se atrasa ou se está aborrecido, é por causa da "dama". Ela ficou berrando o nome dele pela janela do quarto a noite toda ou acendendo e apagando as luzes.

Esse homem é muito pragmático e nunca acreditou em fantasmas. Vou chamá-lo de "Patrick". Até se mudar para sua fazenda, Patrick era como eu: estável, prático, racional.

Agora, acho que ele só fala besteira.

Para provar, pedi para que me deixasse ficar cuidando da fazenda enquanto ele viajava de férias. Eu precisava de isolamento e quietude para escrever, disse-lhe. Prometi que regaria as plantas, ele viajou e me deixou lá por duas semanas. Então, dei uma festinha.

Esse homem não é meu único amigo iludido. Uma amiga também, vou chamá-la de "Brenda", diz que consegue prever o futuro. Num jantar, ela estraga sua melhor história dando um grito de susto, de repente, cobrindo a boca com a mão e inclinando a cadeira para trás, com uma expressão de terror e olhos arregalados. Quando você pergunta o que houve, ela diz:

– Ah, não foi nada... – Então, fecha os olhos e procura tirar aquela terrível visão da mente, balançando a cabeça.

Se você insiste e pergunta o que a assustou, Brenda se inclina sobre a mesa com lágrimas nos olhos. Segura sua mão e implora.

– Por favor, por favor! Fique longe de automóveis nos próximos seis anos.

Nos próximos seis anos!

Brenda e Patrick são esquisitos, mas são meus amigos, sempre famintos de atenção. "Meu fantasma faz barulho demais..." "Detesto poder ver o futuro..."

Para a minha festinha, planejei convidar Brenda e seus amigos médiuns a virem até a fazenda mal-assombrada. Planejei também convidar outro grupo de amigos burros e comuns, que não são incomodados por nenhum dom extrassensorial especial. Beberíamos vinho tinto, ficaríamos assistindo os médiuns adejando pela casa, entrando em transe, incorporando espíritos, psicografando, fazendo mesas levitarem, enquanto nós riríamos, disfarçando educadamente com a mão na frente da boca.

Então, Patrick partiu de férias. Uma dúzia de pessoas apareceu na fazenda. E Brenda levou duas mulheres que eu nunca tinha visto, Bonnie e Molly, as duas já cambaleando com a energia dos espíritos que sentiam na casa. Paravam a cada dois passos, ficavam balançando e procuravam uma cadeira ou corrimão para se apoiarem e não caírem no chão. Está bem, todos os meus amigos estavam cambaleando um pouco. Mas para os sãos era o vinho tinto. Sentamos todos em volta da mesa de jantar, com duas velas acesas no centro, e os médiuns começaram a trabalhar.

Primeiro, foram para cima de minha amiga Ina. Ina é alemã e sensata. A noção que tem de expressar emoção é acender o cigarro de alguém. Essas médiuns, Bonnie e Molly, nunca tinham visto Ina antes daquele momento, mas se revezaram dizendo que havia o espírito de uma mulher a seu lado. O nome da mulher era "Margaret" e ela cobria Ina com minúsculas flores azuis. Miosótis, diziam. E, de repente, Ina largou o cigarro e começou a chorar.

A mãe de Ina havia morrido de câncer alguns anos antes. Seu nome era Margaret e todo ano Ina espalhava sementes de miosótis sobre seu túmulo porque era a flor preferida da mãe. Ina e eu éramos amigos há vinte anos e nem eu sabia desses detalhes. Ina nunca fala da mãe e, de repente, está chorando e pedindo mais vinho.

Tendo reduzido minha amiga a frangalhos, Bonnie e Molly se concentraram em mim. Disseram que um homem estava muito próximo, parado logo atrás de mim. As duas concordaram que era meu pai, que foi assassinado.

Ah, façam-me o favor. Meu pai. Agora vamos fazer um pequeno intervalo nessa bobagem. Qualquer um poderia saber dos detalhes da morte de meu pai. Do estranho e irônico círculo. Quando ele tinha quatro anos de idade, seu pai matou a mãe com um tiro e o perseguiu pela casa, querendo atirar nele também. As primeiras lembranças de meu pai são de se esconder embaixo de uma cama, de ouvir o pai chamando e de ver suas pesadas botas passando, com a boca do cano fumegante do rifle perto do chão. Enquanto estava escondido, seu pai acabou se matando com um tiro. Meu pai passou a vida inteira fugindo dessa cena. Meus irmãos também dizem que ele passou a vida tentando encontrar a mãe, casando com uma mulher depois da outra. Sempre se divorciando e casando de novo. Ele estava divorciado da minha mãe há vinte anos quando viu um anúncio pessoal no jornal. Começou a sair com a autora do anúncio, sem saber que ela tinha um ex-marido violento. Voltando para casa depois do terceiro encontro, os dois foram surpreendidos pelo ex-marido, que os matou a tiros na casa da mulher. Isso aconteceu em abril de 1999.

De fato, esses detalhes foram publicados em todo o canto. A história toda foi a julgamento e o assassino, sentenciado à morte. Bonnie e Molly não precisavam de nenhum dom especial para saber de tudo isso.

Mas mesmo assim elas insistiram. Disseram que meu pai estava muito arrependido por uma coisa que havia feito comigo quando eu tinha quatro anos. Ele sabia que tinha sido cruel, mas foi a única forma que encontrou de me dar uma lição. Na época, ele era muito jovem e não se deu conta de que estava indo longe demais. Bonnie e Molly se deram as mãos e disseram que me viam bem pequeno, ajoelhado ao lado de um cepo. Meu pai estava parado a meu lado, segurando alguma coisa de madeira.

{ 141 }

– É um pedaço de pau – disseram, e depois concluíram: – Não, não é um pedaço de pau. É um machado...

Meus amigos ficaram em silêncio, pois o choro de Ina tinha feito cessar as risadas.

– Você está com quatro anos e tomando uma decisão muito importante. Essa decisão vai afetar o resto da sua vida... – Bonnie e Molly disseram.

Elas descreveram meu pai afiando o machado.

– Você está prestes a ser... – elas pararam de falar e depois continuaram – esquartejado?

Ina continua chorando. A idiota. Sirvo mais uma taça de vinho e bebo. Sirvo mais uma. Digo para Bonnie e Molly, nossas guias no mundo espiritual, para fazerem o favor de continuar. Dou um sorriso debochado.

– Não, é verdade, isso é fascinante – falo.

Então, elas prosseguem.

– Seu pai está muito feliz agora. Está mais feliz agora do que já esteve em sua vida na terra.

Ah, mas não é sempre assim? Uma pequena migalha de consolo para os consternados. Bonnie e Molly são apenas aquele tipo que se aproveita das pessoas enlutadas em toda a história. Na melhor das hipóteses são tolos iludidos e desorientados. Na pior, monstros manipuladores.

O que eu não conto para elas é que, quando tinha quatro anos de idade, enfiei uma arruela de metal no dedo. Ficou apertada demais para tirar e eu esperei meu dedo ficar inchado, todo roxo, para só depois pedir ajuda a meu pai. Sempre nos disseram para nunca botar elásticos ou qualquer outra coisa apertada em volta dos dedos porque provocaria gangrena e esses apêndices iam apodrecer e cair. Meu pai disse que tínhamos que cortar o dedo fora e passou a tarde toda lavando minha mão e afiando o machado. Durante esse tempo todo, ele também me passou um sermão sobre assumir a responsabilidade por meus atos. Ele disse que, se quisesse fazer coisas idiotas, tinha de estar preparado para pagar o preço.

A tarde inteira eu fiquei ouvindo aquilo. Não houve drama nem lágrimas, nem pânico. Na minha cabeça de quatro anos, meu pai estava me fazendo um favor. Ia doer cortar meu dedo gordo e roxo, mas seria melhor que as semanas deixando apodrecer.

Ajoelhei ao lado do cepo, onde tinha visto tantas galinhas encontrarem destino similar, e estendi a mão. Fiquei imensamente grato a meu pai por me ajudar e decidi que nunca iria culpar os outros pelas besteiras que eu fizesse.

Meu pai golpeou com o machado e é claro que errou o alvo. Fomos para dentro de casa e ele usou água e sabão para tirar a arruela.

Era uma história que eu quase havia esquecido. Quase esqueci porque nunca contei a ninguém, nunca lembrei, contando em voz alta para ver a reação de alguém. Porque sabia que as outras pessoas não entenderiam aquela lição. Tudo o que veriam seria o gesto de meu pai, que chamariam de crueldade. Deus me livre contar à minha mãe... ela explodiria numa fúria indignada. Como as lembranças anteriores de meu pai com os tiros, aquele dia com o machado é minha lembrança mais antiga, e por 36 anos foi o meu segredo. E de meu pai. E agora essas mulheres bobas, Bonnie e Molly, estão contando para mim e para todos os meus amigos bêbados.

Não ia lhes dar essa satisfação de jeito nenhum. Enquanto Ina soluçava, eu bebia mais vinho. Sorri e dei de ombros, disse

{ 143 }

que aquilo era um papo muito interessante, só que era tudo bobagem. Poucos minutos depois, uma das mulheres caiu no chão, passando mal, e pediu ajuda para chegar até seu carro. A festa acabou e Ina e eu ficamos para acabar o vinho e ficar de porre.

Mas aquela festa idiota foi realmente uma decepção. Ver meus amigos levarem a sério aquela besteirada toda. "A dama" não apareceu, mas Patrick vai continuar ligando para mim para reclamar de seu problema idiota com fantasmas. Brenda vai continuar a estremecer e ficar pálida antes de anunciar suas falsas premonições. No que diz respeito a Bonnie e Molly, elas deram muita sorte. Foi alguma espécie de truque. Agora todos ao meu redor ficarão um pouco iludidos.

Não posso explicar o pequeno truque de mágica de Bonnie e Molly, mas tem muita coisa no mundo que não consigo explicar.

Na noite em que meu pai foi assassinado, a centenas de quilômetros de distância, minha mãe teve um sonho. Ela disse que meu pai batia na porta, implorando para que ela o escondesse. No sonho, ele tinha levado um tiro no lado do corpo – o que mais tarde o médico legista confirmaria – e estava tentando escapar de um homem com uma arma. Em vez de escondê-lo, minha mãe lhe disse que ele só tinha deixado vergonha e sofrimento para os filhos e fechou-lhe a porta na cara.

Naquela mesma noite, uma de minhas irmãs sonhou que estava caminhando no deserto onde foi criada. Estava caminhando ao lado de nosso pai, dizendo para ele que sentia muito ter se afastado e por não terem se falado ultimamente. No sonho, ele a interrompeu e falou que o passado não tinha mais importância. Nosso pai lhe disse que estava muito feliz e que ela também devia ficar feliz.

Na noite em que ele morreu, eu não tive sonho nenhum. Ninguém veio até mim enquanto eu dormia para se despedir. Uma semana depois, a polícia me procurou, dizendo que tinham um corpo e pedindo para que eu ajudasse a fazer a identificação.

Ah, eu adoraria acreditar em um mundo invisível. Faria ruir todo o sofrimento e a pressão do mundo físico. Mas também anularia o valor do dinheiro que tenho no banco, minha boa casa e todo o meu trabalho duro. Todos os nossos problemas e todas as nossas bênçãos poderiam ser prontamente descartados, porque seriam tão reais como tramar acontecimentos em um livro ou em um filme. Um mundo eterno e invisível tornaria este mundo uma ilusão.

Na verdade, o mundo espiritual é como pedofilia ou necrofilia. Não tenho experiência nenhuma com ele, de modo que sou completamente incapaz de levá-lo a sério. Sempre parecerá uma piada.

Fantasmas não existem. Mas se existem, meu pai devia me dizer isso pessoalmente.

RETRATOS

{Nas palavras dela}

– Certa vez – diz Juliette Lewis –, quis conhecer alguém melhor escrevendo perguntas para ele...

Ela continua:

– Essas perguntas revelam mais de mim do que qualquer coisa que eu pudesse escrever num diário.

Juliette fala isso num sofá antigo, numa casa alugada em Hollywood Hills, uma casa muito branca e vertical, muito Getty Museum – radicalmente moderna mas cheia de mobília antiga –, casa que ela está alugando com o marido, Steve Berra, até poderem se mudar para a casa nova perto do Studio City. Segura uma lista escrita à mão que acabou de encontrar.

– Você já esfaqueou ou cortou alguém intencionalmente, com algum objeto afiado?

Ela lê.

– Você gosta de aspargos?

Ela lê.

– Você tem um segundo nome?

Ela bebe *chai*. Não assiste à televisão. Adora jogar cartas, King's Corner ou Kings Around the Corner. Usa aquele novo papel higiênico que está na moda, Cottonelle, que dá a sensação de estar usando um suéter de *cashmere*. No porão, fica a cabeça decepada de Steve – uma réplica muito realista que sobrou de um vídeo de skate, feito pela mesma equipe que produziu a barriga de grávida de Juliette para o filme *A sangue-frio*.

{ 149 }

Da lista, Juliette lê:

– Os gatos são frustrantes para você como animais de estimação ou você admira sua independência?

Nas últimas 24 horas, ela falou da família, do pai (Geoffrey Lewis), da carreira, daquela coisa de cientologia, de estar casada e de escrever letras de música. As canções são importantes porque depois de anos seguindo roteiros, essas são suas palavras agora.

A mãe de Juliette, Glenis Batley, diz:

– Muito bem, essa é a grande história.

Isso num café da manhã em Los Angeles. Glenis bebe muito café, tem uma vasta cabeleira vermelha e ainda é a mulher adorável que certa vez posou para a antiga fotografia que Juliette tem emoldurada em casa.

Glenis lembra:

– Eu engravidei e estava fazendo uma dieta incrível, que era absolutamente pura, mas na verdade não queria ninguém por perto. Notei que as contrações vinham de cinco em cinco minutos, por isso liguei e chamei aquele médico que eu não queria, e ele disse que estava vindo para a minha casa. "Faça tudo, menos força", ele falou. Então, fiquei meio reclinada, veio uma contração, tive uma vontade irresistível de fazer força e pensei "uma forcinha não pode fazer mal". Então, ela nasceu. E era muito barulhenta. De qualquer modo, eu estava lá, segurando aquele bebê e quase deixei cair. E então ela teve certeza absoluta de que eu não sabia o que estava fazendo e começou a chorar. O sol estava nascendo, os pombos arrulhavam e, até aquele momento, eu não sabia que nome dar a ela... Juliette! – conta.

– Resolvi usar a grafia francesa porque tragédia é uma droga.

Da lista, Juliette lê:
– Você já quebrou o nariz de algum cara?
E continua:
– Você diria que venceu mais lutas do que perdeu?

Na cozinha de sua casa, moendo grãos de café, Juliette conta:
– Quando eu era pequena, o que me influenciou foram todos aqueles musicais. Como *Fama*. Esse era o meu sonho. De ter uma escola onde todos apenas cantassem ou dançassem. E, então, *Fama* e *Flashdance* e *Nos tempos da brilhantina*. Você já viu o filme *Hair*? Eu chorava de soluçar. Esse é um musical que me tira do sério.
E prossegue:
– Primeiro, eu queria ser cantora. Antes de ser atriz, eu ia cantar. E sempre pensei que talvez atuasse paralelamente. Sempre pensei em musicais. Cantar e dançar. Ainda quero cantar, por isso escrevi canções com um amigo que é músico. O melhor de tudo é que as letras são minhas.
"A única ajuda que tive foi que meu pai me apresentou a uma pequena agência. Diga 'oi'. O grande problema dos atores que estão começando é conseguir *o agente*. Os agentes querem que você tenha a carteira da SAG,[3] mas você não consegue a carteira da SAG se não tiver um agente lhe arrumando trabalho. É um catch-22, um beco sem saída. Por isso meu pai me

---

[3] [Screen Actors Guild – Guilda dos Atores de Cinema] (N. da T.)

levou ao escritório de um agente, mas mesmo assim tive de passar por um teste. Fiz uma leitura e eles tiveram de ver alguma coisa em mim.

"Se você me conhecesse quando eu era mais jovem... eu era muito quieta. Participei uma vez de um programa de TV e as pessoas ficavam perguntando ao meu agente: 'Ela está bem? Parece muito abatida'. Era só comportamento típico da adolescência. Só porque não sorrio para todo mundo e não pergunto como vão, tenho que ser triste?"

Sentada no sofá antigo, Juliette lê sua lista:

– Houve algum momento em que você ficou vidrado no funcionamento do seu pênis?

Ela prossegue na leitura:

– Você se parece mais com sua mãe ou com seu pai?

O gravador não para, só ouvindo.

– Mesmo aos 18 anos eu dizia: "Onde é que está escrito que eu preciso de maquiagem?" Porque eles tinham aquela cadeira e todos aqueles cosméticos de maquiagem. E eu perguntava: "Não podemos simplesmente tirar uma foto?" É por isso que em todas as revistas mais antigas eu não estou maquiada e as fotos não são despojadas. Ficam no meio disso, e o que moldou meu tipo foi o que chamaram de "garota alternativa" ou "garota estranha", porque eu não sabia bancar a mulher fatal de uma hora para outra.

"Quando eu era mais nova havia umas prateleiras com roupas que eu nunca usava... Eles tinham uma maquiadora... E eu tinha *que representar eu mesma*? Era essa coisa esquisita. Sempre

{ 152 }

quis ser como meus predecessores homens, como Brando ou De Niro. Com um homem, apenas o documentam num filme.

"O que você transpira, sua sensualidade, é apenas parte da pessoa. Então uma aparência sensual, atraente, que é fabricada, que inclui boca aberta, brilho labial e cores vivas, isso é a sensualidade americana de filmes pornôs, que não tem nada a ver com sexo. É como bonecas infláveis. Eu era capaz de fazer isso com muita facilidade. Não é que não posso. É que simplesmente nunca foi meu objetivo.

"E agora eu entendo que vendemos coisas", fala Juliette. "Então, nos transformamos basicamente em expositores de lojas."

Ela lê.

– Já namorou uma mulher mais velha, que você considerava mais velha, e o que foi que ela lhe ensinou? Qual é a primeira imagem que você tem do corpo feminino?

E pergunta:

– O respeito diminui quando a mulher tem implantes de silicone nos seios?

– Sonhei duas vezes com De Niro quando trabalhei com ele. Acho que foi tudo expectativa daquela cena. Porque era, na minha cabeça, a grande cena. Em um sonho, estávamos embaixo d'água, numa piscina, e subíamos para respirar. Ele mergulhava e eu mergulhava, esbarrávamos de propósito um no outro, deslizando pela água como crianças que se gostam, brincando numa piscina. Como uma paquera. Mas acordei desse sonho e estava a fim dele – conta Juliette.

{ 153 }

"Naquela cena dos nossos personagens dançando tango, a única coisa que eu sabia era que ele devia se aproximar de mim e dizer 'Danielle, posso passar o braço pela sua cintura?'. No script, ele devia me beijar, mas Scorcese só disse apenas 'O Bob vai fazer uma coisa. Apenas acompanhe a cena'.

"Antes daquela cena, eu sabia que íamos filmar a parte do beijo. Eu tinha acabado de almoçar. Foi um peixe ou qualquer coisa assim, e eu pensei: 'Será que devo lavar minha boca?' Mas eu não queria, porque assim ele saberia que eu havia pensado nisso. Não quero agir como se tivesse pensado no beijo. Você se condena se fizer e se condena se não fizer. Por isso não lavei a boca. Não usei antisséptico. Então compreendi, naquele momento... me sentia como uma criança... porque pensei: 'Ele está sendo profissional. Está tendo consideração por mim. Está sendo educado.' Mas aí já era tarde demais para voltar para o trailer. Não sei se fui grosseira ou não.

"Quando assistir, saiba que aquela foi a primeira tomada. Fizemos duas vezes. Ele põe o polegar nos meus lábios. É muito intenso porque estamos a apenas *essa* distância um do outro e eu olho diretamente para ele. Ele começa a enfiar o polegar na minha boca e ela o afasta. Então, ele insiste e ela deixa. Depois disso, as pessoas ficaram falando da sensualidade, da sexualidade exuberante daquela idade, e eu nunca considerei assim. Achei que, antes da história de botar o polegar, ele prestava *atenção* no que ela dizia, lhe dava um valor que os pais dela não davam. Então, ele fez essa coisa sensual. Mas o que se vê em meus olhos depois que ela chupa o dedo dele e ele o tira de sua boca é que ela olha para ele como se dissesse: 'Foi bom? Você gostou?' Era uma coisa para agradar!"

Ela acrescenta:

– O polegar dele estava muito limpo.

Ela lê:

– Você foi para algum acampamento de verão, daqueles em que se dorme lá? (Porque algumas das minhas melhores lembranças de infância são de acampamentos de verão.)
Ela lê.
– Você gosta de montanha-russa?

Steve Berra fala:

– Muito tempo atrás, eu estava numa excursão, fazendo skate, e comprei o filme *Kalifornia* num posto de gasolina. Lembro que tentei imitar a risada dela em uma das cenas. Eu tinha ficado louco com aquilo. Apenas uma risadinha da personagem Adele. Foi tão natural, tão verdadeira... Lembro que fiquei tentando uns dez minutos rir do jeito que ela ria. Eu não a conhecia. Não conseguia entender como é que ela podia ser tão boa.

Uma cópia em vídeo do filme está passando na sala de estar e Juliette dá risada, mostra todas as falas que simplesmente havia improvisado no momento.

– No roteiro, minha pequena personagem, Adele, devia ter talvez uma frase aqui, outra ali, naquela cena. Então, conheci Dominic Sena e fiquei muito impressionada com a energia dele e sua visão do filme. Ele estava muito entusiasmado. Por isso ele praticamente deixou que eu criasse aquela personagem. Noventa por cento do que faço naquele filme eu inventei na hora. Foi como um divisor de águas para mim, na minha carreira de atriz, porque tive que realmente ficar cara a cara com alguma coisa, inventar alguma coisa. Para mim aquele foi meu primeiro personagem oficial. Aquela pequena Adele – fala Juliette.

Ela lê.

– O que você imagina que acontece com a pessoa depois que o corpo morre? E você acredita que é um espírito com um corpo ou apenas um cérebro?

E depois:

– A questão seguinte é: Como explica Mozart escrevendo sinfonias aos sete anos de idade? (Porque eu acho que esse é o exemplo perfeito do dom criativo gerado pelo espírito.)

– Quando se trabalha com bons atores, vocês, escritores, criam uma espécie de universo alternativo da realidade encenada. É o inexplicável. Acho simplesmente mágico. É pura fé. A câmera é meu porto seguro. Conheço o universo da câmera. Ela captura apenas uma parte. Tenho certa segurança, ou certeza, de que sou capaz de desempenhar bem naquele espaço. É a realidade condensada da câmera – diz Juliette.

"Às vezes você quer fazer um comentário, dizendo: 'A propósito, plateia, na verdade eram três horas da madrugada quando fizemos essa cena. Lá fora estava um grau abaixo de zero. Mas, apesar disso, eu proporcionei tudo isso a vocês.' Era *Aquela noite*, um filme que fiz antes de *Cabo do medo* ser lançado. Era uma história de amor em 1962. Um cara do lado errado da rua. Muito agradável, muito doce. Eu devia encontrá-lo no meio da noite, num cais de Atlantic City. Fazia um frio danado, mas a cena devia se passar no verão. Você sabe, aquelas noites quentes. Só que eu fiquei azul. Meus lábios tremiam, eu fazia *brrrrr* e meus dentes batiam. Tive que me segurar para não bater os dentes, apesar de estar usando um vestido leve de verão. Ficávamos de casaco até eles dizerem: 'Muito bem, estamos prontos para vocês.' Então, a gente tirava o casaco e dizia: 'Nossa, estou tão apaixonada...'

"Quando fiz *Um drink no inferno*, o filme de vampiro em que trabalhei com George Clooney, ele falou: 'Caramba, todos os meus amigos ficam perguntando, aaahhh, então está trabalhando com a Juliette? Ela é mesmo louca? Ela é mesmo intensa?' E eu sou exatamente o oposto de intensa. Talvez fosse um pouco mal-humorada quando era jovem. Talvez concorde com isso. O fato é que meu trabalho é um processo bem leve. Eu entro e saio dele. Quando a câmera está rodando, estou ligada. Quando não está, desligo."

Ela continua:

– Quando as pessoas querem saber como você consegue fazer o que faz, precisam explicar tudo. Para eles é útil pensar: "Muito bem, então você é meio louca de verdade e é por isso que consegue ser muito intensa na tela." Eles precisam de uma explicação, mas a minha explicação é que é mágica.

Ela lê de sua lista:

– A anatomia feminina já o deixou confuso, já o deixou assustado? (Porque aconteceu comigo, e sou eu a dona.)

Passando de carro pelo Centro de Cientologia de Celebridades ela fala:

– Toda a cientologia se resume a isso: o que é real para você, é real para você. Então, não existe essa coisa de dogma. É apenas uma filosofia religiosa aplicada. E há uns pequenos cursos, como o Curso do Sucesso pela Comunicação. Eles têm coisas que se pode aplicar na vida, mas não como uma falsidade, não como uma coisa de robô. Você pode ver se funciona ou se não funciona. Se funcionar, funciona. É algo que tem me ajudado muito.

Da lista, ela lê:
– Você já foi pego em um desastre natural?
Ela lê:
– Você já teve uma sandália Birkenstock?

Logo na saída do quarto, olhando para uma foto sua com Woody Harrelson na capa da *Newsweek,* do tamanho de um pôster, emoldurada, Juliette diz:
– Com *Assassinos por natureza*, passei a avaliar, com o passar do tempo, como o filme é satírico e minha personagem, uma caricatura, embora eu tenha lhe conferido muita emoção verdadeira. Para mim, é meio *kitsch*. É bobo. É exagerado além da realidade. Tive que dar alguma energia, como naquela sequência inicial toda, como estou sexy agora!, quando ela grita. Tenho uma voz possante, por isso posso aumentar o volume, mas quando editamos eu me senti como uma boba. Todo mundo pensou, oooohhhh, que eu devia estar tão perturbada... só que não estava. Para mim, aquela atuação foi apenas muito brega.
Sobre a reação das pessoas ao filme, Juliette comenta:
– Podemos homogeneizar tudo, mas mesmo assim teremos nossos homens-bomba, os caras que explodem. E por que existe isso? Acho que desde os anos cinquenta, o aumento das drogas psiquiátricas transformou tudo em decadência em re-

{ 158 }

lação ao que era... eu pesquisei. Até falei em algumas reuniões do Senado, mas isso seria um problema muito maior que eles teriam de enfrentar, levando em conta que temos seis milhões de crianças a partir dos seis anos de idade tomando Ritalin. Por isso eles nem querem saber disso. Preferem dizer: "Será que vocês podiam ser menos violentos nos filmes?"

"E temos aqui o famoso Filho de Sam, o assassino, que disse que matava porque o cachorro latindo lhe passava mensagens. Que era o demônio falando através do cachorro. Então, está bem, vamos trancar todos os cães? Por causa do que disse aquele criminoso?"

Da lista, ela lê:

– Qual era sua expressão preferida quando era pequeno? Ou a mais aproximada:

Isso é muito legal.

Isso é um porre.

Isso é um barato.

Isso é radical.

Ou isso é demais.

– Não acho que você tem de usar seu passado para criar no presente. Há diversas escolas de atores em que você pega um incidente que foi doloroso, combina com o filme e usa. Para mim, isso é complicado demais. Eu simplesmente me rendo ao enredo. Simplesmente tenho de me entregar – diz Juliette.

"Para mim, as três coisas mais difíceis de fazer quando estou atuando são: um, soluçar, porque raramente faço isso na vida. Posso ficar com os olhos cheios de lágrimas, mas não soluço. Rir histericamente é outra, quando o roteiro diz que ela

{ 159 }

não consegue parar de rir. E a terceira é demonstrar surpresa, ou medo, susto, como: 'Nossa! Você me assustou!' Aí, preciso tentar lembrar: 'Quando me assusto, o que acontece?' Ah, talvez minhas mãos fiquem tremendo depois do choque inicial. Levo um minuto para recuperar o fôlego. Ou me esforço para ir até aquele lugar.

"Para soluçar, em geral uso a pressão, ou o medo, de ter de fazer aquilo, e que, se não fizer, vou fracassar. Fracassar para mim mesma. Fracassar para o meu diretor. Fracassar no filme. As pessoas têm essa fé em mim, acham que eu vou produzir aquilo. A frustração de ser incapaz de chorar me leva às lágrimas."

Ela continua:

– Eu estava fazendo *Assassinos por natureza*, com Oliver Stone, e tinha uma cena com Woody Harrelson no alto de um morro. Estávamos discutindo, brigando. Eu tinha ficado menstruada naquela manhã e não dormira muito bem. Acho que foi só uma hora de sono e mais a dor da coisa de mulher, então nós discutimos e depois transamos.

"Woody perguntou: 'Você quer fazer essa cena de novo? Eu quero fazer mais um take.'

"E Oliver também disse: 'E você, Juliette? Quer fazer essa cena outra vez?'

"E eu pergunto: 'Por quê? É uma droga. De que serviria? Sou uma droga. Nem sei por que estou fazendo isso. Não vou ficar nada melhor! É uma droga! Está horrível!'

"Os dois ficam olhando para mim e Oliver fala, ele me puxa para um lado e diz: 'Juliette, ninguém aqui quer saber se você é uma droga. Ninguém aqui se importa se você pensa que é uma droga.' E a partir daquele momento, parei de fazer aquilo. Foi uma virada na minha vida. Foi muito bom ele ter dito isso. Ele me impediu de dar corda para aquela merda."

Ela lê:

– Você já se apaixonou por um animal de tal forma que desejou que vocês dois pudessem conversar como amigos humanos? (Porque eu me apaixonava pelos meus gatos e queria que fôssemos da mesma espécie para podermos nos relacionar.)

Numa festa em Westwood, a atriz e roteirista Marissa Ribisi observa Juliette e Steve comendo frango:

– Ficam tão bonitinhos juntos... São como dois amigos – comenta ela.

Ao sair da festa, sob uma lua cheia, eles pegam biscoitos da sorte e tiram a mesma previsão: avenidas de boa sorte se estendem diante de você.

Dirigindo o carro na volta da festa, Juliette fala:

– A única coisa que eu pensei sobre um lugar para um casamento era que tivesse vista. Estávamos ao ar livre, no alto de um penhasco. Foi a primeira vez que o vi de terno e ele estava deslumbrante. A minha visão, porque tive de caminhar por uma pequena trilha que saía de um túnel, já que havia um parque, depois um túnel e então o rochedo... À medida que eu me aproximava, ele era apenas a silhueta de um homem com o sol por trás. Foi incrível.

Ela prossegue:

– Eu só pensava se devia usar o véu para baixo ou para cima. Véu abaixado? Véu levantado? Adorei a ideia do véu, porque

{ 161 }

dentro dele é como um sonho. E é isso que os dias de casamento são.

Steve fala:

– Eu não tinha sapatos. Só tive tempo de comprar o terno, de modo que não tinha sapatos para combinar com ele. Tive de pegar emprestados os sapatos de um amigo. Nós só trocamos de sapatos no alto do penhasco. Para as fotos.

O aparelho de vídeo na sala de estar enguiça, então eles vão assistir aos vídeos de skate do Steve na televisão do quarto.

– A primeira vez que vi os vídeos dele andando de skate, fiquei com os olhos cheios de lágrimas. Para começar, a música é tão linda, e foi ele que escolheu a música, o piano. Para mim é tão estético, ele deslizando e saltando e desafiando o universo físico. Porque, teoricamente, não é possível fazer isso. Não se pega um objeto com rodinhas e pula de uma construção. É uma ousadia, um desafio. Foi a primeira vez que fiquei deslumbrada com um companheiro desse jeito – diz Juliette.

No andar de cima, olhando para uma foto emoldurada de Marilyn Monroe, Juliette fala:

– As pessoas reduziram Marilyn a um símbolo sexual, mas o poder dela vinha do fato de fazer as pessoas se alegrarem. Ela tinha tanta alegria! Quando está sorrindo numa foto, ela é uma mistura perfeita. Está num corpo feminino, aquela linda forma de mulher, mas emana um amor infantil, que brilha, uma espécie de luz de criança que faz as outras pessoas brilharem também. Acho que isso é que é especial nela.

"Tem uma palavra para isso em cientologia. O que é comum nas crianças é que elas exalam... o modo como conse-

{ 162 }

guem extravasar a alegria é chamado de *theta*. É o que é inato em um espírito. Por isso, na cientologia, um espírito é chamado de *thetan*, e o que ele transmite é *theta*. É o que eu chamaria de *mágica*."

Lendo aquela lista de perguntas que sobrou daquele romance antigo, ela indaga:

– Você acha que todos nós temos o mesmo potencial de Cristo?

E continua:

– Você tem esperanças para a humanidade? Se não tem, como pode seguir vivendo diante dessa desesperança toda?

E enfatiza:

– Não há respostas certas para estas perguntas.

PÓS-ESCRITO: Na metade do caminho para a casa de Juliette, o homem que estava me levando de carro recebeu uma ligação. O cartão de crédito da revista não autorizava o pagamento e disseram ao motorista para "cobrar o pagamento do passageiro". O pagamento para metade de um dia rodado era de mais ou menos setecentos dólares. Na semana anterior, um hotel veio com a mesma história para cima de mim, sobre o cartão de crédito de outra revista e acabou cobrando dos dois, do meu cartão e do cartão da revista. Fiquei muito desconfiado com o problema da cobrança dupla e disse ao motorista que não ia pagar. Ele me chamou de ladrão. Eu disse para ele me deixar descer no próximo sinal. Ele trancou as portas e disse que não, e minha mala ainda estava no porta-malas. Liguei para a revista em Nova York, mas, àquela altura, todos já tinham ido para casa. Ficamos rodando por Hollywood Hills durante as duas

{ 163 }

horas seguintes, com as portas trancadas e o motorista berrando que eu era o responsável. Que eu era um ladrão. Que eu não
devia usar um serviço que não pudesse pagar.

Fico explicando para ele que foi a revista que programou
e acertou tudo. E continuo ligando para Nova York. Mas fico
pensando: "Uau! Sou refém numa limusine. Isso é muito ma-
neiro!"

Depois de mais algum tempo, acabo ligando para 911 e
digo que estou sendo sequestrado. Um minuto depois, o motorista joga a mim e à minha mala na sarjeta, na frente da casa
de Juliette.

Nunca contei a ela o que aconteceu. Simplesmente fui até lá
e toquei a campainha. Provavelmente, ela e Steve ainda devem
achar que sou sempre assim, trêmulo e todo suado.

E acontece que o cartão de crédito da revista não tinha problema nenhum...

{Por que ele não arreda pé?}

Eu [Andrew Sullivan] nasci em 1963, numa pequena – na verdade, *bem* pequena – cidade no sul da Inglaterra, cresci em outra cidadezinha não muito longe no sul da Inglaterra, obtive uma bolsa para estudar em Oxford, depois consegui *outra* bolsa para a universidade, em Harvard, em 1984; fiz um curso de administração pública na Kennedy School e então me convenci de que não me dava bem com o tipo de regressão analítica da reforma do seguro social e mudei para filosofia, principalmente filosofia política; depois, nos anos seguintes, fiz doutorado em ciência política, principalmente teoria política, e enquanto fazia isso, fantasiei uma ida a Washington para um estágio na *New Republic*, depois voltar, ser editor júnior e então me tornar editor da *New Republic*, acho, em 1991, ficar lá até 1996, depois acabar com isso e mais ou menos arrumar minha vida.

Tive uma... eu odiava a vida com a minha família. Odiava. Sentia uma hostilidade visceral em relação ao ambiente em que fui criado e acho que me distanciei deles bem cedo... Não gostava nem um pouco quando meus pais brigavam. Fiquei horrorizado e traumatizado com isso... A gente se acostuma até certo ponto. Minha mãe era incrivelmente franca e direta sobre tudo, e tudo era muito... cru. Meu pai estava sempre batendo portas e berrando e gritando e se embebedando e jogando rúgbi, e minha mãe vivia reclamando e berrando. Não acabava nun-

{ 165 }

ca, e acho que uma parte de mim simplesmente se ausentou de tudo aquilo e passou a assistir como espectador de um esporte, mas outra parte de mim também ficou tremendamente traumatizada com aquilo. Só que, traumatizado ou não, aquele era o nosso ambiente. Mesmo se for um trauma horrível, é isso que os terapeutas dizem, e acho que é muito sensato. Mesmo sendo uma infelicidade profunda, é a *sua* infelicidade.

Bem, talvez isso realmente resulte na procura de relacionamentos que reproduzam aquilo...

Fui crismado na Catedral de Arundel, em Sussex. Eu venho de Sussex. Minha família não. Eles são de algum brejo em algum lugar da Irlanda. Mas Sussex era uma região muito católica e inglesa e muitos mártires ingleses eram de lá, e isso fazia parte da minha identidade quando garoto.

Meu santo de crisma foi São Thomas More... eu era um menino inglês, católico, e acho que esse era o meu jeito de afirmar uma espécie particular de identidade e de resistência à Inglaterra, a todo seu exterior anticatólico, e além disso sempre fui fascinado por More. Ele é um homem muito fascinante por todos os motivos óbvios, pela tentativa de existir no mundo sem estar no mundo. Por se meter na política. Por se aprofundar ainda mais em sua vida espiritual. Ele reúne todo o tipo de pergunta sobre o que é integridade, lealdade.

A única área que realmente me interessa é a santidade. Eu me interesso pelo que são os santos. Porque é... não sei o que eles são, mas devia saber. Acho que todos nós devíamos entender

{ 166 }

melhor do que se trata, dos seres humanos que são seres humanos e, ao mesmo tempo, santos, que de alguma forma têm essa ligação com algo mais, com muito mais intensidade do que qualquer outro... E há alguns santos que me fascinam mesmo, eu gostaria de entender um pouco mais. São Francisco é um. São João, o Amado, é outro...

Chama a atenção alguém que – e eu tenho certeza de que isso é, até certo ponto, uma projeção minha – ... alguém que se garante. Que simplesmente está lá e não arreda pé. Você se pergunta: "Por que ele não arreda pé? O que está acontecendo? Por quê? Por quê? Por quê?"

Eu costumava invejar as pessoas soropositivas [de HIV]. Porque tinha a impressão de que viviam num plano mais elevado, que eu ainda não tinha conseguido atingir. É aí que entra a santidade. Todas as definições de santo se resumem a alguém que vive como se fosse morrer esta noite. Um santo tem tanta consciência da realidade, que é a nossa mortalidade, claro, que ele é capaz de viver num nível de intensidade diferente... Eu me surpreendi apaixonado por pessoas soropositivas... Estou pensando em duas delas e acho que eram realmente admiráveis pelo modo de enfrentar a doença e de viver com ela, superá-la e brilhar mesmo na hora da morte. Há algo especialmente atraente nisso, assim como somos atraídos pelos mártires e ficamos fascinados com os homens-bomba suicidas... Nenhuma dessas pessoas queria estar naquela situação, mas elas tinham certa impaciência com a burrice e com as coisas efêmeras.

Sem entrar em detalhes, tive esse relacionamento muito, muito, muito tempestuoso e bastante breve com alguém que encon-

{ 167 }

trei por acaso em San Francisco. Simplesmente esbarrei nele numa noite de sábado... Nosso último contato foi apenas um e-mail maldoso e muito autoritário. Fui encontrá-lo, conversamos e não elevamos nossas vozes, nada disso. Ficamos conversando e meus amigos disseram que observaram duas coisas. A primeira, eles notaram que era óbvio que estávamos zangados, mas havia uma intensidade incrível no relacionamento.

Havia algo entre nós dois que estalava feito faísca elétrica quando estávamos juntos. E acho que gosto realmente disso. Evita que eu me entedie.

Estar casado não significa que você está menos sozinho. Penso que um relacionamento pode ser a forma mais intensa de solidão se não tomamos cuidado... A amizade é o que realmente desfaz e mitiga a solidão e, ao mesmo tempo, não compromete a sua individualidade do jeito que o amor faz, que o relacionamento amoroso faz. E More não vivia completamente sozinho. Ele tinha a filha, que lhe era muito chegada, e tinha também alguns amigos maravilhosos.

Esta é uma pergunta importante: por que você está sozinho? Porque todos somos sozinhos. Estar sozinho é... é a vida. É a qualidade do nosso estar sozinho que importa. Se é uma solidão com qualidade. Eu sou uma pessoa solitária. Sempre fui, desde quando era criança. Acho que é difícil... custo muito a deixar alguém se chegar.

Alguém observou uma vez: entre heterossexuais, você é um cara gay. Entre ingleses, você é católico. Um católico irlandês. Entre norte-americanos, você é meio inglês. Entre os acadêmicos, você é um mercenário. Entre os mercenários, você é uma espécie de acadêmico. Você está sempre se desligando de qualquer grupo específico.

Pode ser uma reação defensiva. Quero dizer, os republicanos não querem saber de mim. Nem os democratas. Gente de direita desconfia muito de mim. E de esquerda também... gosto de pensar que procuro pensar e escrever por minha conta, e às vezes com isso piso no calo das pessoas, acontece muito. A solidão é um lugar natural para o escritor estar. E, ainda mais, não é que os meus modelos de literatura... como se Orwell fosse o herói de qualquer grupo de pessoas... quero dizer, ele era muito sozinho. Desconfio muito de qualquer associação de pessoas.

É terrível... assim que percebo que todos concordam comigo, sinto vontade de mudar de ideia. Sou desse jeito – e talvez seja por isso que não sou muito bom no aspecto administrativo de ser editor – porque eu literalmente me sentia melhor na oposição, contra toda a minha equipe, do que mansamente me unindo a eles. Até em relação aos nossos leitores [da *New Republic*], sempre procurava manter as pessoas, eu queria manter todos irritados, nervosos.

É óbvio que pensei bastante nisso. Não quero transformar em problema tudo o que tem relação com isso. Acho que é o que a pessoa é, mas... acho que é o que me faz sentir segurança, essa falta de segurança.

Não me interessa se sou bem ou mal recebido. Quando começamos a pensar dessa forma, é o fim, eu acho. A única pergunta interessante para mim é se sou capaz de transmitir certas coisas

{ 169 }

que quero transmitir com maior eficiência por meio da narrativa ficcional do que tentando escrever coisas argumentativas. Sabe, agora mesmo o que existe por aí são as coisas factuais, biográficas, históricas ou então a ficção. O gênero dos escritos políticos ou morais para leitura é muito escasso e que não é apenas aquele tipo político temporário eu-estou-certo ou eles-estão-errados, aquelas coisas ao estilo de Jim Carville.

Praticamente normal foi um livro estranho no sentido de que... eu não o considero um livro estranho... mas foi uma tentativa de dizer que um problema como esse, tão atolado em emoção e psicologia, podia ser escrito de um modo clássico, racionalista. O modelo do livro foram os polemistas e panfletistas do século XIX que eu, de certa forma, admirava; não longo demais, qualquer um podia lê-lo e gerar um debate. Aqueles tipos de panfletos do final do século XIX eram coisas maravilhosas.

[*Praticamente normal*] saiu em 1995, então eu escrevi em 1994, enquanto ainda era editor. Fiz uma espécie de protótipo da discussão num ensaio da *New Republic*, em 1993 [A política da homossexualidade]. Ao mesmo tempo, eu escrevia sobre muitas outras coisas e continuava escrevendo uma espécie de comentário norte-americano para jornais ingleses, o que acabou sendo um bom negócio para mim, e escrevia para o *Times*, e arrumando assim um jeito de pagar o aluguel. Mas depois de sair da *New Republic*, afastei-me da edição e estou me concentrando mais em escrever.

Não era bem drama, mas era energia. Não considero um drama fabricado. Era energia. E eu também tinha aquele tipo de intera-

{ 170 }

ção com meus colegas editores... era apenas um lugar tempestuoso. Muito cachorro grande, com grandes ideias, batendo cabeça. Ora, essa é a natureza desse tipo de lugar. Eles atraem pessoas como eu, e pessoas como eu não nos damos bem com pessoas como eu.

... Para começo de conversa, era isso que eu queria ser quando era criança. Era para onde pensava que estava indo, para a política... Acho que realmente é, em arte, o que faço. Acho que a política é o que você faz dela... eu viajo pelo país e falo. Vou de escolas de ensino médio a manifestações políticas. Falo em eventos importantes para angariar fundos e faço todo esse tipo de coisa o tempo todo... É interessante, mas acho que o que estou tentando fazer é um pouco como a medicina legal – simplesmente dissecar e apontar a inadequação do argumento do outro lado, esteja você contra Jerry Falwell, Pat Buchanan ou seja lá quem for – e, em segundo lugar, fazer alguma coisa, desempenhar um papel exemplar, dizendo: "eu também sou gay e estou aqui". Esse simples fato muda o debate de que estamos tratando, exatamente porque parte daquilo sobre o que estamos falando é vergonha e a capacidade de resistir à vergonha e superá-la. E isso é algo que não pode ser discutido. Tem de ser demonstrado. Precisa ser sentido pelas pessoas que veem para que elas absorvam, cresçam com isso e passem a fazer por elas mesmas. E acho que na metade do tempo eu também estou fazendo isso. Acho que realizo noventa e cinco por cento do que estou fazendo pelo simples fato de comparecer. Olhamos bem nos olhos deles... é engraçado, mas eu estava no *Politicamente incorreto* com Lou Sheldon na semana passada, e ele disse: "Não acho que é uma doença. É uma disfunção" – falando sobre homossexualismo – e a única coisa que fiz foi dizer: "Ei, eu estou aqui. Pare de falar de mim como se eu não existisse..." Você não pode mais falar de nós dessa maneira, porque estamos aqui. Tem de nos levar a sério.

Eu não sei qual devia ser o meu papel. Lutei muito contra isso. Você se espantaria com a hostilidade que ainda jogam em cima de mim... Acho até que, assim que tivesse algum mandato, eu seria completamente demolido pelas próprias pessoas a quem devo representar... Esse mundo aí fora é muito duro... Existe uma resistência extrema a esse tipo de liderança no mundo gay e lésbico. É um lugar muito faccioso... odeio soar tão vago e confuso, mas não sei, não. Acho que estamos tateando. Eu estou tateando o meu caminho.

Tenho medo de uma recaída, de não acreditar em nós mesmos, uma recaída em pensar que somos irrelevâncias ou coisas rasas, pessoas que não precisam de vida emocional plena, que não precisam de vida política plena... Temo que isso possa voltar. Não sou um Whig. Não acho que essas coisas sejam inevitáveis. Penso que são escolhas, e por isso quis tanto que o casamento fosse pelo menos um resíduo, algum tipo de legado tangível da AIDS, mas não conseguimos. O resultado no Havaí e o resultado no Alaska demonstram que temos muito trabalho pela frente, conversando com heterossexuais para persuadi-los de que isso é a realidade, que precisamos dela e que a merecemos. E temos muito o que fazer também nos convencendo de que merecemos isso. Mas é difícil. É extremamente difícil.

Por muitos motivos, sinto que esse livro [*Love Undetected*] é uma tentativa concreta de traçar uma linha sob uma certa parte da minha vida e procurar seguir em frente. Não achei que podia fazer isso sem escrevê-lo, portanto ele teve um efeito meio catártico. E deve transmitir isso mesmo. Saiu feito vômito. Até as partes abstratas saíram como vômito. Cheguei ao ponto de achar que não ia terminá-lo porque não tinha nada para dizer sobre amizade, por exemplo, então simplesmente [faz ruído de vômito] em duas semanas escrevi essa última parte. Apenas três a quatro horas por dia, numa espécie de taquigrafia com letras em vez de símbolos.

Cheguei a um ponto em que só precisava dormir por muito tempo e acordar para arrumar minha vida de novo, antes de pensar no que iria escrever depois.

Sinto que estou dizendo coisas aqui que não devia dizer. Mas acho que não tem importância.

{Não estou perseguindo Amy}

Quando estudamos minimalismo na oficina de Tom Spanbauer, a primeira história que lemos é "The Harvest", de Amy Hempel. Depois lemos a "Strays", de Mark Richard. E, depois disso, você está ferrado.

Se você adora livros, se adora ler, esta é uma linha que não vai querer cruzar. Não estou brincando. Se for além desse ponto, vai achar uma droga quase todos os livros que já leu na vida. Todos aqueles livros grossos que seguem um enredo arrancado das páginas dos noticiários atuais, escritos na terceira pessoa. Bem, depois de Amy Hempel, você vai economizar muito tempo e muito dinheiro.

Ou não. Todo ano, nos itens do Schedule C do meu formulário de restituição do imposto de renda, deduzo mais dinheiro para novas cópias dos três livros de Hempel – *Reasons to Live*, *At the Gates of the Animal Kingdom* e *Tumble Home*. É bom emprestar esses livros todos os anos. O que acontece é que eles nunca mais voltam para você. Livros bons nunca voltam mesmo. É por isso que as estantes de meu escritório estão coalhadas de não ficção vulgar demais para a maioria das pessoas, a maior parte anotações de relatórios de autópsias forenses e uma tonelada de romances que detesto.

No ano passado, num bar em Nova York, o bar literário KGB, no East Village, Hempel me disse que seu primeiro livro está esgotado. A única cópia que eu sei que existe está atrás de

{ 174 }

um vidro na sala de livros raros da Powell, uma capa dura da primeira edição, à venda por 75 dólares, sem assinatura.

Tenho uma regra sobre conhecer a versão em carne e osso das pessoas cujas obras adoro. Essa regra vou guardar para o final. A menos que os livros de Hempel sejam impressos de novo, posso acabar gastando mais ainda ou fazendo cada vez menos amigos. Não se pode impor esses livros às pessoas, dizendo: "leia isso", dizendo: "foi só comigo ou esse livro te fez chorar também?"

Uma vez, dei o *Animal Kingdom* a um amigo e falei: "Se você não amar esse, é porque não temos nada em comum."

Cada frase é esculpida, é torturada. Cada citação e cada piada que Hempel lança com estilo de comediante é engraçada ou tão profunda que lembramos por anos a fio. Sinto que Hempel também lembra, agarra-se a elas, guarda para um lugar em que realmente brilhe. É uma metáfora de joias assustadoras, mas suas histórias estão incrustadas, são montadas com esses trechos irresistíveis. Biscoitos com pedacinhos de chocolate, sem nenhuma "matriz" insossa na massa, apenas pedacinhos de chocolate e avelãs picadas.

Assim, a experiência dela se transforma na sua experiência. Professores falam de como os alunos precisam ter uma revelação emocional, um momento de descoberta do tipo "ah-ha!", para reter a informação. Fran Lebowitz ainda escreve sobre o instante em que olhou para um relógio pela primeira vez e entendeu o conceito de marcar as horas. A obra de Hempel não é nada além desses flashes, e a cada flash você se deslumbra ao reconhecer a experiência.

Neste momento, Tom Spanbauer está ensinando a outro grupo de alunos com xerox de "The Harvest" tiradas de seu

{ 175 }

antigo exemplar da *The Quarterly*, a revista editada por Gordon Lish, o homem que ensinou minimalismo para Spanbauer e Hempel e Richard. E, através de Tom, para mim.

No início, "The Harvest" parece um rol de lavanderia de detalhes. Você não tem a menor ideia de por que está quase chorando quando termina de ler umas sete páginas. Fica um pouco confuso e desorientado. É apenas uma lista simples de fatos apresentados na primeira pessoa, mas de alguma forma representa mais do que a soma de suas partes. Quase todos os fatos são muito engraçados, mas, no último momento, quando você já está desarmado de tanto rir, parte seu coração.

Ela parte seu coração. Acima de tudo. Aquela perversa Amy Hempel. Essa é a primeira coisa que Tom nos ensina. Uma boa história deve fazer você rir e, um segundo depois, partir seu coração. A última coisa é: você nunca escreverá tão bem assim. Você não aprende essa parte até ter estragado muito papel, desperdiçado muito tempo livre com uma caneta na mão, durante anos e anos. A qualquer momento horrível, você pode pegar o exemplar de um livro de Amy Hempel e descobrir que seu melhor trabalho é apenas um fiapo barato do pior que ela escreveu.

Para demonstrar o minimalismo, os alunos sentam à mesa da cozinha de Spanbauer e passam dez semanas destrinchando "The Harvest". O primeiro aspecto que estudam é o que Tom chama de "cavalos". A metáfora é que, se você conduz uma carroça de Utah até a Califórnia, você usa os mesmos cavalos a viagem toda. Substitua a palavra por "temas" ou "refrões" e entenderá a ideia. No minimalismo, uma história é uma sinfonia que cresce e cresce, mas jamais perde a linha melódica original. Todos os personagens e cenas, coisas que parecem diferentes,

{ 176 }

todas elas ilustram alguns aspectos do tema da história. Em "The Harvest", percebemos como todos os detalhes são alguma característica de mortalidade e dissolução, desde doadores de rins até dedos rígidos e até o seriado televisivo *Dinastia*.

O aspecto seguinte, Tom chama de "língua queimada". É uma maneira de dizer alguma coisa, só que dizendo errado, distorcendo, de modo a tornar o leitor mais lento. Para forçar o leitor a ler com maior atenção, talvez ler duas vezes, não só passar os olhos sobre uma superfície de imagens abstratas, advérbios que cortam caminho e clichês. No minimalismo, clichês são chamados de "texto recebido".

Em "The Harvest", Hempel escreve: "Eu me movia pelos dias como uma cabeça decepada que termina uma frase." Aqui, você tem os "cavalos" da morte e da dissolução, e ela escreve uma frase que faz com que você desacelere e chegue a uma velocidade de leitura mais deliberada, atenta.

Ah, e no minimalismo não há abstrações. Nada de advérbios tolos como "sonolento", "irritantemente", "tristemente", por favor. E nenhuma medida, centímetros, metros, graus ou idade. A frase "uma menina de 18 anos", o que isso quer dizer?

Em "The Harvest", Hempel escreve: "No ano em que comecei a dizer *vahz* em vez de *vaso*, um homem que eu mal conhecia quase me matou acidentalmente."

Em vez de uma idade, ou medida seca, temos a imagem de alguém que está se sofisticando. Além disso, há uma língua queimada e, mais ainda, ela usa seu "cavalo" de mortalidade.

Está vendo como essas coisas se somam? O que você pode aprender sobre minimalismo depois disso é o "anjo que registra". Significa escrever sem julgar. Nada é dado ao leitor, como "gordo" ou "feliz". Você só pode descrever atos e aparências de forma que façam com que o julgamento ocorra na mente do leitor. Seja o que for, você desembrulha e exibe detalhes que vão se juntar na cabeça do leitor.

Amy Hempel faz isso. Em vez de nos dizer que o namorado em "The Harvest" é um idiota, nós o vemos segurando um suéter encharcado com o sangue da namorada e dizendo para ela: "Você vai ficar boa, mas esse suéter está arruinado."

Menos se torna mais. Em vez da costumeira enxurrada de detalhes gerais, você recebe parágrafos com uma frase só, de conta-gotas, e cada um deles evoca uma reação emocional própria. Na melhor das hipóteses, ela é uma advogada que apresenta seu caso, prova após prova. Uma de cada vez. Na pior das hipóteses, ela é uma mágica que ilude as pessoas. Mas quando lê, você é sempre atingido pela bala, sem ter sido avisado de que ela está vindo.

Então, falamos sobre "cavalos" e "língua queimada" e "anjo que registra". Agora, "acontecendo no corpo".

Hempel mostra como uma história não tem que ser um fluxo constante de blá-blá-blá para provocar a atenção do leitor. Você não precisa segurar o leitor pelas orelhas e enfiar-lhe cada momento goela abaixo. Ao contrário, a história pode ser uma sucessão de detalhes saborosos, cheirosos e palpáveis. O que Tom Spanbauer e Gordon Lish chamam de "acontecendo no corpo", que é dar ao leitor uma reação física simpática, envolver mais profundamente o leitor.

O único problema com o palácio de fragmentos de Hempel é na hora de citá-lo. Tire qualquer trecho do contexto e ele perde poder. O filósofo francês Jacques Derrida associa escrever ficção a um código de software que opera no hardware da sua mente, alinhando diversos macros que, combinados, criam uma reação. Nenhuma ficção faz isso tão bem como a de Hempel, mas cada história é tão compacta, tão reduzida aos fatos nus e crus que tudo o que você pode fazer é deitar no chão de barriga para baixo e louvá-la.

A minha regra para conhecer pessoas é: se eu adoro o trabalho delas, não quero correr o risco de vê-las peidando ou palitando os dentes. No verão passado, em Nova York, fiz uma leitura na Barnes & Noble da Union Square em que prestei uma homenagem a Hempel, dizendo à plateia que, se ela escrevesse bastante, eu ficaria em casa e leria na cama o dia todo. Na noite seguinte, ela apareceu em minha leitura no Village. Bebi metade de uma cerveja e conversamos sem soltar gases. Mesmo assim, de certa forma, espero nunca mais vê-la. Mas comprei aquela primeira edição por 75 dólares.

{Ler para você mesmo}

É quase meia-noite no sótão de Marilyn Manson.

Fica no topo de uma escada em espiral, onde o esqueleto de um homem de dois metros de altura, os ossos já pretos de velhos, se acocora, o crânio humano substituído pelo de um carneiro. Ele é o altar de uma antiga igreja satânica da Inglaterra, diz Manson. Ao lado do esqueleto, está a perna artificial que um homem tirou de si mesmo e deu a Manson depois de um concerto. Ao lado, a peruca do filme *Joe sujo*.

Isso no fim de dez anos de trabalho. É um novo começo. O alfa e o ômega para esse homem que trabalhou uma década para se tornar o artista mais desprezado, o artista mais assustador da música. Uma técnica para suportar. Um mecanismo de defesa. Ou puro tédio.

As paredes são vermelhas e Manson, sentado no tapete preto, embaralha cartas de tarô.

– É difícil ler para você mesmo – diz ele.

Ele comenta que, em algum lugar, tem o esqueleto de um menino chinês de sete anos, desmembrado e guardado em sacos plásticos selados.

– Talvez eu faça dele um candelabro – fala.

Há em algum lugar uma garrafa de absinto que ele bebe, apesar de temer os danos cerebrais. Aqui no sótão ficam os quadros que ele pinta e o manuscrito de seu novo livro, um romance. Ele pega os desenhos de um novo baralho de tarô. Ele aparece em quase todas as cartas. Manson como o Imperador, sentado numa cadeira de rodas com pernas protéticas, agarrado a um rifle, com a bandeira americana de cabeça para baixo atrás dele. Manson como o Louco sem cabeça, dando um passo para o abismo, com imagens granuladas de Jackie Onassis em seu conjunto cor-de-rosa e um pôster da campanha de JFK ao fundo.

– Foi uma questão de reinterpretar o tarô – explica. – Substituí as espadas por armas de fogo. E a Justiça pesa a Bíblia contra o Cérebro.

Ele continua:

– Como cada carta tem muitos símbolos, existe um elemento ritualístico realmente mágico nela. Quando você embaralha, deve transferir sua energia para as cartas. Parece bobagem. Não é uma coisa que faço o tempo todo. Gosto muito mais do simbolismo, não fico tentando me apoiar na adivinhação.

"Acho que uma pergunta razoável seria: 'O que vem depois?'", diz ele, prestes a dar as cartas e começar sua leitura. "Para ser mais específico: 'Qual será meu próximo passo?'"

Manson abre a primeira carta: o Hierofante.

– A primeira carta que você abre – explica Manson, olhando para a carta de cabeça para baixo. – Esta representa sabedoria e previsão, mas o fato de eu tê-la aberto de cabeça para baixo pode significar o contrário, a falta disso. Posso ser ingênuo em relação a alguma coisa. Esta carta é, no momento, minha influência direta.

Essa leitura acontece depois que Rose McGowen saiu da casa em que moram, em Hollywood Hills. Depois que Manson e

McGowen brincaram com seus Boston terriers, Bug e Fester, e ela mostrou a ele um catálogo com as fantasias de Haloween que quer encomendar para os cães. Ela fala da "Boston Tea Party", quando centenas de pessoas desfilam seus Boston terriers em torno de um parque em L.A. Eles falam de quando alugaram uma limusine Cadillac azul-clara, de 1975 – a única que havia para alugar –, para ir até uma fazenda isolada pela neve, no Meio-Oeste, onde compraram dois terriers daqueles para os pais de Manson.

O carro dela e o motorista estão lá fora, esperando. Ela vai pegar um voo que parte tarde da noite para o Canadá, onde está trabalhando num filme com Alan Alda. Na cozinha, um monitor mostra imagens de diferentes câmeras de segurança e McGowen diz que Alan Alda está muito diferente, que o nariz dele está enorme. Manson explica a ela que quando os homens envelhecem, seus narizes, orelhas e testículos continuam crescendo. Sua mãe, que é enfermeira, contava que havia homens cujas bolas pendiam até a metade das pernas.

Manson e McGowen dão um beijo de despedida.

– Muito obrigada – diz ela. – Agora quando estiver trabalhando com Alan Alda, vou ficar imaginando de que tamanho é o saco dele.

No sótão, Manson abre sua segunda carta: JUSTIÇA.

– Isso pode se referir ao meu julgamento – diz ele –, à minha capacidade de discernimento, possivelmente com amizades ou negócios. Neste momento, ela representa em que ponto estou. Eu me sinto meio ingênuo, ou inseguro, quanto a amizades ou aos negócios, e isso se aplica particularmente a uma certa situação entre mim e a minha gravadora. Então, faz sentido.

* * *

Um dia antes, no escritório da gravadora dele, no Santa Monica Boulevard, Manson sentou-se num sofá de couro preto, usando calça de couro preto, e, sempre que se mexia, o contato do couro com couro emitia um rosnado grave, espantosamente parecido com sua voz.

– Tentei aprender a nadar quando era criança, mas nunca me dei bem com a água no nariz. Tenho medo de água. Não gosto do mar. Há algo infinito demais nele que eu acho perigoso.

As paredes são azul-escuras e não há nenhuma luz acesa. Manson está sentado nesse quarto azul-escuro com o aparelho de ar-condicionado à toda, de óculos escuros, bebendo refrigerante.

– Acho que tenho tendência a gostar de morar em lugares onde não me encaixo. Primeiro, foi na Flórida e talvez isso tenha feito com que eu não combinasse. Foi o que me fez gostar e sentir atração por tudo o que era o contrário do que me cercava, porque eu não gostei da cultura de praia.

Ele continua:

– Costumava gostar de ficar só olhando. Da primeira vez que mudei para a Flórida, quando não conhecia ninguém, eu sentava e observava as pessoas. Só escutava as conversas e observava. Se você pretende criar algo que as pessoas observem e ouçam, precisa ouvi-las primeiro. Esse é o segredo.

Em casa, no sótão de sua casa de cinco andares, bebendo uma taça de vinho tinto, Manson abre sua terceira carta: o Louco.

– A terceira carta representa meus objetivos – diz ele, com o som de couro surrado em sua voz. – O Louco está prestes a cair de um penhasco e é uma carta boa. Representa embarcar numa viagem ou dar um grande passo à frente. Isso pode representar a campanha do disco que vai sair ou a excursão que vou fazer agora.

E prossegue:

– Tenho medo de lugares cheios de gente. Não gosto de estar com muita gente, mas me sinto muito bem no palco, diante de milhares de pessoas. Acho que é um modo de enfrentar isso.

A voz dele é tão profunda e suave que desaparece atrás do barulho do ar-condicionado.

– Por mais estranho que pareça, sou muito tímido – admite ele–, e essa é a ironia de ser um exibicionista, de estar diante das pessoas. Sou realmente muito tímido.

"Também gosto de cantar sozinho. Sempre que canto há um mínimo de pessoas envolvidas. Quando estou gravando, às vezes faço com que apertem o botão para gravar e saiam do estúdio.

Sobre as excursões, ele diz:

– A ameaça da morte é que faz valer a pena viver, é o que torna tudo excitante. É o principal antídoto contra o tédio. Estar bem no centro de tudo. Pensei: sei que vou ter de levar as coisas a tal extremo para passar minha mensagem, que terei de começar de baixo e me tornar a pessoa mais desprezível que existe. Vou representar tudo o que você é contra e você não poderá dizer nada que me magoe, que faça com que me sinta pior. Dali só tenho que subir. Acho que a coisa mais gratificante foi saber que nada do que você faça pode me machucar. Fora me matar. Porque eu represento o fundo do poço. Sou o pior dos piores, então você não pode dizer que fiz alguma coisa e fiquei mal por isso, porque estou dizendo agora mesmo que eu sou isso tudo. Foi uma sensação de liberdade muito grande não ter de me preocupar com o que as pessoas vão fazer para tentar me derrubar.

"Se você não gosta da minha música, eu não ligo. Não tem mesmo importância para mim. Se você não gosta da minha aparência, se não gosta do que tenho a dizer, tudo isso faz parte do que estou pedindo. Você está me dando exatamente o que eu quero."

Manson tira sua quarta carta: a MORTE.

– A quarta carta é seu passado distante – fala. – E a carta Morte representa mais uma transição, faz parte do que trouxe você até aqui, de como está neste momento. Isso tem muito sentido, levando em conta o fato de que acabei de passar por uma grande transição, que esteve em curso nos últimos dez anos.

Sentado no quarto azul-escuro de sua gravadora, Manson diz:

– Acho que minha mãe deve ter aquela síndrome de Munchausen, quando as pessoas querem te convencer de que você está doente para poderem ficar a seu lado mais tempo. Porque quando eu era jovem, minha mãe sempre me dizia que eu era alérgico a uma série de coisas a que não tenho alergia nenhuma. Ela costumava dizer que eu era alérgico a ovos, a amaciante de roupas e a todo tipo de coisas estranhas. Isso também é parte do elemento médico, porque minha mãe é enfermeira.

A calça de couro preto tem aberturas na bainha para cobrir sapatos pretos de solas muito grossas.

– Lembro que minha uretra fechou e eles tiveram de botar uma sonda para puxá-la para fora. Foi a pior coisa que podia

{ 185 }

acontecer a um garoto. Disseram que depois que eu passasse da puberdade, teria de voltar lá e fazer tudo de novo, mas eu disse: "De jeito nenhum. Não me importo com o jeito que minha urina sai agora. Não vou voltar."

Sua mãe ainda guarda o prepúcio num vidro.

Quando eu era menino, meu pai e eu não nos dávamos bem. Ele nunca estava em casa, e é por isso que nunca falo dele, porque eu nunca o via. Ele trabalhava o tempo todo. Não considero o que eu faço um trabalho, mas acho que herdei dele o determinismo maníaco pelo trabalho. Acho que só quando tinha vinte e poucos anos meu pai chegou a contar que esteve na Guerra do Vietnã. Então, ele começou a me contar sobre pessoas que tinha matado e coisas em que tinha se envolvido, com o agente laranja.

Ele continua:

– Meu pai e eu temos algum tipo de disfunção cardíaca, um sopro no coração. Eu era bem doente quando era pequeno. Tive pneumonia quatro ou cinco vezes e estava sempre no hospital, sempre abaixo do peso, esquelético, pronto para levar uma surra.

Telefones tocam nas outras salas. Quatro pistas de trânsito passam lá fora.

– Quando estava escrevendo o livro [sua autobiografia] – lembra Manson –, não tinha realmente chegado à conclusão de que eu era muito parecido com meu avô. Não percebi até chegar ao fim do livro. Quando era menino, eu o via como um monstro, porque ele tinha roupas de mulher, consolos e todas essas coisas. No fim da minha história, eu tinha me tornado muito pior do que meu avô jamais foi.

{ 186 }

"Acho que não contei isso a ninguém", diz Manson, "mas o que descobri nesse último ano foi que meu pai e meu avô nunca se deram bem. Meu pai voltou da Guerra do Vietnã e foi meio que jogado na rua, disseram que ele tinha que pagar aluguel. Tem alguma coisa realmente ruim nisso que eu jamais gostei. E meu pai me contou no ano passado que descobriu que aquele não era seu pai verdadeiro. Foi a coisa mais estranha que já ouvi, porque então começou a fazer sentido o fato de ele talvez ter sido maltratado e por isso ter tido aquele estranho relacionamento. É muito estranho pensar que ele não era realmente meu avô."

E prossegue:

– Desconfio que há tantas imagens de morte porque quando era criança eu tinha medo da morte, porque estava sempre doente e sempre tive parentes doentes, então houve sempre esse medo da morte, por muito tempo. Havia o medo do diabo. O medo do fim do mundo. O Êxtase, que era um mito cristão que descobri que nem existe na Bíblia. Acabei me tornando tudo isso. Acabei me transformando naquilo que temia. Foi esse o meu jeito de enfrentar tudo isso.

No sótão, Manson abre sua quinta carta: o ENFORCADO.

– A quinta carta é mais o seu passado recente – diz ele. – Também deve significar que algum tipo de mudança aconteceu. Nesse caso, poderia ser o fato de que me tornei bem mais concentrado e talvez tenha até negligenciado algumas amizades e relacionamentos.

Ele continua:

– Nasci em 1969 e esse ano virou o ponto focal de muitas coisas, especialmente desse disco, *Holy Wood*. Porque 1969 foi o fim de muitas coisas. Tudo na cultura mudou tanto... E acho realmente importante eu ter nascido nesse ano... Exatamente no fim dos anos sessenta. O fato de Huxley e Kennedy terem morrido no mesmo dia. Para mim, isso abriu uma espécie de cisma, ou portal, para o que ia acontecer. Para mim, tudo começou a apresentar paralelos. Altamont[4] foi como o Woodstock de 1999. A casa onde eu morava... os Stones moraram lá quando escreveram "Let It Bleed". Descobri *Cocksucker Blues*, um filme obscuro que eles fizeram, que mostra a banda na minha sala de estar, cantando "Gimme Shelter". E "Gimme Shelter" foi emblemática de toda a tragédia de Altamont. Além disso, sempre fui obcecado pelos assassinatos de Manson, desde criança. Que, para mim, tiveram a mesma cobertura da mídia que teve Columbine.

"O que sempre me incomodou", prossegue, "foi que isso é exatamente a mesma coisa. Nixon apareceu durante o julgamento e disse que Manson era culpado porque Nixon estava sendo acusado de tudo o que havia de errado com a cultura. Então, a mesma coisa aconteceu com Clinton, que disse: 'Por que essa juventude está tão violenta? Deve ser influência de Marilyn Manson. Deve ser esse filme. Deve ser esse jogo.' E aí ele se acovarda e envia bombas por sobre o oceano para matar um monte de gente. E fica sem saber por que os garotos fazem bombas e matam gente..."

Manson traz as aquarelas que pintou, retratos muito coloridos, claros e escuros, de McGowen, no estilo do teste de Rorshsach. Quadros que ele pinta não tanto com as tintas, mas com a água turva que usa para limpar os pincéis. Um desses

---

[4] Concerto de rock, em Altamont, Califórnia, com estrelas como Santana, Grateful Dead e Rolling Stones, que terminou marcado pela violência. (N. da T.)

quadros tem as cabeças de Eric Harris e de Dylan Klebold empaladas nos dedos levantados em sinal de paz.

– Acontece que eles não eram fãs – diz. – Um repórter de Denver pesquisou bastante para provar que eles não gostavam de mim porque eu era muito comercial. Eles curtiam coisa mais alternativa. Fiquei furioso porque a mídia pegou isso e ficou me atacando o tempo todo. Isso aconteceu porque sou um alvo fácil. Eu pareço culpado. E estava excursionando na época.

"As pessoas sempre me perguntam o que teria lhes dito se pudesse conversar com eles. E minha resposta é: nada. Eu teria ouvido o que eles tinham a dizer. Esse é o problema. Ninguém escutava o que eles diziam. Se tivessem prestado atenção, saberiam o que estava acontecendo.

"É estranho, mas embora a música seja algo para se escutar, acho que a música nos ouve também, sem julgar. Um garoto pode encontrar algo com que se identifique. Ou um adulto. É um lugar para onde você pode ir, onde não vão julgá-lo. Não há ninguém dizendo no que você deve acreditar."

Manson tira sua sexta carta: a ESTRELA.

– Esta carta é o futuro – diz. – A Estrela. Significa grande sucesso.

"Passei muito tempo sem me ver chegando até este ponto. Nunca vi nada além disso porque achava que eu ia me destruir, ou então alguém ia me matar no processo. Por isso, de alguma forma, ultrapassei o sonho. E é assustador. É como começar tudo de novo, mas isso é bom, porque era exatamente disso que eu precisava. Houve muitos pequenos renascimentos ao longo do caminho, mas agora sinto que nasci de novo onde comecei, só que com uma interpretação diferente. De certa forma, voltei no tempo, mas agora tenho mais munição, mais conhecimento para encarar o mundo.

"Natural, para mim, é me envolver com filmes, mas tem de ser realmente em meus termos. Acho que tenho mais jeito para diretor do que para ator, embora goste de atuar. Tenho conversado com Jodorowsky, o cara que fez *El Topo* e *The Holy Mountain*. É um cineasta chileno que trabalhou com Dalí. Ele escreveu um roteiro chamado *Able Cain*, que é uma coisa fantástica. Já estava com ele há cerca de quinze anos e não queria fazer, mas me procurou porque eu era a única pessoa com quem queria trabalhar. E o personagem é muito diferente daquilo que as pessoas sabem de mim, e só por isso estou interessado porque a maioria das pessoas que me abordam quer que eu faça diferentes versões de mim mesmo. O que não chega a ser nenhum desafio."

Na primavera de 2001, Manson planeja publicar seu primeiro romance, chamado *Holy Wood*, uma narrativa que cobrirá seus primeiros três discos. No sótão ele senta no chão, recosta diante da luz azulada de seu laptop e lê o primeiro capítulo em voz alta, uma história mágica, surreal e poética, cheia de detalhes e livre da aborrecida ficção tradicional. Fascinante, mas por enquanto é segredo absoluto.

Ele tira sua sétima carta: o SUMO SACERDOTE.

– Dessa aqui – diz ele –, não tenho muita certeza.

O agente de publicidade de Manson pede que as pessoas que vêm entrevistá-lo não publiquem que ele se levanta toda vez que uma mulher entra ou sai da sala. Depois que o pai teve de parar de trabalhar por causa de uma lesão nas costas, Manson comprou uma casa na Califórnia e sustenta os dois. Quando se registra em algum hotel, usa o nome Patrick Bateman, personagem que é o assassino em série no livro de Bret Ellis, *Psicopata americano*.

Ele abre sua oitava carta: o MUNDO.

– O Mundo – diz ele –, colocado convenientemente aqui, representa as influências ambientais, ou externas, que podem prejudicá-lo.

E prossegue:

– Tive uma experiência ótima e interessante em Dublin. Como eles são muito católicos por lá, fiz essa apresentação durante a excursão pela Europa. Eu tinha uma cruz feita de televisores que explodiam em chamas e eu aparecia, praticamente nu, a não ser por uma cueca de couro. Eu me pintei como se estivesse todo chamuscado. Subi no palco, a cruz estava pegando fogo, vi gente na primeira fila virando a cara para não olhar. Foi incrível. Foi o maior cumprimento numa performance. Eles ficaram tão ofendidos... Acho inacreditável que alguém possa ficar tão ofendido assim... que viraram de costas para não ver. Centenas de pessoas.

Manson abre a nona carta: a TORRE.

– A Torre é uma carta muito ruim – diz ele. – Significa destruição, mas do modo que é interpretada, diz que vou ter de ficar contra praticamente todo o mundo. De uma forma revolucionária, e que haverá algum tipo de destruição. O fato de o resultado final ser o sol significa que provavelmente não serei eu. Devem ser as pessoas que tentam ficar no meu caminho.

Sobre o livro, ele comenta:

{ 191 }

– Toda a história, se pegar desde o começo, traça um paralelo com a minha, só que contada com metáforas e símbolos diferentes que achei que os outros podiam entender. É sobre ser inocente e ingênuo, parecido com Adão no Paraíso antes da queda. Ao ver algo como "Holy Wood", que usei como metáfora para representar o que as pessoas pensam que é um mundo perfeito, o ideal ao qual todos devemos corresponder, a aparência que devemos ter, a forma como devemos agir. É sobre querer, a vida inteira, pertencer a este mundo que acha que você não se encaixa, que não gosta de você, que te derruba a cada passo do caminho, lutando, lutando e lutando, e por fim chegando lá para compreender que, agora que está lá, todos à sua volta são os mesmos que o prejudicaram desde o início. Então, você automaticamente detesta todos à volta. Fica contra eles por haverem-no tornado parte de um jogo no qual você nem sabia que estava entrando. De certa forma, você troca uma cela de prisão por outra.

"Isso se transforma em revolução", continua ele. "Ser tão idealista a ponto de pensar que pode mudar o mundo, até descobrir que não pode mudar nada a não ser você mesmo."

McGowen liga do aeroporto e promete ligar de novo quando o avião pousar. Dali a uma semana, Manson partirá para o Japão. Em um mês vai começar uma excursão mundial em Minneapolis. Na próxima primavera, seu livro completará a última década de sua vida. Depois disso, Manson vai começar tudo de novo.

– De certa forma, a sensação não é a de um fardo, mas de um peso que me tiraram por completar um projeto de longo prazo – explica. – Isso me dá a liberdade de ir a qualquer lugar.

Estou me sentindo como há dez anos, quando montei a banda. Sinto aquele mesmo entusiasmo e inspiração e aquele mesmo desdém pelo mundo que me faz querer fazer alguma coisa para levar as pessoas a pensarem.

"O único medo que resta é o medo de não ser capaz de criar, de não ter inspiração", admite Manson.

"Posso fracassar e isso pode não funcionar, mas pelo menos a opção de fazer é minha. Não é algo que eu faço porque tenho de fazer."

Manson tira sua décima carta: o SOL.

Os dois Boston terriers estão dormindo, deitados numa poltrona de veludo preto.

– Este é o resultado final, o Sol, que representa felicidade e muitas realizações – diz.

{Bodhisattvas}

– Fomos de avião de Miami para Tegucigalpa – conta Michelle Keating –, e isso depois de cinco dias de terror. Há minas terrestres. Há cobras. Há gente morrendo de fome. O prefeito de Tegucigalpa morreu uma semana antes num acidente de helicóptero.

Olhando para as imagens numa pilha de álbuns de fotos, ela comenta:

– Foi o furacão Mitch. Nunca imaginei que estaria em um desastre como aquele.

Em outubro de 1998, o furacão Mitch chegou à República de Honduras com ventos de quase trezentos quilômetros por hora e dias de chuva pesada: 32 centímetros cúbicos num único dia. Morros desabaram. Rios transbordaram. Nove mil e setenta e uma pessoas morreram na América Central, 5.657 só em Honduras e 8.058 continuam desaparecidas. Um milhão e quatrocentas mil ficaram desabrigadas e setenta por cento da safra agrícola do país foram destruídas.

Nos dias seguintes à tempestade, a capital, Tegucigalpa, virou um imenso esgoto a céu aberto, coberta de lama e de corpos. Houve um surto de malária. E também de dengue. Ratos transmitiam leptospirose, que provoca a falência do fígado e dos rins e, consequentemente, a morte. Nessa cidade de mineradores, a sete mil e quinhentos metros do nível do mar, um terço de todas as construções ficou destruído. O prefeito da cidade morreu quando supervisionava os danos de helicóptero. Os saques tornaram-se generalizados.

Nesse país, em que cinquenta por cento dos 6,5 milhões de habitantes vivem abaixo da linha de pobreza estabelecida pela ONU, e trinta por cento estão desempregados, Michelle Keating e seu golden retriever, Yogi, foram ajudar a encontrar os mortos.

Ela olha para uma foto de Yogi sentado na poltrona de um avião da American Airlines, comendo a refeição de bordo em uma bandeja diante dele.

Keating fala de outro trabalho voluntário de busca e resgate.

– Harry me disse: "Essas pessoas passam fome e podem querer comer o seu cachorro." Estávamos no carro, voltando de uma reunião e eu dizia: "Eu não quero morrer!" Mas sabia que queria ir.

Ela olha para as fotos do corpo de bombeiros de Honduras, onde dormiram. Cães farejadores do México já haviam chegado, mas não ajudaram muito. Uma represa perto da cidade havia ruído às duas horas da madrugada.

– Uma parede de água de seis metros de altura varreu tudo e, ao baixar, deixou apenas uma camada de lama profunda – conta Keating. – Em todo o lugar, lama e água haviam tocado os corpos, espalhando o cheiro. Era isso o que confundia os cães mexicanos. Eles apontavam para toda a parte.

Vendo as fotos do rio Choluteca cheio e lamacento, ela diz:

– Havia dengue. Havia bactérias. Para todo lugar que você fosse, sentia o cheiro dos corpos. E Yogi não conseguia escapar disso, não estava mais apontando nada. Havia racionamento de água, mas nós lavávamos tudo o que podíamos.

Nas fotos, as pessoas estavam tirando a lama das ruas com pás, em troca de alimentos distribuídos pelo governo. O fedor dos cadáveres era "pungente", ela diz. "Dava até para sentir o gosto."

– Dez mil pessoas morreram por todo o país, uma boa percentagem deles ali mesmo em Tegucigalpa, porque também houve deslizamentos de morros. E havia gente afogada pela muralha de água de seis metros de altura que varreu a cidade. Depois, o campo de futebol afundou.

Ela mostra fotos de quartos escuros, cheios de lama e móveis quebrados.

– No primeiro dia, fomos a um restaurante chinês, onde havia morrido uma família. O corpo de bombeiros teria de escavar e tudo o que pudemos fazer foi lhes poupar muito tempo, e sofrimento também, porque apontamos o lugar exato. No restaurante chinês, passamos Mentholatum embaixo do nariz, usamos máscaras e um capacete com lanterna, porque estava escuro. Toda a comida, como os caranguejos, estava apodrecendo; o esgoto havia transbordado, e estávamos com lama até o joelho. Havia muitas fraldas sujas. Então, Yogi e eu voltamos para a cozinha e eu pensei: "Ah meu Deus, o que será que vou encontrar?"

Nas fotos, ela está usando um capacete de mineiro com uma lanterna presa na frente e uma máscara cirúrgica de gaze.

– Lá estavam todas as roupas e objetos pessoais, espalhados na lama – lembra ela. – A vida inteira das pessoas.

Encontraram os mortos, esmagados e retorcidos.

– Eles estavam embaixo de uma plataforma. Havia um estrado baixo, com mesas e cadeiras por cima, e a água os havia empurrado para baixo dele.

Sentada no sofá da sala de estar, Michelle olha o álbum de fotos na mesa a sua frente. No chão, Yogi acomoda-se a seu lado. Outro golden retriever, Maggie, está numa poltrona, do ou-

{ 196 }

tro lado da sala. Os dois cães têm cinco anos e meio. Maggie veio de um abrigo para animais depois que a encontraram, doente e morrendo de fome, abandonada por um criador depois de parir tantas ninhadas que a impossibilitaram de continuar procriando.

Yogi foi comprado de um criador quando ele tinha seis meses e não conseguia andar.

– Acabamos descobrindo que ele tinha displasia dos cotovelos – conta ela. – Dois anos atrás, levei-o a um veterinário em Eugene, que fez uma cirurgia para ele poder andar. Corrigiu as articulações. O que acontecia era que uma pequena articulação, que devia ser uma junta, estava suportando o peso todo. Então, estava se fragmentando, o que era muito doloroso para ele.

Ela olha para a cadela na poltrona.

– Maggie é mais do tipo pequeno, ruivo. Ela deve ter uns trinta quilos. Yogi é maior, amarelo, de pelo longo. No inverno, fica com mais de 45 quilos. Ele tem a típica barriga grande de golden.

Ela examina outras fotografias.

– Uns oito anos atrás, eu tinha um cachorro chamado Murphy. Era um border collie, misturado com pastor australiano, um cão incrível, e eu pensei: "Aí está uma boa maneira de desenvolver obediência com ele e talvez até conhecer pessoas." Eu trabalhava na Hewlett-Packard, dentro de um escritório, por isso precisava de alguma coisa fora de lá para compensar.

Ela prossegue:

– Quanto mais me empenhava, mais intrigada ficava com os casos. Começou concentrado nessa coisa de obediência canina e evoluiu para outra, pela qual eu realmente passei a nutrir uma grande paixão.

{ 197 }

Nas fotos de Honduras, Michelle e Yogi trabalham com um colega voluntário, Harry Oakes, Jr., e sua cadela, Valorie, misto de border collie, schipperke e kelpie. Oakes e Valorie ajudaram na busca entre as ruínas do prédio do Tribunal Federal depois das bombas na cidade de Oklahoma.

– Quando fareja um corpo ou o que ela estiver procurando, Valorie começa a latir – comenta Michelle. – Ela é muito vocal. Yogi abana a cauda e fica agitado, mas raramente fala qualquer coisa. Se a vítima está morta, ele gane. Bota o rabo para baixo e tem uma reação de estresse.

Ela continua:

– Valorie fica histérica e começa a chorar. Se tiver lama com alguém soterrado, ela cava. Quando é na água, ela mergulha.

Ela olha para as fotos das casas destruídas e diz:

– Quando uma pessoa está estressada ou com raiva, qualquer coisa assim, produz epinefrina. E quando acontece algo violento, ou alguém morre, a liberação desses cheiros é ainda mais intensa. Além dos gases e fluídos do corpo ao morrer. Você pode imaginar como isso é importante para a matilha no mundo animal. Para um animal, significa que alguém morreu aqui. Um dos membros do meu bando foi morto aqui. Eles também ficam abalados quando acontece com os humanos, porque fazemos parte da matilha deles.

"Uns noventa por cento do treinamento para busca e resgate é o ser humano reconhecer o que o cão faz naturalmente. É ser capaz de entender Yogi quando ele está estressado.

"A obediência determina o tom com que você comanda", explica. "Então você esconde os brinquedos. Eu ainda faço isso. E eles adoram. Apostam corrida para ver quem encontra primeiro. Depois você pede para alguém segurar o cachorro enquanto você foge e se esconde. E continuamos a criar situa-

{ 198 }

ções assim, cada vez mais complexas. Eles procuram um rastro. Se não podem ver para onde você está indo, podem farejar."

Ela olha a foto de um grupo de homens e diz:

– Essa é a brigada de bombeiros venezuelanos. Dizíamos que éramos a equipe de resgate pan-americana.

Sobre outra foto, ela comenta:

– Essa foi a área que chamamos de "cemitério de automóveis".

Sobre um desmoronamento enorme de lama numa encosta, ela diz:

– Esta aqui é do campo de futebol que afundou.

Em outra foto, com o interior cheio de lama, ela explica:

– Andando por essa casa, que havia sido saqueada, vi impressões de mãos nas paredes. Todas aquelas marcas de lama nos lugares em que os saqueadores encostaram para manter o equilíbrio.

Numa faixa larga, em todas as paredes, há inúmeras impressões perfeitas de mãos em lama marrom.

Outras fotos mostram os quartos onde Yogi encontrou corpos enterrados sob paredes que ruíram, embaixo de colchões.

Uma delas mostra um bairro inteiro de casas descendo uma encosta íngreme de lama.

– Isso é do alto do morro onde todas as casas despencaram – conta. – Ouvimos centenas de histórias de gente que não queria abandonar suas casas. Não queria que saqueassem suas coisas. Uma mulher com filhos contou que o marido tinha ido a um bar e lhes dito para ficarem. Só histórias terríveis, trágicas.

Em outra foto, Valorie está dormindo na parte de trás de uma picape, ao lado de um enorme rolo de sacos plásticos pretos.

– Essa é Valorie com os sacos para os corpos, exausta – diz Michelle.

Ela fala de sua primeira busca:

– Foi em Kelso, e era um cara cuja mulher havia desaparecido. Diziam que ela estava pregando uma peça em todo mundo que aparecia na casa. Então, fomos até a fazenda imaculada deles. Havia cavalos e um pasto com um touro. Os cães deram um alerta de morte muito violento dentro do celeiro. Abaixaram os rabos e mijaram. Ficaram engolindo em seco o tempo todo. A parte natural é defecar, isso e a urina, os ganidos e o choro. Acho que eles ficam nauseados. Yogi se afasta. Ele não quer chegar perto. Valorie avança, cava e late sem parar, mais e mais. Ela fica frenética porque está querendo comunicar algo. Está bem aqui!

"O filho do casal, que tinha uns quatro anos, disse alguma coisa para a avó: 'Papai botou a mamãe embaixo d'água.' Então, tiraram o menino de lá e ninguém mais pôde ficar sozinho com ele depois disso."

Em outra foto de Tegucigalpa, uma laje de concreto comprida aparece de lado, no meio do leito de um rio.

– Isso era uma ponte – diz Michelle.

Em todas as imagens, há pequenos montes de gordura rançosa, por toda a parte, espalhados pela água.

– A busca mais intensa que ainda me faz ficar à beira das lágrimas é a de uma criança autista – lembra. – O menino tinha quatro anos de idade e ficava preso, trancado num cômodo. Mas ele deu um jeito de abrir a porta enquanto a mãe passava roupa no andar de cima. Ele também tirou toda a roupa, assim que saiu pela porta. Então, muita gente se ofereceu para procurar. Mas isso não é bom, porque toda vez que mais uma pessoa passa pelo rastro, pode levar o cheiro para outro lugar.

Nessas fotografias antigas, Michelle está trabalhando com Rusty, outro golden retriever. As fotos mostram a mata fechada em torno de um lamaçal com água escura e estagnada.

– Uma hora depois que chegamos, fomos para o lamaçal. Era o ponto principal, porque o menino gostava de jogar um brinquedo lá para depois tirar. Havia apenas uma pequena margem sobre o lamaçal, com raízes e árvores em volta.

"Àquela altura, Rusty estava perturbado e realmente triste. Aquele foi o primeiro ponto por onde o menino entrou, por isso havia um certo cheiro que não era tão forte quanto o que devia haver mais adiante. Enquanto seguíamos a lenta corrente do lodaçal, ele ficava mais e mais forte. Foi quando chamamos os mergulhadores. Havia um bueiro no meio do brejo."

Ela olha as fotos e diz:

– O que aconteceu foi que o corpo ficou entalado nesse bueiro, sob a lama.

Ela acaricia Yogi e continua:

– Era uma área bem grande, coberta de água. Ficamos dando voltas por lá, recebendo alertas de morte em torno de toda aquela região do brejo. Marquei todos os locais onde obtínhamos o aviso. Toda a água que havia tocado o corpo tinha cheiro de morte. Às vezes, conseguimos triangular e determinar onde está o corpo pelos pontos de onde vêm os alertas.

"Eu punha um marcador com a direção do vento", ela diz. "Marcava a temperatura e anotava. Escrevia quem eu era. Que horas eram. Púnhamos tudo aquilo num mapa. Para descobrir para onde o corpo tinha ido.

"Farejando o ar... Caso não se saiba exatamente onde a pessoa estava primeiro, há sempre o cheiro no ar. Existe um cone de cheiro que é assim...", ela conta, desenhando com as mãos no ar. "Podemos fazer o cachorro trabalhar seguindo a forma de um Z. Às vezes, eles fazem isso naturalmente. O que queremos é que ele vá até a origem do cheiro."

Ainda alisando Yogi, Michelle pisca, com os olhos brilhando, cheios de lágrimas.

– Levantei a cabeça e vi que estavam tirando o menino de dentro do bueiro. Foi a única vítima que eu vi, porque quase o tempo todo, como aconteceu em Honduras, eles chegam e desenterram as vítimas depois de nós já termos ido embora. Mas entrei em choque profundo quando o vi e senti uma necessidade urgente de segurá-lo, aquele menininho – conta.

"Fomos até a casa, fizemos algumas entrevistas e depois entramos para alegrar a família, porque os cães devem animar a família, e foi como entrar numa espécie de aura, de energia, como um fenômeno natural... como estar dentro de um nevoeiro.

"Não processamos isso como devíamos", admite Michelle. "Voltei para casa e botei Rusty junto com os outros dois cachorros, para eles brincarem, e saí para o trabalho. Sempre achei que ele ficou sofrendo com aquilo por tempo demais porque não fiz o acompanhamento com ele depois e nem sei se eu saberia como processar aquilo tudo. Acho que não entendi o que aconteceu, o choque profundo, até ir para Honduras.

"Temos de fazê-los procurar uma pessoa viva depois, e isso eu fiz. E também devemos nos certificar de lavar tudo muito bem. A capinha deles. As minhas roupas. Tudo o que eles usam. Lavar tudo no carro também, tudo o que poderia ter tido contato com o cheiro de morte. Basta um pouquinho desse cheiro para eles ficarem deprimidos de novo."

Ela diz:

– Na volta para casa, o cheiro impregnava o carro, por isso era bom limpar também.

Como todas as vítimas que eles encontraram, Rusty e Murphy, o border collie, mistura de pastor, já tinham morrido. Murphy foi posto para dormir aos quatorze anos e meio, depois de sofrer com um problema nas costas há três. Rusty foi posto para dormir depois que seus rins pararam de funcionar.

Vendo fotos de crianças, crianças abraçando Yogi, uma atrás da outra, Michelle fala da menininha que conheceu em Tegucigalpa. Com as pernas cheias de feridas infeccionadas, a menina pegava água numa poça de esgoto. Michelle botou tabletes de desinfetante na água da menina; um jornalista esfregou creme antibiótico em suas pernas.

— Tínhamos que andar a pé em muitos lugares por causa da lama, e todos os que viam Yogi sorriam — lembra. — Quando parávamos em algum ponto, todas as crianças se aproximavam para encostar nele e dizer: "*Dame lo! Dame lo!*" "Dê para mim! Dê para mim!" Yogi ficava muito animado. Ele adora atenção. Sei que ele entendia que seu trabalho era muito importante; procurei explicar-lhe no caminho, dizendo: "Isso é muito importante. Você está fazendo uma coisa boa para as pessoas."

Numa foto do campo de futebol afundado, Michelle chama a atenção para um grupo de gente na extremidade mais distante.

— As pessoas ficavam na beira do buraco nos observando, e um menininho agradeceu, em inglês.

Ela prossegue:

— Esse tipo de coisa me faz desmoronar. Foi doloroso demais ter um contato humano como esse.

Ela sorri com uma foto.

— Fomos a um orfanato para alegrar os cães. Uma criança corria e se escondia, e depois os cães iam encontrá-la.

Na foto seguinte, ela explicou:

— Aqui é uma ilha. Viajamos duas horas por estradas cheias de subidas e descidas, com curvas fechadas, na traseira de um caminhão de entulho para chegar lá. Essa é a traseira do caminhão de entulho, coberta de terra. Encontramos três corpos.

{ 203 }

Ela acaricia Yogi.

– Acho que ele envelheceu com isso. Ele viu e cheirou coisas que a maioria dos cães de dois anos não tem de enfrentar.

Em outro álbum de fotos, Yogi está sentado junto a homens muito magros e sorridentes.

– Eu acredito em Bodhisattvas – diz Michelle. – No budismo, existem seres que são iluminados e voltam para ajudar os outros. Acho que o propósito de Yogi estar comigo é me ajudar a ser uma pessoa melhor e fazer coisas. Para mim, entrar em Nossa Casa seria difícil sem ele, mas com ele foi como estar em minha própria casa.

Sobre o asilo de AIDS para onde ela agora leva Yogi, Michelle comenta:

– Eu queria algo que fosse urgente e significativo, e sempre ouvia as pessoas falando de Nossa Casa. Primeiro, perguntei se eles queriam alguém que aplicasse Reiki, e eles disseram que não. Aí disse que tinha um cachorro muito simpático e eles disseram: "Então venha." E foi assim. Simplesmente começamos a ir lá toda semana.

"Muitos deles perderam um animal de estimação", ela conta. "Às vezes, esse é um fator de alívio: bem, se eu tenho um animal de estimação, não posso me mudar para a Nossa Casa. E, então, o animal morre e há muito sofrimento por causa disso. Todos os que moram lá são um pouco como refugiados. Perderam pelo menos um amante. E, materialmente, perderam lar, família e convívio doméstico."

Michelle coça as orelhas de Yogi.

– Essa é apenas uma parte do trabalho. O consolo. É isso que quero dizer quando falo do Bodhisattva, que ele se preocupa mais em consolar e em ajudar, quase tanto ou mais, do que com o próprio bem-estar.

Ela continua:

– A viagem para Honduras foi realmente um momento muito fértil para mim. Um daqueles momentos divisores de águas. Foram duas viagens, de certa forma. Não pensávamos em qual era o nosso objetivo enquanto estávamos lá porque era claríssimo. Podíamos simplesmente nos deixar envolver.

Agora os dois cães dormem em poltronas baixas na casa cinza de rancho, na periferia. O quintal fica do outro lado das portas de vidro de correr, todo pintado de lama da correria dos cachorros por ali.

– Antes de ir para Honduras, eu tinha acabado de me formar – conta Michelle. – Terminei o mestrado e saí da Hewlett-Packard. Foi assim: "Ei, existe todo um mundo tridimensional lá fora, muito além de tentar se ajustar à estúpida cultura empresarial. O que tem significado lá?" Um dia de buscas em Honduras é exponencialmente mais significativo que vinte anos no mundo empresarial.

"É lindo demais", fala Michelle. "Uma parte de mim ainda chora quando vejo um cão trabalhando, seja um cão de cego ou um Yogi em seus melhores dias. Sempre me deslumbro com isso."

Ela fecha o álbum de Tegucigalpa, Honduras – as fotos do furacão Mitch – e o coloca sobre uma pilha de outros álbuns.

E conclui:

– Foram apenas oito dias. Acho que fizemos tudo o que podíamos fazer.

{Falha humana}

Vocês já devem ter visto Brian Walker na televisão. Se não, já o ouviram no rádio. Vocês o viram conversando com Conan O'Brien ou no programa *Good Morning, America*. Ou então ele apareceu com Howard Stern numa manhã.

Ele é o cara. Aquele cara. Vocês sabem, a primeira pessoa que construiu um foguete. Sim, bem ali em seu quintal, em Bend, Oregon, e se lançou no espaço sideral.

Ele se chama de "Rocket Guy". Sim, é claro. *Aquele* cara. Agora vocês lembraram. Nas centenas de chamadas de rádio e de televisão, em artigos de jornais e de revistas, vocês já ouviram a logística da coisa. Que o foguete dele é de fibra de vidro, o combustível é uma solução de água oxigenada a noventa por cento, exposta a uma tela com banho de prata.

– É como misturar vinagre com bicarbonato de sódio – diria Rocket Guy –, é uma reação química. A água oxigenada atinge a prata e provoca uma conversão catalítica que a modifica para o estado de vapor. O vapor então se expande. A água oxigenada se transforma basicamente em um vapor superaquecido a cerca de setecentos graus centígrados, que se expande seis vezes em volume.

Uma explosão de ar comprimido ajuda no lançamento do foguete. Ele sobe reto 81 quilômetros e depois cai, com a queda amortecida por um paraquedas.

{ 206 }

Ele é o rico inventor do brinquedo. Está noivo e vai se casar com a linda russa que conheceu na Internet e que namorou enquanto treinava com os cosmonautas russos.

Sim, é claro que vocês já ouviram falar dele e de seu "Projeto R.U.S.H." Que significa: Rapid Up Super High.[5] O cara que só tem o ensino médio. Vocês devem tê-lo ouvido no programa de rádio de Art Bell e depois enviado um e-mail para ele. Se enviaram, então receberam resposta. Rocket Guy já respondeu milhares dos seus e-mails. Pedindo conselho sobre suas invenções. Dizendo que os filhos adoram seus brinquedos. O espantoso é que ele respondeu a vocês. Talvez até tenha enviado um brinquedo.

Ele é o seu herói. Ou então vocês acham que é uma fraude, um falastrão.

É, *aquele cara...* O que será que aconteceu com ele? Ah, ele continua lá. Bem, continua e não continua. Se vocês lhe enviaram um e-mail para rocketguy.com, há grandes chances de ainda estar no computador dele. Se lhe enviaram um e-mail, são uma pequena parte do problema.

Em dezembro de 2001, Rocket Guy estava trabalhando em sua oficina, mexendo na parte do elevador hidráulico do trailer que içaria seu foguete ao local de lançamento. Faz um grau abaixo de zero lá fora e o alto deserto tem neve até o tornozelo. Os doze acres em que Brian Walker mora, à distância de uma música do centro da cidade, tem principalmente pinheiros e rocha vulcânica. Ele vive numa grande cabana de toras. Uma curta caminhada encosta abaixo leva à garagem e às construções que ele usa como oficina para seus brinquedos. Ao lado,

---

[5] [rápido – para cima – superalto] (N. da T.)

{ 207 }

fica seu "Rocket Garden", uma série de equipamentos que ele construiu para treinar para sua viagem pela atmosfera.

Despontando na neve você vê, em vermelho vivo e amarelo forte, protótipos de espuma e de fibra de vidro para mísseis, cápsulas e foguetes. Na oficina, as paredes brancas têm pendurados os protótipos dos brinquedos que ele inventa. Brian Walker é grande e barbudo, e seu ajudante de meio expediente, Dave Engeman, é pequeno e não tem barba. Com a neve e os brinquedos, os pinheiros e a cabana de toras, os dois homens lembram uma oficina que fica em algum lugar perto do Polo Norte. Mais duendes que astronautas.

Se você pedir, Rocket Guy tirará os brinquedos da parede para demonstrar como funcionam os que nunca conseguiu vender.

– É muito complicado fabricar brinquedos hoje em dia – diz ele. – A Administração da Segurança de Produtos para o Consumidor é anal demais sobre as formas com que um objeto pode ser mal usado. Nos bons velhos tempos, podíamos comprar brinquedos que, mal usados, eram capazes de decepar-lhe um dedo ou furar-lhe um olho.

Aqui está uma maca coberta que ele desenhou para o exército. Aqui está um carrinho de puxar do tamanho de uma valise. Ele mostra os fracassos, centenas de protótipos de plástico e madeira guardados em caixotes, e diz:

– Quero fazer uma linha chamada de "Brinquedos para um Amanhã Melhor". Serão desenhados de forma que, se a criança tiver o QI abaixo de certo nível, não sobreviverá ao brinquedo. Assim, acabamos com essa informação genética bem cedo. Crianças burras não são nem de longe tão perigosas quanto

{ 208 }

adultos burros, por isso vamos apagá-las enquanto são jovens. Sei que parece cruel, mas é uma expectativa razoável.

Ele dá risada.

– Claro que tudo isso é piada. Como a linha que quero fazer para crianças cegas, chamada de "Brinquedos a perder de vista"...

Na parte traseira do trailer do foguete, ele está montando um tanque de aço. Fica embaixo de quatro canos compridos que deslizam para cima, no interior do foguete. Na hora da decolagem, o ar comprimido do tanque, canalizado para os quatro canos, dará ao foguete o impulso inicial.

– A explosão de ar dá o momento, o impulso – explica Brian. – Se tenho um motor com seis mil quilos de impulsão e um foguete que pesa duas toneladas, com quatro mil e quinhentos quilos de combustível, então tenho um peso de decolagem de cinco mil quilos e seis mil quilos de impulsão. Se o ar comprimido me der mais impulso, terei zero de peso, portanto, os seis mil quilos de propulsão imediatamente serão aplicados à impulsão, de modo que saio do chão com uma atitude positiva e com muito maior estabilidade no lançamento.

Resumindo, isso é ciência de foguete. Pelo menos para o primeiro teste de voo. Dentro do foguete não há controles, de modo que não existe nenhuma chance de haver falha humana. Simples assim.

– Não sou cientista de foguetes – fala Brian. – Tudo o que estou fazendo é de domínio público. Uso informação obtida em cinquenta anos de programa espacial. Meu foguete é mais ou menos um brinquedo gigante. É um brinquedo grande que toma anabolizantes.

E prossegue:

– No momento em que abro a válvula do motor, é então que o ar é liberado. Quero o motor com o máximo de giro antes de soltar a pressão do ar. Se, por algum motivo, o motor não disparasse no momento em que o lançasse, eu chegaria a uns 15 metros de altura, depois cairia. O paraquedas não ajudaria e o peso seria tanto que eu nem conseguiria separar a cápsula do tanque de combustível. Assim que a válvula do motor se abre, sai o ar comprimido.

Água oxigenada que se transforma em vapor... Propulsão a ar... exatamente como o brinquedo de Brian Pop-It-Rocket, que se pode comprar na Target e na Disneylândia... Mas com o próprio Brian de pé no nariz do foguete de dez metros de comprimento.

– Quando ele é disparado... bum... eu subo – diz ele. – E quando chego ao apogeu, o ponto mais alto, o cone do nariz se abre e sai de dentro um paraquedas. Então, enquanto estou descendo, duas portas se abrem e haverá um pequeno assento ejetor que simplesmente me joga para fora. E eu aterriso de paraquedas.

É simples assim.

Ele vai voar de Mach 4 quando o motor principal ficar sem combustível. Sua cápsula se separa do tanque e ainda sobe por quatro minutos e meio até atingir a altura máxima, cerca de seis minutos depois do lançamento.

– A fase de aceleração é de noventa segundos – explica – e o voo todo deve durar cerca de 15 minutos, desde o lançamento até eu tocar de volta o solo.

Barbatanas feitas de isopor moldado por compressão ajudam a estabilizar o foguete. Depois caem em dois estágios, ficando cada vez menores à medida que o foguete ganha velocidade. Seu primeiro foguete experimental tripulado viajará a 15 mil pés, quase cinco quilômetros, em linha reta para cima. Depois mais ou menos direto para baixo.

– Não haverá muita coisa caindo – prossegue. – Terei oito partes de barbatanas flutuando na queda, como folhas. E aquele tanque de combustível. Estou planejando recuperar o tanque para a posteridade, porque quero ter minha cápsula, o tanque e o foguete inteiro pendurados no Museu Smithsonian ou em algum outro famoso museu aeroespacial. Conversei com o pessoal do Smithsonian, e eles disseram que sim, se eu construir e lançar meu foguete particular, que será o primeiro, eles certamente vão pendurá-lo.

Esse é o plano, 15 minutos de fama e depois direto para os livros de história.

Tudo isso terá lugar no deserto Black Rock, em Nevada, onde acontece o festival anual Burning Man, o único lugar capaz de acomodar o quarto de milhão de pessoas que Brian espera atrair.

Esse é o sonho de Brian Walker desde que tinha nove anos de idade. Seu pai o levou ao primeiro show aéreo quando ele tinha 12. Duas semanas depois de completar 16, ele fez paraquedismo pela primeira vez. Em 1974, então com 18 anos, foi quase arrastado na cauda do avião enquanto fazia um salto de linha estática. Ele paralisou, suas mãos ficaram grudadas na asa e o avião teve de aterrissar com ele ainda pendurado. Brian não voltou a saltar pelos 17 anos seguintes.

Sobre sua educação, Brian lhe dirá:

– Sou disléxico e hiperativo, com distúrbio de déficit de atenção. A escola era uma tortura para mim. Experimentei fazer dois períodos na faculdade, de engenharia, mais ou menos para agradar meu pai. Fiz dois períodos de faculdade de engenharia na OIT e resolvi: isso não é o que eu quero. As farras quase me mataram. A única coisa que podia fazer para manter a sanidade era permanecer com a mente alterada o máximo de tempo possível.

Ele tem tendência a ter verrugas nas solas dos pés e usa uma máquina de solda a plasma para cauterizá-las.

– É excelente para removê-las – conta. – Mas deixa uma bela cratera no seu pé. Por mais rápido que eu seja ao apertar e soltar o gatilho, ele solta um pulso de plasma que vaporiza a pele. Dói pra burro!

E acrescenta:

– Eu costumava soldar ferro no passado.

Para Brian, cinco horas são uma boa noite de sono. Apesar dos novos travesseiros e do edredom de pena de ganso, ele sofre de insônia, como o pai. Não tem nenhum hobby além de inventar coisas. Ele não usa o nome do Senhor em vão e diz que os concertos de Britney Spears são apenas show de sexo. E não aprova os livros de Harry Potter, por causa da bruxaria. Não tem animal de estimação, não agora em 2001, mas teve um esquilo voador, chamado Benny, que morreu de um aneurisma depois de nove anos. Depois disso, teve um planador.

– É o marsupial que equivale a um esquilo voador – explicou.

Para a versão em filme de sua vida, chamaria Mel Gibson ou Heath Ledger.

– Quando eu era garoto – lembra –, nunca fui muito esportivo. Tinha a impressão de que era considerado menos homem, já que não conhecia as estatísticas dos jogadores dos esportes.

É que eu tenho uma visão bem cínica, de que os esportes foram artificialmente estimados e assumiram uma importância que não deveriam ter. Parece que querem transformar essas análises de jogos e jogadores em arte e num completo estilo de vida. Você entra em qualquer bar de solteiros nos Estados Unidos e só tem esportes e programas esportivos nas TVs. Tenho de ser franco: em todos os jogos de basquete a que já assisti, e não foram poucos, nunca vi nada de novo. Só me sinto um pouco incomodado pela crença de que, se você não for um torcedor ardente e agressivo de algum esporte, alguém que conhece tudo desse esporte, então você não deve ser um homem de verdade.

Num bar esportivo, na hora do almoço, ele para de falar para assistir, na televisão, a um gráfico de computador mostrando a explosão de uma bomba-E eletromagnética sobre uma cidade. Ele pede um Big Bad Bob Burger com uma rodela extra de cebola crua. Mesmo em dezembro, ele bebe água gelada. Brian foi criado no distrito de Parkrose, em Portland, no Oregon.

Enquanto almoça, ele reclama que os astronautas americanos passam a vida inteira treinando e adquirindo experiência à custa do povo que paga impostos. Depois, quando viram celebridades, fazem fortuna por causa daquela experiência. Em seguida, fala dos ricos cidadãos americanos que foram execrados em público por pagar uma fortuna para fazer parte de missões espaciais russas. Que o sonho das viagens espaciais precisa se abrir para aqueles que não querem seguir a carreira militar a vida inteira.

Ele gostaria de substituir o imposto de renda por uma taxa nacional de vendas. A essa altura, em 2001, Brian está com quarenta e cinco anos e vai se casar com uma mulher chamada

{ 213 }

Ilena (não é seu nome verdadeiro, por motivos que vocês entenderão mais adiante), uma russa que conheceu num site chamado "A Foreign Affair" [mantendo o duplo sentido, é relações internacionais].

Esse é o Rocket Guy que vocês já conhecem. Ele prefere balas Altoids de canela às de sabor original. Já voou em caças MIG russos e engasgou com vômito enquanto dava mergulhos sob gravidade zero, a bordo do avião "Vomit Comet", usado para treinar astronautas. Nunca foi casado, mas está pronto para isso agora.

– Meu objetivo – diz ele – é encontrar uma mulher que aproveite a vida sem a necessidade de achar que tem que provar alguma coisa. Isso, infelizmente, é o que tantas mulheres na nossa cultura pensam que precisam fazer. O movimento feminista de final dos anos 1960 e início da década de 1970 convenceu as mulheres de que maternidade, ser uma mãe que fica em casa para cuidar do filho, é uma existência solitária e sem importância. Que, se você não tivesse uma carreira profissional, não seria nada.

Por cima do hambúrguer, ele prossegue:

– Uma das minhas missões na vida é fazer o máximo que puder para restabelecer as relações dos Estados Unidos com a Rússia. A Guerra Fria acabou. Vamos deixar isso para trás. Essa gente não é nosso inimigo. Os russos são um povo que quer ser igual a nós. Na verdade eles adoram os Estados Unidos, eles nos adoram e tudo o que defendemos. E querem ser iguais a nós. Acho que ter uma mulher russa vai tornar inevitável que eu me veja falando e desempenhando esse papel.

Depois do almoço, ele verifica sua caixa de correio. Há um cheque de cinquenta e cinco dólares e seis centavos de uma entrevista para uma rádio escocesa. O único dinheiro que ele diz que ganhou com a queda da publicidade do Rocket Guy.

Esse é o Brian Walker que a mídia tinha descoberto em abril do ano 2000.

– Eu queria ter um nome – lembra ele –, mas não queria ser chamado de homem-foguete. Soava muito formal. E bem usado. Rocket Guy tem um tom bem mais simpático. É exatamente como o seu vizinho de porta. O homem na rua. O nome Rocket Guy simplesmente colou.

A começar por uma entrevista a um jornal da Flórida, Rocket Guy nasceu assim, uma celebridade da mídia internacional, que dava duas ou três entrevistas por dia.

Por receber tantas ligações, sua secretária eletrônica se esgotou depois dos cem primeiros. Seu site na rede tem 380 mil visitas em uma hora.

– De todas as entrevistas que dei para as rádios, houve apenas duas ou três, talvez uma dúzia, em que personalidades do rádio queriam me fazer parecer bobo – conta. – Até quando fui ao Howard Stern, por meia hora, ele não zombou de mim. Não me fez de palhaço. Fez umas duas referências a eu estar transando com maior frequência agora, mas não fez disso um pênis gigante, algo sexual, um símbolo fálico.

Mesmo assim, tudo que sobe tem de descer. E até mesmo o Rocket Guy diria: a reentrada pode ser terrível.

Brian e Ilena se encontraram pessoalmente pela primeira vez em abril de 2001. Dois meses mais tarde, passaram mais duas semanas juntos e ficaram noivos. Em julho de 2002, Ilena e seu filho de oito anos, Alexi, chegaram aos Estados Unidos com um visto de noiva.

– Eu não queria acreditar que cometeria um erro tão grande – conta Brian. – Trocamos 11.055 e-mails no período de um ano e meio. Eu queria tanto acreditar nela que estava disposto a me arriscar. Mas assim que nos casamos, no dia 15 de outubro de 2002, as coisas só pioraram.

Ilena era 15 anos mais nova que Brian e deixava para trás um apartamento de 213 metros quadrados que dividia com outras sete pessoas na Rússia. Brian tinha mandado construir uma piscina para o filho dela. Ele aceitou pagar quatro mil dólares por uma cirurgia a laser nos olhos e 12 mil de dentista para ela. Trocou seu BMW conversível por um modelo Sedan. E, mesmo assim, eles viviam brigando. Ela se recusava a falar inglês à mesa de jantar e a levantar da cama antes das oito da manhã.

Brian levou para casa um computador para ela usar enquanto Alexi passava o dia inteiro na escola. Seis semanas mais tarde, ele quis saber por onde ela havia navegado...

– Os piores sites eram de bestialidade e sexo com animais – conta ele. – Ela passava uma hora, uma hora e meia de cada vez, alguns dias da semana, visitando esses sites. Foram só seis semanas entre o dia em que comprei o computador e o dia em que ela foi embora. Fiquei muito desanimado em pensar que a mulher que amei o suficiente para trazer da Rússia e me casar com ela era tão perversa. Não estamos falando de pornografia normal, falo de coisas que fariam você vomitar.

Seis semanas de casada, e ela botou anúncios na Internet à procura de um novo homem, que devia ser um tipo artístico de cabelo louro e comprido, que morasse num *loft* na cidade... quase exatamente a polaridade oposta de Brian: moreno, barbado, morando numa cabana de toras.

{ 216 }

– Ilena é uma mulher muito bonita, mas é desalmada. Ela não tem alma. Ela é desalmada – diz. – Estou convencido de que não passei de uma passagem para cá. Só isso.

Na cabeça de Brian, o Projeto R.U.S.H. tinha ligação com ser Rocket Guy e estar casado com Ilena.

– Eu pensava, do meu jeito simples, que era uma combinação perfeita para unir o mundo – diz ele. – Para demonstrar cooperação e união entre dois ex-inimigos. Costumávamos conversar sobre um livro que poderíamos escrever juntos. Podíamos escrever livros para crianças em inglês e em russo. Eu via uma árvore inteira crescendo a partir daí, com todas essas oportunidades, mas tudo isso foi simplesmente esmagado.

A primeira vez que ele conversou com Ilena sobre a navegação na web, ela fez a mala, pegou o filho e se mudou para a casa de um vizinho, um russo com quem vive desde então.

– Muitos caras me mandaram e-mails e suas histórias eram quase idênticas à minha. Esses caras acreditaram que havia amor, mas assim que suas mulheres conseguiam visto de residência nos Estados Unidos, ou *greencard*, elas sumiam. Ilena nem esperou esse tempo todo. Saiu dois meses depois do casamento. Não quis jogar o jogo nem por tempo suficiente para legalizar seus papéis.

Foi aí que tudo desmoronou. Brian ficou sem comer oito semanas. Perdeu 22 quilos, raspou a barba e não suportava olhar para o foguete.

– Dei um duro danado, por tanto tempo... – diz ele. – Se voltar para antes do início desse projeto do foguete, vai ver 15 anos do mais abjeto fracasso. Construí um submarino, mas nunca o transformei em negócio. Tive sucesso numa parte, mas falhei em outra. O mesmo aconteceu com minha maca e cen-

{ 217 }

tenas de outras invenções. Trabalhei sem parar durante meses, anos a fio. Depois comecei a ter sucesso na indústria de brinquedos e, em vez de reduzir a diversidade, embarquei nesse projeto que, no momento, está me sufocando.

Outro choque veio na forma do "Prêmio-X", uma oferta de dez milhões de dólares em dinheiro para o primeiro grupo privado que pusesse um foguete na atmosfera. E a súbita competição que o Rocket Guy hoje enfrenta de equipes bem preparadas e montadas no dinheiro, por todo o mundo.

Até a atenção da mídia virou desvantagem. Cerca de duas mil pessoas foram bater à sua porta, querendo informações privilegiadas.

– Tenho muita dificuldade em dizer "não" às pessoas – fala. – O que atrasou ainda mais a minha vida nos últimos três anos foi meu desejo de agradar e atender aos pedidos dessas pessoas. Pode ser a mídia. Pode ser ler e responder e-mails ou convidar as pessoas para ver as coisas. Ou participar de eventos para angariar fundos. Dou muitas palestras em escolas.

Foi uma viagem e tanto. Dinheiro. Fama. Amor. Tudo isso antes de o foguete chegar ao local de lançamento.

Avançamos de um salto para julho de 2003 e, dia após dia, Brian está voltando. Um amigo apresentou-lhe uma mulher, americana, corretora de imóveis, da sua idade. O nome dela é Laura e sua voz já está na secretária eletrônica dele. Eles fizeram paraquedismo juntos. Estão até falando de outro casamento... depois que sair o divórcio definitivo de Brian.

E ele ainda recebe cartas, centenas de cartas de crianças, pais e professores que adoram seus brinquedos.

Lá em Bend, Oregon, o trabalho no Jardim do Foguete continua. Tem a centrífuga onde Brian treina para suportar as forças gravitacionais. Tem a torre onde ele testa os motores do foguete. Dentro de dois meses, ele planeja se lançar a quase cinco quilômetros de altura num foguete de testes. E tem planos para terminar o domo geodésico que começou a construir. E o observatório encarapitado nele. Dentro do domo, o foguete espera, pintado em duas cores, azul-claro e azul-escuro. Já pronto, no trailer que ele estava construindo em dezembro de 2001. Quando tudo parecia possível. Amor. Fama. Família.

De certa forma, ainda é possível. Em vez dos instrumentos de voo no interior do foguete, ele só quer um monitor de vídeo de tela plana, ligado às câmeras do lado de fora. Ou óculos de vídeo que ele possa usar.

Ele quer construir uma plataforma de testes com inclinação para cima de um lado do domo. Ele quer desenhar uma aeronave do tipo planador, que possa ser catapultada de uma cidade para outra. Ele está construindo um carrinho movido por dois motores a jato.

E o motor de jato que ele comprou no eBay e adaptou para que o exaustor de 1.600 graus derreta o gelo à entrada de sua casa...

– Quando essa coisa ganha vida, o saco vai parar na barriga – confessa ele. – É meio apavorante ver essa coisa ganhar vida.

E tem a busca pelo patrocínio de alguma empresa.

– Adoraria ter o Viagra como patrocinador, porque o foguete serve como um ótimo símbolo para o Viagra – diz Brian Walker. – Muito melhor que um carro de corrida.

Ainda há muito trabalho a fazer. Ele ainda precisa destilar os quatro mil e quinhentos litros de água oxigenada. E responder aos e-mails. Na cabana de toras, a roupa espacial feita na Rússia aguarda. O mundo inteiro aguarda. Sim, vocês vão ouvir falar muito mais do Rocket Guy. Muito mais. Se não for a primeira pessoa física a ir para o espaço, então ele quer ser pioneiro de paraquedismo a grandes altitudes, a partir de um foguete. Ele quer lançar o turismo espacial, para que as pessoas possam ficar em estações espaciais na órbita da Terra, como num cruzeiro marítimo, e descer do céu em qualquer lugar, como se fosse um porto. Ele planeja escrever um livro para explicar seu sucesso como inventor. Ele está desenhando um canhão de fibra de carbono, que dispara balões de trezentos galões de água para apagar incêndios florestais a oito quilômetros de distância.

Dentro de seu domo geodésico de 14 metros de largura, Brian Walker fala sobre as luzes halogênicas vermelha, verde e amarela que planeja instalar. E fala sobre seus outros sonhos. De ser o "Teleportation Guy", o Cara do Teletransporte, e instantaneamente se teletransportar para a Rússia. Ou então ser o "Time Travel Guy", o Cara da Viagem no Tempo.

Por enquanto, ele diz:

– A única coisa sensata que acho que posso fazer é me lançar no espaço. Não posso viajar no tempo. Não posso me teletransportar.

Dentro da casa fresca e escura, longe do sol do deserto, sozinho com seu foguete, ele fala:

– Quero ter iluminação exclusiva de efeitos especiais, e quero ter alto-falantes com ruídos de reverberação para poder fazer apresentações realmente legais.

Do jeito que o Rocket Guy explica, seu objetivo – viagem pelo espaço, viagem pelo tempo, teletransporte – não é sua verdadeira recompensa. É o que descobre ao longo do caminho. O mesmo caminho que botou o homem na Lua nos deu frigideiras com teflon.

{ 220 }

E Brian Walker comenta:

– Quero fazer o meu próprio *Kentucky Fried Filme*. Lembra do seriado de TV *Túnel do tempo*?

E prossegue:

– Quero fazer *Túnel do tempo 2001* com o Cara do Tempo e a missão do Cara do Tempo é voltar no tempo para transar com garotas especiais da história e disseminar seus genes para o futuro. Ele volta ao Egito para encontrar Cleópatra, mas assim que chega, ele se vira e vê que vai ser atropelado por bigas, por isso é zapeado de volta para o futuro. Aí ele vai para a França encontrar Maria Antonieta e se materializa na guilhotina, bem na hora em que a lâmina desce. Toda vez que esse pobre coitado volta no tempo, chega num momento em que está prestes a morrer. E o cara acaba não fazendo nada...

{Caro Sr. Levin,}

Na faculdade, tivemos de ler sobre pessoas a quem foram mostradas fotos de doenças da gengiva. Eram fotografias de gengivas podres, dentes tortos e manchados, e a ideia era saber de que forma essas imagens afetariam o cuidado que as pessoas tinham com os próprios dentes.

Um grupo recebeu fotos com gengivas e dentes pouco estragados. O segundo grupo viu gengivas moderadamente estragadas. O terceiro grupo recebeu bocas horrivelmente enegrecidas, com gengivas retraídas, inchadas e sangrando, dentes marrons ou faltando.

O primeiro grupo estudado continuou a cuidar dos dentes do mesmo jeito que sempre havia feito. O segundo passou a escovar mais e a usar mais vezes o fio dental. O terceiro grupo simplesmente desistiu. Parou de escovar, de passar fio dental, apenas esperando os dentes ficarem pretos.

A esse efeito, o estudo chamou de "narcotização". Quando o problema parece grande demais, quando vemos realidade em excesso, tendemos a desligar. Nós nos resignamos. Deixamos de tomar qualquer providência porque o desastre parece inevitável demais. Estamos encurralados. Isso é narcotização.

Numa cultura em que as pessoas ficam assustadas demais para encarar uma doença de gengiva, como fazer para que elas encarem qualquer coisa? Poluição? Igualdade de direitos? E como estimulá-las a lutar?

É isso que o senhor, Sr. Ira Levin, faz tão bem. Em uma palavra, o senhor *encanta* as pessoas.

Seus livros não são tanto histórias de horror, mas sim fábulas admonitórias. O senhor escreve uma versão atualizada e inteligente do tipo de lendas populares que as culturas sempre usaram – em cantigas de ninar e vitrais – para ensinar certas ideias básicas ao povo. Seus livros, incluindo *O bebê de Rosemary*, *Mulheres perfeitas* e *Invasão de privacidade*, pegam alguns dos problemas mais espinhentos de nossa cultura e nos enfeitiçam para que os enfrentemos. Como recreação. Transformamos esse tipo de terapia em diversão. Em nossos horários de almoço, à espera do ônibus, deitados na cama, o senhor nos faz encarar esses Grandes Problemas e enfrentá-los.

O apavorante é que são problemas que o público americano está a anos de vir a enfrentar. Mas em cada um deles, em cada livro, o senhor nos prepara para uma batalha que vê se aproximar. E até hoje esteve sempre certo.

Em *O bebê de Rosemary*, publicado em 1967, a batalha é pelo direito de uma mulher controlar o próprio corpo. O direito a um bom serviço de saúde. E o direito de escolher o aborto. Ela é controlada pela religião, pelo marido, pelo melhor amigo e pelo obstetra, que também é homem.

Tudo isso o senhor fez as pessoas lerem, pagarem para ler, anos antes do movimento feminista pela saúde pública. Da Cooperativa de Saúde das Mulheres de Boston. De *Our Bodies, Ourselves*. E de grupos empenhados em conscientizar as pessoas, nos quais as mulheres sentam em roda com um espéculo e uma lanterna e examinam as mudanças no colo do útero umas das outras.

O senhor mostrou exatamente como as mulheres não devem ser. O que não se deve fazer. Não fiquem apenas sentadas em seus apartamentos, costurando almofadas para bancos de janelas, sem fazer perguntas. Assumam alguma responsabilidade. Se forem vítimas de um "boa-noite-cinderela" pelo diabo, nem pensem duas vezes para interromper essa gravidez. Sim, é bobo. O diabo... E o fato de o diabo ter uma ENORME ereção. E Rosemary está amarrada, de pernas abertas por Jackie Kennedy, a bordo de um iate durante uma tempestade no mar. O que Carl Jung pensaria de tudo isso? No entanto, é isso que nos envolve. Podemos fingir que é tudo fantasia. Não é real, aborto não é um problema real. Podemos sentir a felicidade de Rosemary, seu terror e sua raiva.

O senhor previu que hoje, num eco assombroso trinta anos depois, um retrocesso nos direitos de aborto dá ao feto o direito de nascer em muitos estados? Nos tribunais, as mulheres se transformaram em "hospedeiras gestantes" ou "portadoras de gestação", forçadas por um processo legal a carregar e dar à luz filhos que não desejam. Os fetos tornaram-se símbolos para que os inimigos do aborto organizem manifestações. Da mesma forma que os vizinhos se manifestaram em torno do bebê de Rosemary, em seu berço forrado de preto.

Outra parte engraçada e assombrosa é que nosso corpo não sabe que isso não é real. Estamos tão presos a essa história que temos uma experiência catártica. Uma aventura horrível por tabela. Como Rosemary, agora sabemos mais. Não vamos cometer esse mesmo erro. Nada disso. Chega de médicos autoritários. Chega de maridos inconsistentes. Nada de ficar de porre e ser estuprada pelo diabo. E, só para prevenir, vamos tornar o aborto uma opção legal, aceita. Caso encerrado.

{ 224 }

Sr. Levin, sua habilidade em contar uma história importante e ameaçadora por meio de uma metáfora, talvez venha de sua experiência escrevendo programas durante a "época de ouro" da televisão, como *Lights Out* e *The United States Steel Hour*. Era a televisão dos anos 1950 e início dos anos 1960, quando a maior parte dos problemas tinha de ser oculta, ou disfarçada, para evitar ofender uma audiência conservadora e patrocinadores de programa mais conservadores ainda. Numa época anterior à "ficção transgressora", como *A gangue da chave-inglesa*, *Psicopata americano* e *Trainspotting*, em que o escritor pode subir num caixote e discursar alto e bom som sobre um problema social, sua carreira de escritor começou, naquela época, com a forma mais pública de escrever, num tempo em que a máscara, a metáfora, o disfarce eram tudo.

Boas peças de teatro e críticas sociais tinham de ser compatíveis com propaganda de sabão em pó e cigarros.

O que importa é que funcionava. E ainda funciona. A fábula libera o problema de seu tempo específico e o torna importante para as pessoas anos depois. A metáfora até se transforma no problema, injetando-lhe humor e dando às pessoas uma nova liberdade de rir daquilo que as apavorava antes. Seu melhor exemplo é *Mulheres perfeitas*.

Publicado em 1972, o livro conta sobre uma mulher com família, iniciando carreira como fotógrafa profissional. Ela acabou de se mudar da cidade para o campo, para uma pequena cidade chamada Stepford. Lá, todas as esposas parecem dedicar-se única e exclusivamente a servir aos maridos e às famílias. São todas bem-dotadas fisicamente, de seios volumosos, ideais de beleza. Lavam e cozinham. E, bem, é isso. Quando lemos o livro, seguimos Joanna Eberhart e suas duas amigas, e vemos que, uma a uma, elas desistem de suas ambições individuais e se resignam a cozinhar e fazer faxina.

A parte assustadora é que os maridos de Stepford estão matando suas mulheres. Trabalhando em grupo, os homens estão substituindo suas mulheres por robôs lindos e eficientes, que obedecem a todas as ordens.

A *parte ainda mais assustadora* é que o senhor escreveu isso mais de uma década antes que o resto da cultura americana notasse o "coice" masculino contra a liberação da mulher. Foi só depois do livro de Susan Faludi, *Backlash*, vencedor do Prêmio Pullitzer, e um contra-ataque na guerra não declarada contra as mulheres, que alguém, além do senhor, tomou conhecimento da ideia de que os homens poderiam se organizar e lutar para manter as mulheres em seus tradicionais papéis femininos.

Sim, *Backlash* é um excelente livro que defende sua tese, mostrando que são os homens que criam a moda que veste as mulheres, que quem é contra o aborto trata a mulher apenas como veículo para um feto não nascido. Sua mensagem é bastante... estridente. Não tem encantamento. A Sra. Faludi chama a atenção para um problema e o ilustra com pilhas de provas. Mas quando o livro termina, ela nos deixa sem uma sensação de resolução. Nenhuma liberdade. Nenhuma transformação pessoal.

Pior... como ocorre com tantos livros de ficção transgressora, em que o escritor passa a tratar diretamente dos problemas, a narcotização se instala. A mensagem é tão ruidosa e tão inflexível que as pessoas param de ouvir.

Em *Mulheres perfeitas*, minha nossa, damos risada com Bobbie e Joanna. Rimos muito, em toda a primeira metade do livro. Então, Charmaine desaparece. Depois é a pobre Bobbie. E depois Joanna. O ciclo de horror se completa. Nós já vimos

{ 226 }

o que acontece quando nos fazemos de cegos e surdos, e negamos a realidade até ser tarde demais. Agora, todas aquelas boas donas de casa que fazem massa de torta em cozinhas limpas e ensolaradas, nós as vemos maculadas, manipuladas e moldadas. Como as mulheres de Stepford.

Sua metáfora tola e maluca dos robôs chega a... ultrapassar os limites. Por mais maluca que pareça, tomou o lugar de toda a dogmática lenga-lenga de que o trabalho doméstico é humilhante e blá-blá-blá. Sua metáfora da dona de casa-tipo-Disney-robô-escrava-sexual é ainda melhor que a metáfora do estupro do "boa-noite-cinderela" pelo diabo de pau grande.

O senhor nos deixa um recado bem claro: trabalho doméstico = morte. Uma fábula simples, memorável, moderna. Não deixe que ninguém a transforme numa mulher de Stepford. Além de esposa, desenvolva uma carreira.

Em cada livro, o senhor cria uma metáfora que nos faz encarar um Grande Problema, sem ser um enfrentamento tão direto que nos leve a desistir, perder a esperança e bater em retirada. Primeiro, o senhor nos encanta com humor para depois nos assustar com o pior cenário possível. O senhor nos mostra alguém que cai numa armadilha, que se recusa a reconhecer e a enfrentar o perigo até ser tarde demais.

O senhor pode não concordar, mas até em *Invasão de privacidade*, publicado em 1991, o personagem principal só aprende quando já é tarde demais.

Dez anos antes do resto do mundo se ligar em "realidade na televisão", com câmeras escondidas em salões de bronzeamento, vestiários e banheiros públicos, mais uma vez o senhor prevê a batalha pela privacidade diante das novas transmissões e tecnologia de vídeo. Em *Invasão de privacidade*, Kay Norris se muda para um adorável apartamento no vigésimo andar de um prédio estreito em Manhattan. Ela se apaixona por um homem mais jovem, outro morador, sem saber que ele é o dono do prédio. E que pôs câmeras escondidas em todos os apartamentos para se entreter assistindo o que fazem os moradores.

O segredo mais sinistro do "arranha-céu do terror" é que à medida que as pessoas descobrem que seus telefones estão grampeados e seus apartamentos espionados, o jovem dono do prédio as mata. Ele até grava os assassinatos e guarda as fitas.

Como Rosemary Woodhouse e Joanna Eberhart, Kay pensa que seu apartamento é um maravilhoso recomeço de vida. Apesar de suas vizinhas morrerem à sua volta feito moscas, ela se agarra à negação e se distrai com seu caso amoroso. Numa evolução interessante de Rosemary (que não tinha carreira nenhuma), passando por Joanna (que tirou algumas fotos), Kay Norris é consumida pelo trabalho como editora de livros. Nunca foi casada. E não é destruída pela realidade que deixa de enxergar. Mas apenas porque é salva por seu gato. Não é obra dela.

Dez anos antes dos governos descobrirem que não tinham leis que proibissem alguém de levar uma câmera dentro de uma pasta, parar no meio de uma multidão na rua e filmar por baixo das saias das mulheres, uma década atrás, o senhor tentou nos avisar. Que isso era possível. Que a tecnologia havia se adiantado muito em relação às leis e que isso iria acontecer. Então, o senhor criou uma fábula para chamar a nossa atenção; uma metáfora para nos vacinar mais uma vez contra o medo, um personagem que representa esse comportamento errado.

Era Platão que criava seus argumentos contando histórias com uma falha óbvia para deixar o ouvinte perceber o erro? Seja quem for, esse método dá ao leitor o momento da des-

{ 228 }

coberta, o momento emocional do "ah-ha!". Os especialistas em didática dizem que a menos que tenhamos esse momento de caos, seguido pela liberação emocional da descoberta, nada ficará na memória. Dessa forma, o Sr. Ira Levin nos força a lembrar dos erros cometidos por seus personagens.

Ah, Sr. Ira Levin, como faz isso? O senhor nos mostra o futuro. Depois nos ajuda a lidar com esse novo mundo assustador. O senhor nos leva, bem rápido, pelo pior cenário possível e nos permite vivenciá-lo.

Numa terapia chamada "torrente", um psicólogo força o paciente a suportar um cenário exagerado de seu pior medo. Para descarregar as emoções. Quem tem medo de aranhas pode ser trancada num cômodo cheio de aranhas. Alguém que tenha medo de cobras talvez seja forçada a segurar uma. A ideia é de que o contato e a familiaridade amortecem o terror que o paciente sente diante de algo que sempre teve muito medo em explorar. A experiência real, a realidade da sensação que se tem com as cobras e como elas agem, destrói o medo, contradizendo as expectativas do paciente.

É isso, Sr. Levin? É isso o que o senhor anda tramando?

Ou será que o senhor só consola? Mostrando para nós o pior, para que, em comparação, nossa vida pareça melhor. Não importa quão autoritário pareça nosso médico, pelo menos não estamos parindo um bebê-diabo. Por mais que sejam sem graça as cidades do interior, pelo menos não estamos sendo mortas e substituídas por um robô.

Seu colega escritor Stephen King disse uma vez que livros de terror nos dão a chance de ensaiar nossa morte. O escritor de novelas de terror é como um "comedor de pecados" galês, que absorve os erros de uma cultura e os dissemina, deixando o leitor com menos medo de morrer. O senhor, Sr. Ira Levin, é quase o oposto. Usando formas grandiosas, engraçadas e assustadoras, o senhor reconhece nossos erros. O problema é que temos muito medo em reconhecer.

Escrevendo, o senhor nos transmite menos medo de viver. Isso é muito, MUITO assustador, Sr. Levin. Mas não assustador-ruim. É assustador-bom. Assustador-sensacional.

PESSOAL

{Acompanhante}

Meu primeiro dia como acompanhante, meu primeiro "progra-ma", tinha só uma perna. Ele tinha ido a uma sauna para gays, para se aquecer, contou-me. Talvez para fazer sexo. E adormeceu dentro da sauna, perto demais da máquina de vapor. Já estava inconsciente há horas até alguém encontrá-lo. Até toda a carne de sua coxa esquerda estar completamente assada.

Ele não andava, mas sua mãe vinha de Wisconsin para vê-lo e o asilo precisava de alguém que empurrasse os dois para visitar os pontos turísticos da cidade. Fazer compras no centro. Ver a praia. As Quedas de Multnomah. Aquilo era tudo o que se podia fazer como voluntário, não sendo enfermeiro, cozinheiro ou médico.

Éramos acompanhantes e aquele era o lugar para onde gente jovem que não tinha seguro ia para morrer. O nome do asilo eu nem lembro. Não estava em nenhuma placa, em nenhum lugar, e eles pediam para sermos discretos entrando e saindo porque os vizinhos não sabiam o que acontecia dentro daquela enorme casa velha em sua rua, uma rua com sua parcela de casas de crack e marcas de bala feitas por gente que passava de carro e atirava. Mas mesmo assim ninguém queria morar ao lado daquilo: quatro pessoas morrendo na sala de estar, duas na sala de jantar. Pelo menos duas pessoas jazendo e morrendo em cada quarto do segundo andar. E havia muitos quartos. Pelo menos a metade estava com AIDS, mas a casa não os discriminava. Podia-se ir para lá e morrer de qualquer coisa.

{ 233 }

Eu estava lá por causa do emprego. Que era deitar de costas num carrinho com o cabo de direção de caminhões a diesel class-8, de cem quilos de capacidade, encostado no peito e passando entre as pernas até os pés. Meu trabalho era rolar por baixo do caminhão quando ele saía da linha de montagem, instalando o cabo de direção. Vinte e seis cabos de direção a cada oito horas. Trabalhando o mais rápido que podia enquanto cada caminhão avançava e me puxava para os imensos e incandescentes fornos de tinta, a poucos metros de onde eu estava, seguindo pela linha de montagem.

Meu diploma de jornalista não me dava mais que cinco dólares por hora. Outros caras na fábrica tinham o mesmo diploma e brincávamos que as faculdades de humanas deviam incluir entre as matérias uma de soldador, de modo que pudéssemos ganhar, pelo menos, os dois dólares a mais por hora que a nossa montadora pagava para os caras que sabiam soldar. Alguém me convidou para a igreja e eu estava tão desesperado que acabei indo. Na igreja, havia um fícus plantado num vaso que eles chamavam de Árvore das Dádivas, decorado com enfeites de papel. Cada enfeite trazia escrito uma boa ação para você escolher.

Meu enfeite dizia: faça um programa com um paciente de asilo. A palavra era deles: "programa". E tinha um número de telefone. Levei o homem de uma perna só, depois ele e a mãe juntos, a tudo que era lugar por ali: mirantes, museus, com a cadeira de rodas dele dobrada na traseira do meu Mercury Bobcat de 15 anos. A mãe fumava, calada. Seu filho tinha trinta anos de idade e ela tinha duas semanas de férias. À noite, eu a levava de volta para a pousada perto da estrada e ela fumava, sentada no capô do meu carro, falando sobre o filho já no passado. Ele tocava piano, ela contou. Na escola, ele se formou em música, mas acabou fazendo demonstrações de órgãos elétricos em lojas de shoppings.

Essas eram as conversas que tínhamos quando não restava mais emoção nenhuma.

Eu tinha 25 anos e, no dia seguinte, voltava para baixo dos caminhões, com talvez três, quatro horas de sono. Só que agora meus problemas não pareciam tão ruins. O simples fato de olhar para minhas mãos e pés, maravilhar-me com o peso que conseguia levantar, ver que podia gritar mais alto que o rugido de ar comprimido que havia na fábrica, fazia com que minha vida inteira parecesse um milagre em vez de um erro.

Em duas semanas, a mãe voltou para casa. Depois de mais três meses, seu filho se foi. Estava morto, foi-se. Levei pessoas com câncer para ver o mar pela última vez. Levei pessoas com AIDS para o alto do Monte Hood para que vissem o mundo inteiro enquanto ainda havia tempo.

Sentava ao lado enquanto a enfermeira me explicava o que devia perceber no momento da morte: a sufocação e a luta inconsciente de alguém que se afoga dormindo quando a falência renal enche seus pulmões de água. O monitor bipava a cada cinco ou dez segundos, injetando morfina no paciente, e seus olhos se reviravam, arregalavam-se e ficavam totalmente brancos. Tínhamos de segurar suas mãos frias durante horas até outro acompanhante chegar ou até não fazer mais diferença.

A mãe em Wisconsin enviou para mim um suéter que ela mesma havia tricotado, roxo e vermelho. Outra mãe, ou avó, que acompanhei mandou um suéter azul, verde e branco. Outro que chegou era vermelho, branco e preto. Quadrados básicos, desenhos em zigue-zague. Formavam uma pilha numa

{ 235 }

ponta do sofá e os companheiros que dividiam a casa perguntavam se não podíamos guardá-los no sótão.

Pouco antes de morrer, o filho da mulher, o homem de uma perna só, pouco antes de perder a consciência, ele me implorou para ir até seu velho apartamento. Lá havia um armário cheio de brinquedos sexuais. Revistas. Vibradores. Roupas de couro. Nada que ele quisesse que a mãe encontrasse, por isso prometi jogar tudo fora.

Então, fui até lá, ao pequeno apartamento, trancado e decadente depois de tanto tempo vazio. Como uma cripta, eu diria, mas essa não é a palavra certa. Soa dramático demais. Como música brega de órgão. Na realidade, apenas triste.

Os brinquedos sexuais e o equipamento anal eram ainda mais tristes. Órfãos. Essa também não é a palavra certa, mas é a primeira que me vem à cabeça.

Os suéteres ainda estão guardados numa caixa em meu sótão. Todo Natal um companheiro vai lá pegar os enfeites e encontra os suéteres, vermelho e preto, verde e roxo, cada um de alguém morto, um filho, ou uma filha, ou um neto. E quem quer que os encontre sempre pergunta se podemos usá-los em nossas camas ou doá-los para caridade. E todo Natal eu digo que não. Não sei dizer o que me assusta mais: jogar fora esses filhos mortos ou dormir com eles.

Não me pergunte por que, digo para essas pessoas. Até me recuso a falar disso. Tudo isso aconteceu há dez anos. Vendi o Bobcat em 1989. Parei de ser acompanhante.

Talvez porque depois do homem de uma perna só, depois que ele morreu, depois que todos os seus brinquedos sexuais foram postos em sacos de lixo, depois que foram enterrados no lixão, depois que as janelas de seu apartamento foram abertas e o cheiro de couro, látex e de toda aquela merda acabou, o apartamento pareceu bom. O sofá-cama era de um lilás de bom gosto, as paredes e o carpete, creme. A pequena cozinha tinha aparadores feitos com madeira de cepo. O banheiro era todo branco e limpo.

Fiquei lá sentado no silêncio de bom gosto. Eu podia morar ali. Qualquer um podia morar ali.

{Quase Califórnia}

A infecção na minha cabeça raspada finalmente está começando a sarar quando pego o pacote na correspondência de hoje. Aqui está o roteiro de cinema baseado em meu primeiro livro: *Clube da luta*.

É da 20th Century Fox. O agente de Nova York disse que isso ia acontecer. Não é que não tenha sido avisado. Até fui um pouco parte do processo. Viajei para Los Angeles e passei dois dias em reuniões sobre a história, em que mexíamos na trama. O pessoal da 20th Century Fox me arrumou um quarto no Century Plaza. Passeamos de carro pelos estúdios. Apontaram Arnold Schwarzenegger. Meu quarto no hotel tinha uma banheira de hidromassagem gigante, sentei no meio dela e esperei quase uma hora até que enchesse o suficiente para que eu pudesse ligar os jatos borbulhantes. Tinha na mão minha garrafinha de gim do frigobar.

A infecção na cabeça era de um dia antes da ida para Hollywood. Eu ia chegar lá no Aeroporto Internacional de Los Angeles. Então, o que fiz foi ir até a Gap para ver se encontrava uma camiseta polo cor de abóbora. A ideia era parecer um nativo do sul da Califórnia.

A infecção foi resultado de não ter lido as instruções em um tubo de depilador para homens. Esse é como Nair ou Neet, só que extraforte, para negros fazerem a barba.

Bem no tubo desse depilador masculino, da marca Magic, está escrito em letras maiúsculas: NÃO USE COM LÂMINA.

Está até sublinhado. A infecção não foi culpa dos desenhistas da embalagem da Magic. Avançar rápido para a cena em que estou sentado na banheira de hidromassagem do Century Plaza. A água jorra com força, mas a banheira é tão grande que, mesmo depois de meia hora, ainda estou ali sentado com meu gim, minha cabeça raspada e minha bunda numa pocinha de água quente. As paredes da banheira são de mármore, frias como gelo por causa do ar-condicionado. Os pequenos sabonetes de amêndoas já estão dentro da minha mala. O cheque da opção para o filme já está na minha conta no banco.

O banheiro é coberto por espelhos imensos, com iluminação indireta, de modo que posso me ver de qualquer ângulo, nu e chapinhando em dois centímetros de água, com meu drinque esquentando. Aquilo era tudo que eu queria que se tornasse realidade. O tempo todo que você fica escrevendo, um pequeno pólipo nada zen em seu cérebro deseja voar de primeira classe para o Aeroporto Internacional de Los Angeles. Você quer posar para as fotos na orelha do livro. Você deseja que haja um recepcionista esperando no portão quando desembarcar do avião e quer ter um motorista, não uma carona, mas um motorista que o leve de uma entrevista sensacional para um evento superbadalado de lançamento do livro.

Esse é o sonho. Admita. Provavelmente, você seria mais frívolo que isso. Talvez quisesse estar trocando segredos sobre as unhas dos pés com Demi Moore no salão verde antes de entrar no palco como convidado do show do David Letterman.

É. Ora, seja bem-vindo ao mercado da ficção literária. Seu livro tem cerca de cem dias na estante das livrarias antes de se tornar oficialmente um fracasso. Depois disso, as livrarias começam a devolver os exemplares para a editora e os preços começam a cair. Os livros não se mexem. Livros vão para o triturador.

O pequeno pedaço do seu coração, o primeiro pequeno romance que você escreveu, seu coração é setenta por cento retalhado e mesmo assim ninguém o quer.

Então, você está na Gap experimentando camisas de malha em tons pastel, cerra um pouco os olhos quando se vê no espelho e parece quase bem. Quase Califórnia. Há o apoio do contrato do filme – agora a sua esperança é de que isso salve o livro. Eu não me torno atraente só porque um grande editor vai lançar meu primeiro livro. O que vem à cabeça é: preguiçoso e burro. No que diz respeito a ser bonito e uma companhia divertida, simplesmente não posso competir. Descer do avião em Los Angeles com fixador no cabelo e usando uma camiseta polo salmão não vai ajudar.

Pedir ao agente de publicidade da grande editora para ligar para todo mundo e dizer que eu era bonito e divertido só serviria para dar falsas esperanças às pessoas.

A única coisa pior que aparecer feio no Aeroporto Internacional de Los Angeles é aparecer feio, mas dando na vista que você se esforçou muito para parecer bonito. Você fez de tudo, mas aquilo foi o melhor que conseguiu. O cabelo está cortado, a pele bronzeada, os dentes limpos e os pelos do nariz aparados, mas você continua feio. Está vestido com uma camiseta casual de malha cem por cento algodão da Gap. Gargarejou com desinfetante bucal. Aplicou colírio e desodorante, mas ainda assim desce do avião com alguns cromossomos faltando.

Isso não ia acontecer comigo. A ideia era garantir que ninguém achasse que eu estava me esforçando para ficar bonito.

{ 240 }

A ideia era usar as roupas que usava todos os dias. Para acabar com o risco de um corte de cabelo malfeito, raspei a cabeça.

Não era a primeira vez que eu raspava a cabeça. Quase o tempo todo em que estive escrevendo *Clube da luta* tinha aquela aparência azulada de cabeça raspada. E, então, o que posso dizer... meu cabelo cresceu de novo. Fazia frio. Estava com cabelo na hora de tirar a foto para a orelha do livro, não que cabelo ajude em alguma coisa.

Mesmo quando tiraram meu retrato para a capa do livro, a fotógrafa deixou claro que as fotos iam sair feias e que não era culpa dela.

Por isso deixei as camisetas polo de todas as cores, inclusive cor de abóbora, terracota, açafrão e verde pálido na Gap e acabei não lendo as instruções no tubo de depilador. Cobri a cabeça com a coisa e comecei a ceifar o couro cabeludo com uma lâmina de barbear. A única coisa pior que eu podia fazer era misturar água ao depilador. Então, molhei a cabeça com água quente. Imagine sua cabeça retalhada de cortes e depois tendo água sanitária jogada por cima.

No dia seguinte, eu ia para Hollywood. Naquela noite não consegui fazer minha cabeça parar de sangrar. Pedacinhos de papel higiênico ficaram grudados em meu couro cabeludo todo inchado. A aparência era de *papier-mâché*, com meu cérebro lá dentro. Eu me senti melhor quando a cabeça começou a descascar, mas as partes vermelhas ainda estavam inchadas. A penugem azul de cabelo novo começou a abrir caminho, crescendo por baixo das cascas. Os fios encravados formaram pequenas espinhas brancas que tive que espremer. Era o seguinte: O Homem-Elefante vai a Hollywood.

{ 241 }

Os funcionários da companhia aérea me levaram correndo a bordo, como se eu fosse um doador de órgãos. Quando reclinei a poltrona, as cascas grudaram no descanso de cabeça de papel. Ao pousarmos, a atendente de bordo teve que arrancar tudo. Aquela também não deve ter sido a melhor experiência do dia para ela.

Por isso eu escrevo.

A cabeça inflamada só piorou. Todos que foram me conhecer pareciam figuras lendárias, como se todos os caras fossem JFK Jr. Todas as mulheres eram Uma Thurman. Em todos os restaurantes que fomos, executivos da Warner Brothers e da Tri-Star vinham conversar sobre seus últimos projetos.

É *muito* por isso que eu escrevo.

Ninguém cometeu o erro de fazer contato visual comigo. Todos falavam das últimas fofocas. O produtor do filme *Clube da luta* me levou de carro para conhecer os estúdios da Fox. Vimos onde filmaram *NYPD Blue*. Eu disse que não assistia à televisão. Não foi dos melhores comentários a se fazer.

Fomos a Malibu Colony. Fomos a Venice Beach. O lugar que eu mais queria conhecer era o Museu Getty, mas é preciso marcar visita com um mês de antecedência.

Então, é por isso que eu escrevo. Porque a maior parte das vezes a nossa vida não tem graça de primeira. Em geral, mal dá para suportar.

Minha cabeça não parava de sangrar. Eu tinha de andar no carro de quem era o menos cotado na hierarquia. Eles me levaram para ver aquelas marcas de mãos e pés no cimento, e ficaram meio de lado, discutindo o lucro bruto de *Twister* e de *Missão impossível*, enquanto eu vagava por ali como o resto dos turistas, de cabeça abaixada, à procura de Marilyn Monroe.

Levaram-me para conhecer Brentwood, Bel-Air, Beverly Hills e Pacific Palisades.

Deixaram-me no hotel e avisaram que eu tinha duas horas para me arrumar para o jantar. Lá estava eu e lá estava o frigobar, implorando para ser violado, e um banheiro que era maior que o lugar onde eu moro. O banheiro era cheio de espelhos e lá estava eu, em todos os cantos, nu, com erupções na cabeça que finalmente soltavam um líquido claro. A garrafinha de gim do hotel na mão. A banheira gigantesca ainda enchendo, enchendo, sem nunca ficar com mais de dois centímetros de profundidade.

Todos aqueles anos você escreve, escreve... Fica lá sentado no escuro e diz: "um dia". O contrato de um livro. Uma foto na capa. Uma excursão com o livro. Um filme de Hollywood. E um dia você consegue, mas não é como planejou.

Então, você recebe pelo correio o roteiro de seu livro para o cinema e está escrito: *Clube da luta*, por Jim Uhls. Ele é o roteirista. Bem abaixo, entre parênteses, se lê: Baseado no romance, e seu nome.

É por isso que escrevo, porque a vida nunca funciona, só em retrospecto. E escrever faz com que você olhe para trás. Porque já que não pode controlar a vida, pelo menos pode controlar sua versão. Porque mesmo sentado sobre minha poça de água quente de Los Angeles, eu já pensava no que ia contar aos amigos que me perguntassem sobre aquela viagem. Eu contaria tudo sobre a infecção, Malibu e a banheira sem fundo, e eles diriam: "Você devia escrever sobre isso."

{O Ampliador de Lábios}

Ina foi a primeira que me falou sobre os lábios de Brad e o que ele faz com eles. Conhecemos Brad no último verão, perto de Los Angeles, em San Pedro, em seis acres de um deserto de concreto criado por uma guerra de gangues, com o território das rivais Crip e Blood todo marcado à nossa volta. Era o set de um filme baseado num livro que eu tinha escrito e que mal conseguia lembrar. Pouco antes disso, um homem do bairro havia sido amarrado a um banco de parada de ônibus bem ali. As equipes do set o encontraram, todo amarrado, morto a tiros. A equipe estava construindo uma mansão vitoriana em ruínas por um milhão de dólares.

Toda essa montagem, a preparação da cena, é para que eu não pareça tão burro. Vai parecer que é sobre Brad Pitt.

Era uma ou duas da madrugada quando Ina e eu chegamos. No acampamento de base da produção, os extras do filme dormiam, formando montes escuros, encolhidos dentro dos carros. Esperando ser chamados. Quando estacionamos, um segurança explicou que teríamos de caminhar, sem proteção, os últimos dois quarteirões até a locação onde estavam filmando.

Um estampido, depois mais outro, soou ali perto no bairro às escuras. "Atiradores que passam de carro", explicou o guarda. Para chegar ao set de filmagem, tínhamos de andar abaixados e correr. "Apenas corram", disse ele. Agora. Então, nós corremos.

{ 244 }

Segundo Ina, o que Brad faz é passar a língua pelos lábios. Várias vezes. Segundo Ina, não deve ser por acaso. Segundo Ina, os lábios do Brad são ótimos.

Em algum momento da vida, minha irmã me mandou uma fita de vídeo de Oprah Winfrey, e lá estava Brad sendo entrevistado, e Ina tinha toda razão.

No dia em que conhecemos Brad, ele chegou correndo com a camisa aberta, bronzeado e sorridente.

– Obrigado pelo papel mais foda de toda a porra da minha carreira! – falou.

É mais ou menos o que eu lembro. Isso, e que eu queria ter lábios.

Lábios grossos estão por toda a parte. As modelos, as estrelas de cinema. Onde moro, no Oregon, numa casa no meio da floresta, pode-se ignorar muita coisa do mundo, mas um dia recebemos um catálogo de compras pelo correio e lá estava o Ampliador de Lábios.

Para esse filme, Brad teve as capas dos dentes da frente arrancadas e neles grudadas outras lascadas e tortas. Ele raspou a cabeça. Entre as tomadas, o pessoal do vestuário esfregava suas roupas na poeira do chão. Mesmo assim ele parecia tão lindo que Ina não conseguia articular duas palavras em sequência. As garotas do gueto formavam cinco fileiras em pé, atrás das barricadas, a dois quarteirões de distância, entoando o nome dele.

Eu precisava ter aqueles lábios. De acordo com o pessoal da Facial Sculpting, Inc., podemos injetar colágeno, só que não dura muito. Lábios inteiros de colágeno custam em torno de 6.880 dólares por ano. Além disso, o colágeno costuma mudar de lugar e os lábios ficam cheios de bolotas. Além disso, a série de injeções provoca manchas escuras e inchaço que podem durar até uma semana, e são necessárias novas injeções de colágeno todos os meses.

Para ser justo, liguei para cinco cirurgiões plásticos do Oregon. Todos fazem lábios e todos se recusaram a falar sobre o Ampliador de Lábios. Mesmo quando aceitei pagar cem dólares por uma consulta. Mesmo quando implorei.

Ah, Dra. Linda Mueller, vocês sabem quem são.

O Ampliador de Lábios me custou 25 dólares, mais uns dois de remessa, mais o tom debochado do homem que anotou meu pedido. De fato, o anúncio não é para homens. Devemos estar acima disso tudo. Mesmo assim, o Ampliador de Lábios é semelhante a um número imenso de métodos de ampliação de pênis que se vende por aí.

Esses são métodos que podemos comprar, usar e depois escrever artigos tolos e cômicos, portanto deduzir dos impostos. Nem é necessário dizer que alguns deles agora estão no correio, endereçados a mim.

A palavra chave é "sucção". Igual aos sistemas para o pênis, o Ampliador de Lábios usa uma suave sucção para distender seus lábios. É basicamente um tubo telescópico de duas partes, fechado numa ponta. Você bota a ponta aberta do tubo sobre o lábio, depois afasta a parte fechada, encompridando o tubo. Isso cria a sucção que suga seus lábios para o interior do tubo e lhe dá lábios cheios e proeminentes em cerca de dois minutos.

Nas instruções, a jovem adorável tem seus lábios tão sugados para dentro do tubo que mais parece um peixe dourado beijando.

Em algumas pessoas, isso cria uma grande marca em volta da boca. É igual a quando éramos criança e apertávamos um copo de plástico em volta da boca e do queixo, então sugávamos todo o ar até ficarmos com uma enorme mancha escura que mais parecia a barba de cinco horas da tarde do Fred Flintstone ou do Homer Simpson.

O Ampliador de Lábios não é recomendado para quem tem diabetes ou qualquer disfunção circulatória. De acordo com o catálogo, seus novos lábios, cheios e proeminentes, duram cerca de seis horas. É assim que Cinderela deve ter se sentido.

Existem sistemas de sucção similares que lhe dão mamilos maiores e mais pronunciados. No futuro próximo, dá para imaginar que cada noite especial começará horas antes, quando você será sugado por diferentes aparelhinhos, cada um deles tornando maior uma parte de você, com duração de algumas horas. A noite inteira deverá ser, então, uma grande corrida para tirar a roupa e conseguir transar antes que suas partes voltem ao tamanho original.

Sim, há até um sistema que amplia seus testículos.

Fui o visitante número 921 do site do Ampliador de Lábios. Fui o visitante número 500.000 de qualquer site de ampliação do pênis.

Em sua primeira semana com o Ampliador de Lábios, você tem que moldar os lábios duas vezes por dia. Isso envolve sessões curtas e suaves de sucção. É menos excitante do que parece.

Agora, já beijei lábios finos e lábios grossos. Eu mesmo tenho o que se chama de lábios combinados: o de baixo é mais grosso enquanto o de cima é quase inexistente. Algumas culturas fazem cicatrizes no rosto com facas. Algumas achatam a cabeça dos bebês com tábuas especiais no berço. Algumas distendem o pescoço com espirais de arame. Todas essas imagens do *National Geographic* passaram pela minha cabeça enquanto eu estava sentado em meu carro, com a cabeça inclinada para

{ 247 }

trás, nos recomendados quarenta e cinco graus, com o Ampliador de Lábios bem apertado na boca e meus lábios sugados para dentro do tubo. A beleza é construção de uma cultura. Um padrão mutuamente aceito. Ninguém olhava para George Washington, com seus dentes de madeira, sua peruca branca e, digamos, Vítima da Moda.

Depois de dois minutos – tempo máximo de tratamento recomendado –, não fiquei parecido com Brad. Tentei falar e pronunciei quase todas as consoantes com som de B, do mesmo jeito vagamente racista que o personagem de lábios muito grossos no antigo desenho animado que passava todas as manhãs de sábados: Fat Albert.

– Eib Fab Alberb – disse para o espelho retrovisor. – Queb talb esteb lábiobs?

Tive a sensação de que meus lábios estavam em carne viva e muito inchados, como se tivesse comido baldes de pipoca salgada.

Deu para ver por que nenhuma das lindas modelos no folheto do Ampliador de Lábios sorria.

Saí correndo do carro, ainda na janela do tempo antes de os lábios encolherem e voltarem a ser nada. Antes de voltar a ser o eu comum de sempre. Fui a uma oficina de escritores e meu amigo Tom perguntou:

– Você não costumava usar um bigode?

Tentei passar a língua sobre os lábios à la Brad, na Oprah.

Meu amigo Erin chegou bem perto, semicerrando os olhos com força e perguntando:

– Você foi ao dentista hoje?

Lembrei de Brad na cadeira do dentista, ali sentado em meio a todo aquele sofrimento da troca das capas, para reduzir o brilho de seu charme com novos dentes quebrados. E lembrei que num dia ele tinha dentes bons e, no dia seguinte, quebrados e lascados. Que cada troca significava mais tempo na cadeira do dentista. Mais dor.

É engraçado, mas nós nos vemos de uma certa maneira e é difícil entender qualquer mudança. É difícil dizer se eu estava melhor ou pior. Para mim era assustador, como aqueles anúncios nos gibis antigos em que se podia encomendar "lábios de negros" e "narizes de judeus". Uma caricatura de alguma coisa. Nesse caso, uma caricatura da beleza.

Segundo os folhetos do pacote, pode-se lavar o Ampliador de Lábios com água e sabão. De acordo com o site na Internet, é um ótimo presente. Então, agora está lavado e embrulhado e o aniversário de Ina é dia 16 de outubro.

Em algum lugar do correio, dentro dos caminhões, ou na barriga dos aviões, há diversos outros sistemas de sucção endereçados a mim. Dezenas de milhares endereçados a outras pessoas. Eu e essas pessoas, nós acreditamos. Alguma coisa vai nos salvar. Libertar-nos. Fazer-nos felizes. E, claro, você pode dizer que esse tipo de efeito especial é bom para um ator. O ator está desempenhando um papel. Bem, diria eu, quem não está?

Então, não era mesmo sobre o Brad. É sobre todos nós.

{Macaco pensa, macaco faz}

Neste verão, um jovem me puxou para um canto numa livraria e disse que adorava o que eu tinha escrito em *Clube da luta* sobre os garçons emporcalharem a comida. Pediu que eu autografasse um livro e disse que trabalhava num restaurante cinco estrelas onde "batizavam" os pratos das celebridades o tempo todo.

– Margaret Thatcher – disse ele – comeu meu esperma. – Ele levantou a mão aberta e prosseguiu: – Pelo menos cinco vezes.

Quando estava escrevendo aquele livro, conheci um projecionista de cinema que colecionava fotogramas de filmes pornô e os transformava em slides. Quando conversei com algumas pessoas sobre editar esses fotogramas e transformá-los em filmes com censura livre, um amigo objetou:

– Não faça isso. As pessoas vão ler e vão começar a fazer também...

Mais tarde, durante as filmagens de *Clube da luta*, alguns figurões de Hollywood me disseram que o livro havia funcionado porque eles mesmos haviam editado pornôs nos filmes como projecionistas adolescentes raivosos. Pessoas me contaram que, quando trabalhavam em lanchonetes, assoaram o nariz em hambúrgueres. Outros falaram que trocavam os tubos nas caixas de tintura para cabelo na farmácia, louro com preto, ruivo com castanho, e que voltavam para ver gente furiosa, de olhos arregalados, berrando com o gerente. Era a década da "ficção transgressora", que começou cedo com *Psicopata americano* e continuou com *Trainspotting* e *Clube da luta*. Livros sobre rapazes entediados, capazes de experimentar qualquer coisa para se sentirem vivos. Tudo o que as pessoas me contaram eu podia transformar num livro e vender.

Em cada excursão de livro, gente me contava que, toda vez que sentavam junto à porta de emergência num avião, passavam o voo inteiro lutando para não ceder à tentação de abri-la. O ar sendo sugado para fora do avião, as máscaras de oxigênio caindo, o caos e a gritaria "Mayday! Mayday!" e a aterrissagem de emergência, tudo era muito claro. Aquela porta, implorando para ser aberta.

O filósofo dinamarquês Soren Kierkegaard define o medo como o conhecimento do que você precisa fazer para provar que é livre, mesmo se isso for seu fim. O exemplo que ele dá é o de Adão no Jardim do Éden, feliz e satisfeito até Deus lhe mostrar a Árvore do Conhecimento e dizer: "Não coma isso." Agora Adão não é mais livre. Existe uma regra que ele pode quebrar, que precisa quebrar para provar sua liberdade, mesmo que seja destruído por isso. Kierkegaard diz que, no momento em que somos proibidos de fazer alguma coisa, nós a faremos. É inevitável.

Macaco pensa, macaco faz. Segundo Kierkegaard, aquele que permite que as leis controlem sua vida, que diz que o possível não é possível porque é ilegal, está levando uma vida sem autenticidade.

Em Portland, Oregon, alguém está enchendo bolas de tênis com cabeças de fósforo e fechando de novo. Deixam as bolas nas ruas para qualquer pessoa encontrar. Se forem chutadas ou jogadas, elas explodirão. Até agora um homem perdeu o pé. Um cachorro, a cabeça.

Agora os grafiteiros estão usando tintas para gravura em vidro à base de ácido para escrever nas vitrines das lojas e nas janelas dos carros. Na escola Tigard High School, um adolescente não identificado passa a própria merda nas paredes do banheiro masculino. A escola só o conhece como o "Una-Popper". Ninguém deve falar sobre ele porque a escola teme que apareçam imitadores.

Como diria Kierkegaard, toda vez que vemos que alguma coisa é possível, fazemos acontecer. Tornamos inevitável. Até Stephen King escrever sobre alunos fracassados que matam seus colegas, não existiam matanças em escolas. Mas será que *Carrie* e *Rage* tornam isso inevitável?

Milhões de nós pagamos para ver o Empire State Building destruído em *Independence Day*. Agora o Ministério da Defesa encarregou as mentes mais criativas de Hollywood, inclusive o diretor David Fincher, que fez os prédios da Century City caírem em *Clube da luta*, para criar cenários terroristas. Queremos conhecer todas as formas com que podemos ser atacados. Para podermos nos preparar.

Graças a Ted Kaczynski, o Unabomber, não se pode mais enviar um pacote como correspondência, sem falar com o empregado da agência do correio. Graças às pessoas que deixam cair bolas de boliche nas autoestradas, temos cercas fechando as passarelas. Toda essa reação, como se pudéssemos nos proteger de tudo.

Este verão, Dale Shackleford, o homem condenado por ter matado meu pai, disse:

– Ei, o estado podia lhe dar pena de morte, mas ele e seus amigos da supremacia branca fabricaram e enterraram diversas bombas de antraz em torno de Spokane, Washington. Se o estado o matasse, um dia uma escavadeira romperia uma bomba enterrada e dezenas de milhares morreriam.

A equipe da promotoria começou a chamar esse tipo de afirmação de "mentira Shackle-freudiana".

O que vem por aí são um milhão de novos motivos para você não viver sua vida. Você pode negar suas possibilidades de ser bem-sucedido e culpar qualquer outra coisa. Pode lutar contra qualquer coisa – Margaret Thatcher, proprietários de imóveis, a necessidade de abrir aquela porta no meio do voo... –, tudo aquilo que você finge que o mantém por baixo. Você pode levar a vida sem a autenticidade de Kierkegaard. Ou pode dar o que ele chamou de Salto de Fé, no qual para de viver apenas reagindo às circunstâncias e começa a viver como uma força, para o que achar que deve.

O que vem aí são milhões de novos motivos para prosseguir. O que está indo embora é o romance transgressor e catártico. Filmes como *Thelma e Louise*, livros como *A gangue da chave-inglesa* – é menos provável que o público dê risada ou os compreenda. Por enquanto, só fingimos que não somos nosso próprio pior inimigo.

{Forçação de barra}

Neste bar específico, você não podia deixar sua garrafa de cerveja na mesa porque as baratas subiam pelo rótulo e se afogavam. A qualquer momento que largasse uma cerveja, teria uma barata morta no próximo gole. Havia *strippers* filipinas que apareciam entre os números para jogar sinuca de biquínis fio dental. Por cinco dólares, elas puxavam uma cadeira de plástico para um canto escuro entre caixas de cerveja empilhadas e dançavam sentadas no seu colo.

Costumávamos vir para cá porque era perto do Hospital Good Samaritan. Visitávamos Alan e ficávamos com ele até o analgésico fazê-lo dormir. Depois Geoff e eu íamos beber cerveja. Geoff esmagando com sua garrafa de cerveja uma barata depois da outra enquanto elas corriam pela mesa.

Nós conversávamos com as *strippers*. Conversávamos com os caras das outras mesas. Éramos jovens, parecíamos jovens, tínhamos vinte e tantos anos, e uma noite uma garçonete nos perguntou:

– Se vocês já estão assistindo às dançarinas de um lugar como esse, o que vão fazer quando ficarem velhos?

À mesa ao lado estava um médico, um homem mais velho que explicava muitas coisas. Ele disse que o palco era iluminado por luzes vermelhas e pretas porque elas escondiam as manchas roxas e marcas de agulha das dançarinas. Ele mostrou como as unhas, os cabelos e os olhos revelavam as doenças que elas haviam tido na infância. Os dentes e a pele mostravam se elas se alimentavam bem ou não. O hálito delas em seu rosto, o cheiro do suor podia informar como elas provavelmente morreriam.

Naquele bar o chão, as mesas, as cadeiras, tudo era grudento. Alguém disse que Madonna ia muito lá quando estava em Portland, filmando *Corpo em evidência*, mas a essa altura eu tinha parado de ir. E a essa altura, Alan e seu câncer já haviam morrido.

É uma história que eu já contei antes, mas uma vez prometi apresentar uma amiga ao Brad Pitt se ela me deixasse ajudá-la na dissecação de alguns cadáveres da escola de medicina.

Ela já foi reprovada na prova para medicina três vezes, mas seu pai era médico, por isso ela voltava sempre. Tinha agora a minha idade, meia-idade, a estudante de medicina mais velha de sua turma. Todas as noites, dissecávamos três cadáveres para que os alunos do primeiro ano pudessem examiná-los no dia seguinte.

Dentro de cada corpo, havia um país do qual sempre ouvira falar, mas nunca pensei que visitaria um dia. Ali estavam a vesícula, o coração e o fígado. No interior da cabeça, havia o hipotálamo, as placas e emaranhados de Alzheimer. Mas o que mais me espantava era o que não estava lá. Esses corpos amarelos, depilados, com pele que mais parecia couro, eram bem diferentes da minha amiga, com seus serrotes e facas. Pela primeira vez, vi que talvez os seres humanos sejam algo mais que apenas seus corpos. Que talvez exista uma alma.

Na noite em que ela conheceu Brad, saímos do palco de som 15, no terreno da Fox. Passava de meia-noite e fomos andando no escuro, entre os cenários de Nova York usados em milhões de produções desde que foram construídos para Barbra Streisand em *Hello Dolly!* Um táxi com placa de Nova York passou por nós. Vapor subia pela grade de uma falsa tampa de esgoto. Agora as calçadas estavam cheias de gente com casacos de inverno, carregando sacolas da Gumps e da Bloomingdales. Mais um minuto e alguém fez sinal para nos impedir de entrar – estávamos dando risada, de bermuda e camiseta – num episódio de Natal de *NYPD Blue.*

Fomos andando para o outro lado, passando por um estúdio de som aberto, em que atores com jalecos azuis de cirurgiões se inclinavam sobre uma mesa de operação e fingiam salvar a vida de alguém.

Outro dia, eu estava esfregando o chão da cozinha e distendi um músculo do lado do corpo. Foi essa a primeira sensação que tive.

Nos três dias seguintes, eu ia ao banheiro, mas não urinava. Quando saí do trabalho e fui de carro até o consultório do médico, a dor já fazia com que eu andasse curvado. Nessa época, o médico do bar de *strippers* já era meu médico. Ele apalpou minhas costas e falou:

– Você precisa ir para o hospital, senão vai perder esse rim.

Alguns dias depois, liguei para ele da banheira em que estou, sentado numa poça de urina e sangue, bebendo champanhe California e engolindo comprimidos de Vicodin.

– Minha pedra passou – digo para ele ao telefone.

Com a outra mão, seguro uma bola de nove milímetros de cristais de ácido oxálico, todos eles afiados como gilete.

No dia seguinte, voei para Spokane e recebi um prêmio da Associação de Livreiros do Noroeste do Pacífico por *Clube da luta.*

{ 256 }

Na semana seguinte, no dia de minha consulta de acompanhamento, alguém ligou para dizer que o médico havia morrido. Um enfarte no meio da noite. Ele morreu sozinho, no chão, ao lado da cama.

Minha banheira de fibra de vidro ainda tem um anel de sangue em volta.

As luzes pretas e vermelhas. Os cenários permanentes. Os cadáveres embalsamados. Meu médico, meu amigo, morto no chão do quarto. Quero acreditar que agora são apenas histórias. Nossos corpos físicos... Quero acreditar que são apenas acessórios de contrarregras. Que a vida, a vida física, é uma ilusão.

E acredito nisso, mas apenas por um segundo de cada vez.

É engraçado, mas a última vez que vi meu pai vivo foi no enterro do meu cunhado. Ele era jovem, o meu cunhado, parecia jovem em seus quase cinquenta anos de idade quando teve o derrame. A igreja nos deu um menu e disse para escolhermos dois hinos, um salmo e três orações. Era como pedir uma refeição chinesa.

Minha irmã saiu da sala de visitas, depois de ver reservadamente o corpo do marido. Ela fez sinal para nossa mãe entrar, dizendo:

– Houve um engano.

Aquela coisa no caixão, seca, vestida e pintada, não se parecia nada com Gerard.

– Não é ele – disse minha irmã.

Da última vez que vi meu pai, ele me deu uma gravata azul de listras e perguntou como se dava o nó. Eu lhe disse para ficar parado. Com seu colarinho levantado, passei a gravata por seu pescoço e comecei a dar o nó.

{ 257 }

– Levante a cabeça – falei.

Era o oposto do momento em que ele havia me mostrado o truque do coelho correndo em volta da caverna, amarrando meu primeiro par de sapatos.

Aquela foi a primeira vez em muitos anos em que minha família foi à missa junto.

Enquanto escrevo isso, minha mãe liga para dizer que meu avô teve uma série de derrames. Ele não consegue mais engolir e seus pulmões estão se enchendo de líquido. Um amigo, talvez meu melhor amigo, telefona para dizer que está com câncer de pulmão. Meu avô está a cinco horas de distância. Meu amigo, do outro lado da cidade. E eu preciso trabalhar.

A garçonete costumava perguntar:

– O que vocês vão fazer quando estiverem velhos?

E eu costumava responder:

– Vou me preocupar com isso quando chegar lá.

Se eu chegar lá.

Estou escrevendo isso aqui no limite do prazo. Meu cunhado costumava chamar esse comportamento de "forçação de barra", a tendência de deixar tudo para o último minuto, para conferir-lhe mais drama e estresse, e para parecer um herói, disputando uma corrida contra o relógio.

– O lugar onde nasci – disse Georgia O'Keeffe –, onde e como vivi e morei, nada disso tem importância.

"O que eu fiz, no lugar em que estava, é que deve ser de algum interesse."

Sinto muito se tudo isso parece um tanto apressado e desesperado. Porque é sim.

{ 258 }

{Agora eu lembrei...}

Item: Vinte e sete caixas de balas do Dia dos Namorados, preço: 298 dólares.

Item: Quatorze robôs de pássaros falantes, preço: 112 dólares.

À medida que o dia 15 de abril vai se aproximando, a minha consultora de imposto de renda, Mary, telefona toda hora.

– O que vem a ser isso? – pergunta.

Item: Duas noites no Carson Hilton, em Carson, Califórnia, 21 de fevereiro de 2001.

Mary pergunta o que eu fui fazer em Carson? Dia vinte e um é meu aniversário. O que há nessa viagem que a torna dedutível do imposto?

As balas do Dia dos Namorados, os pássaros falantes, as noites no Carson Hilton me deixaram tão feliz que guardei os recibos. Senão, não teria a menor ideia. Um ano depois, nem lembro mais o que esses itens representaram.

Foi por isso que assim que vi Guy Pearce em *Memento*, soube que finalmente alguém estava contando a minha história. Ali estava um filme sobre a arte predominante do nosso tempo. Anotar tudo.

Todos os meus amigos que têm PalmPilots e celulares estão sempre ligando uns para os outros e deixando lembretes para eles mesmos do que está prestes a acontecer. Deixamos recados em papeizinhos adesivos para nós mesmos. Vamos àquela loja do shopping, aquela onde gravam a merda que você quiser numa caixa folheada a prata ou em uma caneta-tinteiro, e temos assim a lembrança de um acontecimento especial, do qual não lembraríamos porque a vida passa muito depressa. Compramos aqueles porta-retratos onde gravamos mensagens em chips de áudio. Gravamos tudo em vídeo! Ah, e agora tem também essas câmeras digitais, de modo que podemos distribuir nossas fotos por e-mail – o equivalente deste século das chatíssimas exibições de slides das férias. Organizamos e reorganizamos. Gravamos e arquivamos.

Não me surpreende que as pessoas gostem de *Memento*. O que me surpreende é que não tenha recebido o prêmio da Academia para depois destruir todo o mercado consumidor de compact discs para gravação, de livros com páginas em branco, de *Dictaphones*, *DayTimers* e todos aqueles outros acessórios que usamos para acompanhar nossas vidas.

Meu sistema de arquivos é o meu fetiche. Antes de sair da Freightliner Corporation, comprei uma parede inteira de arquivos de aço preto, de quatro gavetas a preço de excedentes de estoque de escritório, cinco dólares cada um. Agora, quando os recibos começam a se amontoar, cartas, contratos e similares, eu fecho as janelas, ponho um CD com barulho de chuva e arquivo, arquivo, arquivo. Uso pastas suspensas e etiquetas especiais coloridas. Sou o Guy Pearce, sem a gordura na barriga e sem a beleza. Estou organizando por data e por tipo de despesa, estou organizando ideias para histórias e fatos estranhos.

Neste verão, uma mulher em Palouse, Washington, me disse que sementes de colza podem produzir alimentos ou lubrificante. Que existem duas variedades da semente. Que infelizmente o tipo para lubrificante é venenoso. Por causa disso, todas as regiões do país devem escolher se vão permitir que os agricultores plantem a variedade que serve de alimento ou o tipo que produz lubrificante. Umas poucas sementes erradas num município e as pessoas morreriam. Ela também me conta que quem está bancando o movimento que parece popular, para derrubar as represas, na verdade, é a indústria de carvão americana, não ambientalistas que abraçam peixes ou o pessoal que faz canoagem em corredeiras, mas mineiros de carvão contrários ao poder das hidrelétricas. Ela diz que sabe disso porque é ela quem faz os sites deles.

Como os pássaros robóticos, são fatos interessantes, mas o que posso fazer com eles? Posso arquivá-los. Algum dia, terão utilidade. Como meu pai e meu avô, que rebocavam para casa toras de árvores e carros destruídos, qualquer coisa grátis ou barata que tivesse alguma utilidade em potencial, eu agora rabisco fatos e números e arquivo tudo para um projeto futuro.

Imagine a casa de Andy Warhol entupida de coisas, com montes de objetos kitsch, vidros de biscoito e revistas velhas. Então, minha cabeça é assim. Esses arquivos são um anexo da minha cabeça.

Livros são outro anexo. Os livros que eu escrevo são meu sistema de retenção de transbordamento para as histórias que não posso mais manter em minha memória recente. Os livros que leio servem para juntar fatos para mais histórias. No momento, estou examinando um exemplar de *Phaedrus*, uma conversa fictícia entre Sócrates e o jovem ateniense chamado Phaedrus ou Fedro.

Sócrates tenta convencer o rapaz de que a fala é melhor do que a comunicação por escrito ou que qualquer comunicação gravada, inclusive os filmes. Segundo Sócrates, o deus Theuth, do antigo Egito, inventou os números e os cálculos e as apostas e a geometria e a astronomia... e Theuth inventou a escrita. Então apresentou suas invenções ao grande deus-rei Thamus e perguntou qual delas devia ser apresentada ao povo egípcio.

Thamus declarou que a escrita era um *pharmakon*. Como a palavra fármaco, droga, poderia ser usada para o bem ou para o mal. Poderia curar ou envenenar. Segundo Thamus, a escrita faria com que os humanos estendessem sua memória e compartilhassem informação. Mas o mais importante era que a escrita permitiria que os humanos contassem demasiadamente com esses meios externos de registro. Nossas lembranças iriam murchar e falhar. Nossas anotações e registros iriam substituir nossas mentes.

Pior que isso, segundo Thamus, a informação escrita não é capaz de ensinar. Não se pode questioná-la e ela não pode se defender quando as pessoas entendem errado ou interpretam mal. A comunicação escrita dá às pessoas o que Thamus chamou de "um falso conceito de conhecimento", uma certeza infundada de que compreendem alguma coisa.

E, então, será que todos aqueles vídeos da sua infância proporcionam mesmo uma melhor compreensão de você mesmo? Ou será que eles apenas represam as falhas de lembrança que você tem? Será que podem substituir a sua capacidade de se reunir e fazer perguntas à sua família? De aprender com seus avós? Se Thamus estivesse aqui, eu lhe diria que a própria memória é um *pharmakon*.

A felicidade de Guy Pearce se baseia integralmente em seu passado. Ele precisa completar alguma coisa que mal consegue lembrar. Algo que ele talvez até esteja lembrando mal porque é doloroso demais. Guy e eu somos siameses unidos pelo quadril.

Minhas duas noites em Carson, Califórnia... Quando vejo os recibos do cartão de crédito, consigo lembrar. Mais ou menos. Eu estava posando para uma foto para a revista *GQ*. Primeiro, queriam que eu deitasse sobre uma pilha de pênis de plástico, mas chegamos a um acordo. Era a noite da entrega dos prêmios Grammy, por isso todos os quartos de hotéis decentes em Los Angeles estavam ocupados. Outro recibo mostra que gastei setenta dólares de táxi só para chegar ao local das fotos.

Agora eu lembrei. A estilista de moda me contou que seu chihuahua conseguia chupar o próprio pênis. As pessoas adoravam seu cachorro, até o dia em que ele passou a correr para o centro de todas as festas e começou a chupar o próprio pinto. Isso acabou com mais de uma festa em sua casa. O fotógrafo contou histórias de terror de quando foi fotografar Minnie Driver e Jennifer Lopez.

Numa série similar de fotos, para o catálogo da Abercombie & Fitch, o fotógrafo me contou que seu chihuahua tem "disfunção erétil retrátil". Sempre que aquela coisinha fica de pau duro, o cara, o fotógrafo da Abercombie, tem que segurá-lo e se certificar de que o minúsculo prepúcio do cachorro não está apertado demais.

Ah, agora as lembranças estão vindo de enxurrada. Agora, noite e dia, o que predomina em minha cabeça é a mensagem: NUNCA COMPRE UM CHIHUAHUA.

Depois das fotos para a *GQ*, em que usei roupas caras e posei em um estúdio de cinema que imitava o banheiro de um avião, um produtor de filmes me levou para um hotel à beira da praia em Santa Monica. O hotel era grande e caro, tinha um bar

{ 263 }

elegante com vista para o pôr do sol sobre o mar. Ainda faltava uma hora para o Grammy começar e gente famosa e linda desfilava em trajes formais, jantava e bebia e chamava suas limusines. O pôr do sol, as pessoas, eu um pouco bêbado e ainda com a maquiagem para a *GQ*, eu tão artística e profissionalmente dirigido, eu teria morrido e ido para o céu hollywoodiano... até que caiu alguma coisa em meu prato. Um grampo de cabelo.

Pus a mão no cabelo e senti dúzias de grampos, todos eles enfiados até a metade na massa de cabelo cheio de laquê. Ali, diante da aristocracia da música, eu estava bêbado como um gambá, cheio de grampos que deixava cair cada vez que mexia a cabeça.

É engraçado, mas sem os recibos eu não teria lembrado disso.

É a isso que me refiro quando falo em *pharmakon*. Não se dê ao trabalho de anotar.

{Prêmios de consolação}

Outro garçom acabou de me servir mais uma refeição de graça porque eu sou "aquele cara". Sou o cara que escreveu aquele livro. O livro do *Clube da luta*. Porque tem uma cena no livro em que um garçom fiel, membro do culto do clube da luta, serve comida de graça ao narrador. Só que agora, no filme, Edward Norton e Helena Bonham Carter ganham comida de graça.

Então, um editor de revista – outro editor de revista – liga para mim, furioso e vociferando porque quer mandar um escritor para o clube da luta clandestino de seu bairro.

– Numa boa, cara – fala ele de Nova York. – Pode me dizer onde é. Não vamos ferrar ninguém.

Digo para ele que tal lugar não existe. Que não existe nenhuma sociedade secreta de clubes em que os caras se espancam e se queixam de suas vidas vazias, suas carreiras ocas, seus pais ausentes. Clubes de luta são mentira. Não se pode ir a nenhum deles. Eu os inventei.

– Tudo bem – diz ele. – Beleza! Se não confia em nós, então vá à merda.

Chega mais um maço de cartas enviado por meu editor, de jovens contando que foram a clubes da luta em Nova Jersey, em Londres e em Spokane. Contam histórias dos pais. Na correspondência de hoje, há relógios de pulso, alfinetes de lapela e canecas de café, prêmios de centenas de concursos nos quais meu pai inscreve a mim e aos meus irmãos todo inverno.

Partes do *Clube da luta* sempre foram verdade. É menos um romance que uma antologia da vida dos meus amigos. Eu realmente tenho insônia e fico semanas sem dormir. Garçons mal humorados que conheço fazem porcaria com a comida. Eles raspam a cabeça. Minha amiga Alice fabrica sabonetes. Meu amigo Mike edita fotogramas únicos de filmes pornô e transforma em entretenimento familiar. Todo cara que conheço se sente traído pelo pai. Até meu pai se sente traído pelo pai dele.

Mas agora, cada vez mais, o pouco que havia de ficção está se tornando realidade.

Uma noite antes de enviar o manuscrito a um agente pelo correio, em 1995, quando eram apenas duas centenas de folhas de papel, uma amiga brincou que queria conhecer o Brad Pitt. Eu brinquei que queria largar meu emprego de escritor técnico, que trabalhava em caminhões a diesel o dia inteiro.

Agora aquelas páginas são um filme estrelado por Brad Pitt e Norton e Bonham Carter, dirigido por David Fincher. Agora estou desempregado.

A Twentieth Century Fox permitiu que eu levasse alguns amigos para a exibição do filme e todas as manhãs comíamos no mesmo café, em Santa Monica. Todo café da manhã, até a nossa última manhã na cidade, éramos servidos pelo mesmo garçom, Charlie, com aparência de astro de cinema e cabelo espesso. Naquele dia, Charlie saiu da cozinha de cabeça raspada. Charlie estava no filme.

Meus amigos, que eram garçons anarquistas de cabeça raspada, agora recebiam ovos de um verdadeiro garçom que era ator, que fazia o papel de um falso garçom anarquista de cabeça raspada.

{ 266 }

É a mesma sensação que se tem entre dois espelhos no barbeiro, quando podemos ver o reflexo do reflexo do reflexo, até o infinito...

Agora os garçons andam recusando meu dinheiro. Editores se pavoneiam. Há caras que me puxam para o canto num evento em uma livraria e imploram para saber onde fica o clube da cidade. Mulheres perguntam baixinho e muito sérias:

– Tem algum clube como esse para mulheres?

Um clube da luta que funciona tarde da noite, no qual se pode marcar um desconhecido na multidão e depois se arrebentarem de porrada até o primeiro cair...?

E essas jovens respondem:

– É, eu realmente preciso muito ir a um lugar como esse.

Um amigo meu, alemão, Carston, aprendeu a falar inglês apenas com clichês antigos e gaiatos. Para ele toda festa era "uma revista teatral fantástica, só cantoria, só dança".

Agora as palavras desajeitadas no dialeto de Carston estão saindo da boca de Brad Pitt, a doze metros de altura, diante de milhões de pessoas. A cozinha de gueto zoneada do meu amigo Jeff foi recriada num estúdio de Hollywood. A noite em que fui salvar meu amigo Kevin de uma overdose de Xanax agora é Brad correndo para salvar Helena.

Tudo fica mais engraçado em retrospecto, mais cômico, mais bonito e mais legal. A uma distância adequada, podemos rir de tudo.

A história não é mais a minha história. É do David Fincher. O cenário do condomínio yuppie de Edward Norton é uma recriação de um apartamento do passado do David. Edward escreveu e reescreveu suas falas. Brad raspou os dentes e raspou a cabeça. Meu chefe pensa que a história trata de sua luta para agradar *seu chefe,* que é muito exigente. Meu pai achou que

{ 267 }

a história era sobre a ausência de seu pai, meu avô, que matou a mulher e se matou com uma espingarda.

Meu pai tinha quatro anos em 1943, quando se escondeu embaixo da cama enquanto os pais brigavam e seus doze irmãos e irmãs fugiam para a floresta. Então, sua mãe morreu e o pai ficou andando pela casa à sua procura, chamando por ele e ainda carregando a arma.

Meu pai lembra do barulho das botas passando pela cama, e do cano da espingarda quase encostando no chão. Depois lembra de ter derramado baldes de serragem sobre os corpos, para protegê-los de vespas e moscas.

O livro, e agora o filme, é produto de toda essa gente. E com tudo o que foi acrescentado, a história do clube da luta fica mais forte, mais limpa, deixa de ser apenas o registro de uma vida e passa a ser de toda uma geração. Não só de uma geração, mas dos homens.

O livro é produto de Nora Ephron e de Tom Jones e de Mark Richard e de Joan Didion, Amy Hempel e Bret Ellis e Denis Johnson porque esses foram os que eu li.

E agora quase todos os meus velhos amigos, Jeff e Carston e Alice, se afastaram, foram embora, casaram, morreram, se formaram, voltaram para a faculdade, estão criando filhos. Este verão alguém assassinou meu pai nas montanhas de Idaho e queimou seu corpo até restarem apenas alguns quilos de ossos. A polícia diz que não há verdadeiros suspeitos. Ele tinha cinquenta e nove anos.

A notícia chegou numa manhã de sexta-feira, por meu agente, que recebeu a ligação da delegacia do xerife do Condado de Latah, que por sua vez me encontrou através da minha editora, na Internet. O pobre agente, Holly Warson, me ligou e disse:

– Pode ser algum tipo de piada de muito mau gosto, mas você tem de ligar para um detetive em Moscow, Idaho.

Agora estou eu aqui, com uma mesa cheia de comida. Seria de se pensar que comida japonesa e um peixe de graça seria ótimo, mas nem sempre esse é o caso.

Eu ainda vagueio à noite. Tudo o que sobrou foi um livro e agora um filme, um filme engraçado e excitante. Um filme violento, excelente. O que para outras pessoas será um passeio rápido num festival, para mim e para meus amigos é um caderno nostálgico. Uma lembrança. Uma prova espantosamente satisfatória de que nossa raiva, nossa decepção, nossa luta e nossa irritação nos une uns aos outros e agora com o mundo. O que restou é prova de que podemos criar realidade.

Frieda, a mulher que raspou a cabeça do Brad, prometeu o cabelo para os meus cartões de Natal e depois esqueceu, por isso tosquiei o golden retriever de um amigo. Outra mulher, amiga de meu pai, liga para mim, histérica. Ela tem certeza de que foram os brancos supremacistas que o mataram e quer "desaparecer", como as testemunhas-chave, ir para seu mundo, perto de Hayden Lake e Butler Lake, em Idaho. Ela quer que eu vá junto e aja como "reforço". Para dar-lhe "cobertura".

E assim minha aventura continua. Vou para o enclave de Idaho. Ou fico em casa como a polícia quer, tomo Zoloft e espero que telefonem. Ou não sei.

Meu pai era viciado em corridas de cavalos e toda semana chegavam pequenos prêmios pelo correio. Relógios de pulso, canecas de café, toalhas de golfe, calendários. Nunca os bons prêmios, os carros ou os barcos: esses são as bagatelas. Outra amiga, Jennifer, recentemente perdeu o pai com câncer e recebe o mesmo tipo de pequenos prêmios dos concursos que ele a fez participar, meses atrás. Colares, mistura para sopa, molho para tacos. A cada um que chega, videogames, escovas de dentes, o coração dela se parte. Prêmios de consolação.

Poucas noites antes de meu pai morrer, ele e eu caminhamos uma grande distância durante três horas conversando sobre uma casa na árvore que ele tinha construído para mim e para minha mãe. Conversamos sobre um bando de galinhas que estou criando, sobre como construir-lhes um galinheiro e se a caixa dos ovos de cada uma tinha que ter chão de tela de arame. Ele disse que não, que a galinha não caga no próprio ninho.

Conversamos sobre o tempo, que estava fazendo muito frio à noite. Ele disse que, na floresta onde vivia, os perus selvagens haviam acabado de chocar os pintinhos e ele me contou que cada peru abre as asas ao anoitecer e reúne todos os seus filhotes. Porque eram grandes demais para a fêmea proteger. Para aquecê-los.

Eu lhe disse que nenhum animal macho podia ser tão maternal. Agora meu pai está morto e minhas galinhas têm seus ninhos. E agora parece que tanto ele quanto eu estávamos enganados.

PÓS-ESCRITO: Um dia depois de Holly Watson ter ligado para me dar a notícia, meu irmão devia chegar da África do Sul. Ele vinha para cuidar de alguns detalhes normais de banco e impostos. Mas, em vez disso, fomos de carro até Idaho para ajudar a identificar o corpo que a polícia disse que podia ser do nosso pai. O corpo foi encontrado alvejado, ao lado do corpo de uma mulher, numa garagem incendiada nas montanhas, na periferia de Kendrick, Idaho. Isso foi no verão de 1999. O verão em que o filme *Clube da luta* estreou. Fomos até a casa do nosso pai nas montanhas, perto de Spokane, para tentar encontrar chapas de raios X que mostravam a hérnia de disco entre as duas vérte-

{ 270 }

bras das costas de papai depois que um acidente na ferrovia o deixou incapacitado para trabalhar.

As terras de meu pai nas montanhas eram lindas. Centenas de acres, com perus selvagens, alces e veados por toda a parte. Na estrada que ia até a casa havia uma nova placa. Ficava perto de uma rocha, na beira da estrada. Dizia "Pedra Kismet". Não tínhamos ideia do que significava aquela placa.

Antes de meu irmão e eu podermos encontrar as chapas de raios X, a polícia ligou para dizer que o corpo era de papai. Tinham usado as fichas dentárias que já lhes havíamos enviado.

No julgamento do homem que o matou, Dale Schackleford, descobriu-se que meu pai havia respondido ao anúncio pessoal de uma mulher, cujo ex-marido ameaçara matá-la e a qualquer homem que encontrasse com ela. O título do anúncio pessoal era Kismet. Meu pai foi um dos cinco homens que responderam. Foi ele que ela escolheu.

De acordo com os detetives do Condado de Latah, Schackleford afirmou que eu o estava assediando, enviando cópias do filme *Clube da luta*. Isso foi em janeiro de 2000, quando as únicas cópias eram as de exibição para os jurados do Oscar.

A mulher encontrada morta ao lado de meu pai era a mulher que havia publicado o anúncio, Donna Fontaine. Aquele era apenas o segundo ou terceiro encontro dos dois. Ela e meu pai tinham ido até a casa dela para alimentar alguns animais, antes de irem para a casa de meu pai, onde ele lhe faria a surpresa da placa "Pedra Kismet". Uma espécie de batismo de seu novo relacionamento.

O ex-marido dela estava esperando e seguiu os dois até a casa. Segundo o veredicto do tribunal, ele os matou e ateou fogo aos corpos na garagem. Eles se conheciam há menos de dois meses. Dale Schackleford está apelando de sua sentença de morte.

Este livro foi impresso na Editora JPA Ltda.
Av. Brasil, 10.600 – Rio de Janeiro – RJ,
para a Editora Rocco Ltda.